LILY WHITE

CINCO

Traduzido por Marta Fagundes

1ª Edição

2021

Direção Editorial:	**Revisão:**
Anastacia Cabo	Ana Flávia L. de Almeida
Gerente Editorial:	**Arte de Capa:**
Solange Arten	Bianca Santana
Tradução:	**Diagramação:**
Marta Fagundes	Carol Dias

Copyright © Lily White, 2019
Copyright © The Gift Box, 2021
Todos os direitos reservados.
Nenhuma parte do conteúdo desse livro poderá ser reproduzida em qualquer meio ou forma – impresso, digital, áudio ou visual – sem a expressa autorização da editora sob penas criminais e ações civis.
Esta é uma obra de ficção. Nomes, personagens, lugares e acontecimentos descritos são produtos da imaginação da autora. Qualquer semelhança com nomes, datas ou acontecimentos reais é mera coincidência.

Este livro segue as regras da Nova Ortografia da Língua Portuguesa.

CIP-BRASIL. CATALOGAÇÃO NA PUBLICAÇÃO
SINDICATO NACIONAL DOS EDITORES DE LIVROS, RJ
Camila Donis Hartmann - Bibliotecária - CRB-7/6472

W585c

White, Lily

    Cinco / Lily White ; tradução Marta Fagundes. - 1. ed. - Rio de Janeiro : The Gift Box, 2021.
    320 p.

Tradução de: The five
ISBN 978-65-5636-052-2

1. Ficção americana. I. Fagundes, Marta. II. Título.

21-69546   CDD: 813
                              CDU: 82-3(73)

Livro com temática sensível: consumo de drogas, violência e estupro.

Justin

Presente

Ela mal havia saído da adolescência. Uma garota com cabelo castanho suave, emaranhado e longo. As pontas roçaram suas costas quando se virou para olhar para a câmera. Nervosa, obviamente, ela não tinha certeza do que fazer com as mãos. Elas se mantinham em constante movimento, dedilhando sobre a coxa como se estivesse tocando um piano. Quando as apoiou sobre a mesa, o movimento continuou. Foi a primeira coisa que notei a respeito dela.

— Esta gravação tem cerca de quatro horas de duração. O investigador não conseguiu extrair muita coisa dela. Acho que... bem, ele achou, e concordo com ele, que há algo de estranho aí.

Sem desviar o olhar da tela, folheei o amontoado de relatórios e fotografias na pasta de arquivos que o Detetive Grenshaw me entregou alguns minutos antes. Sacos de evidências estavam espalhados pela mesa, uma zona de guerra encenada para a investigação de uma festa que deu terrivelmente errada. Eu ainda não tinha analisado os materiais ou pedido muitos detalhes. Era muito importante dar uma olhada imparcial no assunto primeiro.

— Coisinha bonita, não é? Você não vê muitas garotas assim em Clayton Heights.

Grenshaw era o típico policial de televisão. Voz profunda e áspera, olhos observadores – um homem endurecido por anos que passou trabalhando em casos de assassinato em uma pequena cidade meia hora ao sul de Chicago.

A primeira coisa que notei sobre ele foi um terno marrom que parecia barato, algo que você encontraria empoeirado em uma prateleira de pechinchas em um brechó de *shopping center*. Eu não teria ficado surpreso se o amarrotado do terno tenha sido por ele ter dormido com a maldita coisa, mas não iria usar isso contra ele.

A vida dos detetives de homicídios não era fácil quando a violência armada estava aumentando e mais de quarenta por cento dos seus casos permaneciam sem solução. Clayton Heights. Eu sabia da existência do bairro apenas porque era uma daquelas áreas que você nunca visitava de propósito, e se por algum motivo você acabasse indo parar lá, a opção mais inteligente era que nunca parasse no semáforo. *Continue dirigindo. Uma multa é melhor do que ser roubado ou assaltado.*

Concordei com sua avaliação da mulher na tela. Ela era muito delicada para viver em um lugar tão perigoso. Seu rosto era pequeno, olhos incertos. Se transmitiam qualquer coisa, era *Vítima*.

— Como você acha que ela sobreviveu morando em um lugar assim?

— Sei tanto quanto você, mas se tivesse que adivinhar com base em seus relatórios de toxicologia...

Levantei a mão:

— Não, não me diga. Quero assistir essa primeira entrevista às cegas. Será melhor para que possa apontar o que você e o outro investigador consideram 'estranho' sobre ela.

Seu cinto de couro rangeu sob uma barriga que já tinha visto muitas pizzas tarde da noite, cafés carregados de açúcar e doces embrulhados em celofane, enquanto estava sentado curvado sobre uma mesa. Não o invejei por sua escolha de carreira. Encarar a morte dia após dia tende a prejudicar a qualidade de vida de uma pessoa.

— Como eu disse: temos cerca de quatro horas de gravação. Eu estava lá quando foi gravada, então não adianta assistir de novo. Vou deixar você fazer suas coisas e pode ficar comigo no meu escritório antes de ir para a casa da Srta. Day. Pode ser?

Sem olhar para ele, acenei com a cabeça, meu interesse desviado pelo comportamento da garota quando os investigadores finalmente entraram na sala. Mais assustada do que na defensiva, ela bateu os dedos da mão direita em uma marca logo abaixo da parte interna do cotovelo esquerdo. Aquele toque era um hábito mais do que intencional. Semicerrando o olhar, não consegui distinguir a marca. Anotei essa informação em um bloco amarelo, relaxei na cadeira, cruzei uma perna sobre o joelho e cliquei na ponta da caneta.

CINCO

— Srta. Day — começou o investigador, sem o paletó, as mangas da camisa enroladas até os cotovelos, o colarinho desabotoado. O tempo cronometrado na gravação mostrava duas e trinta e cinco da manhã. Dada a hora tardia, não fiquei surpreso que ele parecesse casual. — Meu nome é Leonard Drake, e você já conheceu meu parceiro, Timothy Grenshaw. Gostaríamos de fazer algumas perguntas sobre a festa em que seus quatro amigos foram mortos.

Uma piscada, longos cílios tremulando como suas mãos. Seus cílios eram um leque castanho escuro sobre a pele pálida, quase translúcida. Ela tinha um hematoma vermelho ao redor do olho e sobre a maçã do rosto. A coloração se tornaria mais escura com o passar dos dias.

Uma piscada, e uma piscada apenas, após o lembrete verbal de que quatro de seus amigos estavam mortos.

Era como se ela não tivesse entendido, o choque ou a culpa tornavam a entrevista inacreditável. *Dê-me algo, Srta. Day. Como todos os seus amigos foram brutalizados e ainda assim você viveu para contar a história?*

— O que você gostaria de saber?

Minhas sobrancelhas se levantaram com surpresa ao som de sua voz, profunda e rouca, o tipo de voz que você esperaria de uma mulher trabalhando no ramo de telessexo. Mas essa menina não era uma mãe solteira desesperada equilibrando um bebê no quadril enquanto dizia a alguém no telefone que queria *ser pega de jeito*. Não, a voz de Rainey Day era natural, lábios carnudos se separando nas palavras proferidas com uma pitada de medo espalhadas sobre uma mistura tóxica de nervosismo e preocupação. Eu esperava algo mais agudo, mais desesperado para ser notado.

Eu não estava prestando muita atenção às perguntas feitas nem às respostas que ela dava. Nós repassaríamos o material novamente quando eu a entrevistasse pessoalmente, meus pensamentos não poluídos pela informação que estava sendo extraída dela agora.

O que me chamou a atenção foi seu maneirismo diante de dois policiais cabeçudos em uma sala cheia de espelhos. Nem uma vez ela olhou para seu próprio reflexo. Percebi isso. A maioria das pessoas não consegue deixar de olhar para si mesma de vez em quando. Isso significava que ela estava confortável consigo mesma, sem se preocupar se o cabelo estava bagunçado ou se a maquiagem estava borrada em sua bochecha. Não que ela estivesse usando maquiagem. Esta entrevista foi realizada depois que ela recebeu alta do hospital.

Pausando a gravação, abri a pasta sobre a mesa e empurrei os relatórios de lado para revisar as fotos da cena. Elas mostravam o que você esperaria ver ao saber que quatro pessoas foram espancadas até a morte. Respingos de sangue nas paredes. Poças no chão.

Uma pessoa foi encontrada no sofá, o rosto da garota esmagado enquanto seu corpo estava quase todo intocado. Outro corpo no lado oposto da sala era o de um homem corpulento com o que minha avó teria chamado de *lutador brutamontes*, supondo que ele fosse de origem irlandesa antiga. Ele tinha que pesar pelo menos trinta quilos a mais do que a Srta. Day. A parte de trás de sua cabeça sofreu o maior dano, o crânio esmagado, a massa cerebral exposta. Como uma garota do tamanho dela o teria dominado?

Continuando o vídeo, observei seu movimento. Ela sentia dor no lado esquerdo, e isso era óbvio pela maneira como ela estremeceu ao se inclinar naquela direção. Uma bandagem cobria o antebraço direito, outra na canela. Seu lábio inferior estava inchado no lado direito, outro hematoma surgindo ao longo de sua mandíbula. Ela não escapou dos ferimentos pelo que pude ver.

Olhando para o relatório da polícia, li que ela foi encontrada inconsciente e amarrada a uma cama em um quarto do primeiro andar, sangrando de um corte na parte de trás da cabeça. Isso explicava o emaranhado significativo que notei em seu cabelo.

A última fotografia era de duas pessoas encontradas em um quarto no andar de cima, nuas. O homem foi encontrado com a cabeça esmigalhada na cama, a mulher encontrada caída contra a parede, seu rosto, como a menina no andar de baixo, foi a área que sofreu mais danos.

Interessante. Desliguei a gravação. O que havia de "estranho" na garota sendo entrevistada era a falta de sensatez ou inteligência. Ela parecia um pouco desapegada; aparentemente estúpida, acho, mas de alguma forma bem ciente do que está ao seu redor.

O que achei mais fascinante era que ela não parecia se importar com a morte de seus amigos, mas, novamente, isso poderia ser explicado pelo choque de ter sobrevivido a um ataque.

Falar com ela em seu próprio ambiente seria a melhor abordagem. Ela ficaria mais relaxada, teria mais tempo para digerir suas lembranças do evento.

Juntei o material, tirei o vídeo do reprodutor de disco e fui até o escritório de Grenshaw para relatar.

— Bem — Ele puxou as pernas de cima de sua mesa, sua cadeira de madeira rangendo sobre molas velhas. Ele tirou os óculos de armação de metal que eram pequenos demais para seu rosto e os jogou onde antes estavam suas pernas. — O que você achou da nossa garota?

— Estranha é uma descrição precisa, mas *assassina* estranha, não tenho certeza. — Eu estava com pressa para chegar à casa dela para nosso primeiro encontro e optei por encostar um ombro contra o batente da porta em vez de entrar para me sentar. — Como uma garota tão pequena como ela poderia dominar quatro pessoas? Principalmente dois homens. Aquele lá embaixo...

— Michael Higgins — informou.

— Michael então, como ela o teria derrubado sem alertar as outras pessoas? Ele deve ter gritado.

As narinas se dilataram, Grenshaw respirou fundo, balançando a cabeça.

— Não faço a menor ideia. — Ele esfregou a ponta do nariz, seus movimentos exaustos. — Não tenho certeza se ela teve algo a ver com isso. Estamos apenas interessados em descartá-la totalmente. Descobrindo exatamente o que ela sabe. Ela não nos deu nada naquela entrevista.

— O que pode ser resultado de um choque.

As sobrancelhas dele se ergueram.

— De fato poderia ser. É por isso que você foi chamado para falar com ela.

Assentindo, verifiquei meu relógio.

— Tenho vinte minutos para chegar à casa dela.

— Mantenha-me atualizado.

— Certamente.

Acenando enquanto me afastava, estava mais do que pronto para sentar e ter uma longa conversa com a Srta. Rainey Day, uma garota reconhecidamente bonita que não apenas sobreviveu cinco anos em Clayton Heights, mas também à cena de um assassinato violento.

Dirigindo por Clayton Heights, diminuí a velocidade, prestando atenção especial às crianças correndo descalças pelas ruas, com as roupas sujas e a pele brilhando de suor. Era um dia nublado de verão, o sol brilhando quando as nuvens surgiam. Monótono e quente, o tipo de calor que obrigava as pessoas do lado de fora a se sentarem em seus degraus porque o ar-condicionado não era suficiente.

A rua era uma mistura de lojas e casas degradadas, cercas de arame ao redor da última, enquanto a primeira possuía pequenos estacionamentos asfaltados com ilhas verdes onde o mato havia invadido o pavimento. Era uma mistura interessante de comércios e residências, como se a preocupação do município com o zoneamento parasse na fronteira com o bairro.

Essas pessoas estavam acostumadas a morar perto dos estabelecimentos que frequentavam. Um grupo de mulheres mais velhas encarava furiosamente, com seus rostos envelhecidos e olhos turvos pela catarata, para as drogas sendo traficadas bem ali na esquina. Não só o departamento de urbanização havia esquecido este lugar, mas também a polícia. Homens trocavam seus papelotes, ao ar livre, por rolos de notas de dinheiro, sem se importar que pudessem ser vistos.

Grato por ter alugado um carro ao invés de vir com o meu, não precisaria me preocupar em descobrir que meus pneus foram roubados quando saísse para ir para casa após a primeira entrevista. Eu apenas alugaria outro carro se fosse necessário.

A casa de Rainey era a mais distante da vizinhança, uma placa minúscula de madeira, em formato de número, deve ter sido branca em algum momento, mas agora era toda rajada de marrom, onde a tinta estava falha. Parei na calçada de terra para notar que o terreno ao lado não era nada além de ervas daninhas e uma fundação onde uma casa costumava ficar, madeira queimada cobrindo o chão que tinha sido abandonado quando o resto da estrutura foi retirada.

Qualquer coisa poderia tê-la derrubado: um laboratório de metanfetamina ou aquecedor, um fumante descuidado dormindo. A julgar pelo círculo queimado em torno da fundação do bloco de cimento, o incêndio havia sido recente.

Um cachorro latiu ao longe enquanto eu cruzava a curta distância até sua varanda, a porta se abrindo antes que eu tivesse tempo de bater. Rainey Day olhou para mim com olhos azuis que eram absolutamente deslumbrantes em sua clareza. O tipo de olhos que faz uma pessoa olhar duas vezes, arregalados e cintilantes com a luz do sol que os banhava.

— Você deve ser Justin... Me desculpe — ela corrigiu, balançando a cabeça. — Quero dizer, Sr. Redding. Essa é a maneira educada de falar com os superiores, certo?

De jeito nenhum, essa garota era uma assassina. Não com uma atitude tão subserviente. A questão era: como diabos ela sobreviveu?

— Não sou exatamente seu superior, pois não estou contratando você ou avaliando seu trabalho.

Dando a ela meu sorriso profissional, estendi a mão em saudação.

— E Justin está bem. O Sr. Redding é meu pai.

Ela retribuiu meu sorriso e aceitou meu cumprimento, a palma mais quente do que eu esperava, os dedos frágeis. Aperte com muita força e você corre o risco de esmagar os ossos dela com pressão mínima. Delicada. Não havia outra palavra para descrevê-la.

— Você deveria entrar. — Ela acenou com a mão na frente dela. — Os vizinhos já estão olhando. Eles são uns malditos intrometidos que odeiam estranhos.

Curvando-se para a direita – ela ainda protegia o lado esquerdo de acordo com o que vi no vídeo –, Rainey deu uma olhada penetrante para o meu carro antes de se endireitar e me encarar novamente.

— E por aqui, você é definitivamente um estranho. Não se sinta mal quando estiver sempre sendo observado neste lugar. Manhã, tarde e noite.

Dando a volta, estudei o novo modelo de sedan de quatro portas que aluguei, branco e sem nada chamativo. Não tinha GPS nem rádio satélite. Aluguel com características padrão.

— Não é nada fora do comum. — Nossos olhos se encontraram e ela sorriu.

— Se não é uma moto ou uma lata-velha soltando fumaça, então está destoando aqui. Entre. — Ela se moveu na minha frente, limpando a bagunça de cima da mesa apenas para jogá-la em uma cadeira no canto, nem limpando nem organizando. Eu a deixava nervosa.

Observando-a por um instante, notei sua pequena estatura. Não baixa, altura mediana, mas embora fosse minúscula em estrutura óssea, ela não era extremamente magra. Ela tinha curvas. Sua pele não apresentava marcas além dos ferimentos da festa e do que quer que estivesse sob seu cotovelo esquerdo. Eu ainda não conseguia entender.

Seus quadris balançavam quando ela se movia, e ela usava um short jeans rasgado, a parte inferior de suas nádegas visível, com uma camisa que – sim, minha primeira avaliação foi precisa – era fina o suficiente para mostrar a ausência de sutiã.

Rainey Day, ao que parecia, não tinha vergonha de seu corpo. Não que ela devesse ter. Ela tinha um atrativo, algo cru, primitivo e carnal. Era o tipo de garota que os homens desejariam sem nem saber o porquê. Uma sereia, com uma presença tão natural e sem remorso que só trazia um propósito à mente.

— Então, você é outro detective? — Pessoalmente, sua voz era ainda mais rouca, um som hipnótico que dava vontade de ouvir tudo o que ela tinha a dizer. Felizmente, meu negócio era ouvir.

— Não, eu sou um defensor de vítimas.

Ela me levou a uma pequena sala de estar, sentou-se no sofá e me orientou a sentar em uma cadeira em frente a ela.

Segurando um maço de cigarros, disse:

— Espero que não se importe. — Balancei a cabeça e ela acendeu um, a fumaça soprando em seus lábios enquanto ela erguia os olhos para estudar o teto. — Defensor... essa é uma palavra bonita.

— Significa apenas que estou do seu lado. Sou psicólogo e, pelo que me contaram, você passou por uma experiência angustiante.

Sua risada era tão densa quanto sua voz, plena e desprotegida.

— Você terá que falar com palavras mais fáceis para mim, doutor. Não sou tão inteligente quanto pareço.

Rainey não parecia exatamente uma cientista espacial. Ela parecia uma garota indefesa.

— Há quanto tempo você mora em Clayton Heights?

— Cinco anos. — Outra nuvem de fumaça. Ela bateu as cinzas do cigarro em um copo sobre uma mesa ao lado dela.

— E quantos anos você tem?

Sua sobrancelha arqueou, e ela inclinou a cabeça em direção à pasta no meu colo.

— Você não tem todas as minhas informações aí?

— Gostaria de ouvir isso de você. — Eu precisava saber tudo dela. Essa garota tinha todas as pistas sobre o que aconteceu naquela casa quando seus amigos morreram.

Deu de ombros.

— Tenho vinte e dois anos.

O que significava que ela se mudou para cá aos dezessete. Tão jovem para uma área tão violenta da cidade.

— O que aconteceu na noite em que seus amigos morreram?

Rainey me deu uma verdade, se abriu tanto assim. Mudei de assunto rapidamente com a esperança de que ela permanecesse cooperando. Em

CINCO

vez disso, ela se fechou, curvando a cabeça, os lábios sobre a ponta do cigarro enquanto ela inalava a fumaça para os pulmões. Praticamente percorreu seus lábios quando ela respondeu:

— Não tenho certeza.

Suspirando, bati meu dedo contra a pasta.

— Não tem certeza porque não se lembra, ou...

— Não tenho certeza, pois está tudo uma bagunça na minha cabeça. Tenho fragmentos daquela noite, uma maldita bagunça, sabe? — Ela agitou sua mão. Um hábito inconsciente. — Está tudo confuso.

Era meu trabalho mantê-la focada.

— Não, eu não sei, Sra. Day...

— Rainey. A Sra. Day era minha mãe.

Sorrindo com sua tentativa de fazer uma piada entre "amigos", balancei a cabeça.

— Rainey. Eu não sei. Você sabe. E preciso que me diga.

— É uma longa história. Nem sei por onde começar.

Uma gota de suor escorregou pelo seu pescoço, da linha do cabelo, para formar uma poça no oco de sua garganta. Isso atraiu meu olhar para baixo, vagando para lugares que não eram profissionais. Levantando meus olhos, captei seu olhar, ela sabia. Seus olhos se suavizaram, seus lábios se separaram em um pequeno sorriso. Pigarreei, envergonhado por ter sido pego.

Esta mulher daria muito trabalho para qualquer homem. Talvez eu estivesse errado em presumir imediatamente que ela era uma vítima. Eu me perguntei se os detetives tinham o mesmo problema, se eles tinham me chamado porque não conseguiam evitar que sua atenção vagasse por lugares proibidos. Ela soltou uma baforada de fumaça, um pequeno anel flutuando até o teto acima dela.

— Vamos do começo — incentivei, minha voz corajosa. — Como você acabou indo para a festa? Há quanto tempo conhece seus amigos?

Ela estava se fechando mais, seu corpo se curvando sobre si. Abandonando o cigarro na xícara, Rainey se recusou a encontrar meu olhar.

— Não tenho certeza se eram meus amigos.

Em vez de preencher o silêncio, fiquei quieto, permitindo que ela processasse seus pensamentos. Um sorriso enigmático curvou seus lábios quando ela olhou para mim novamente.

— O começo foi no dia em que me mudei para o bairro com minha mãe. Tudo começou aí, acho.

— Onde está sua mãe agora?

— Morta — ela respondeu sem uma centelha de remorso.

— Você tem muitas pessoas mortas ao seu redor, Rainey.

— Todos nós morremos, só que alguns de nós morrem mais cedo do que outros.

A afirmação era estranha e eu queria explorá-la. Isso teria que esperar. Por enquanto, estava disposto a aceitar tudo o que ela me desse. O movimento chamou minha atenção; ela estava tocando a marca abaixo do cotovelo novamente.

Seus dedos se moveram sobre ele, e tive uma visão clara de cinco marcas de registro, como se ela estivesse contando algo.

Por que cinco? O que era tão importante que ela gravaria a contagem em sua pele?

— Então vamos começar por aí.

Outro sorriso.

— Eu deveria te avisar, Doc, sou um pouco vadia. Esta história... — Ela piscou lentamente. — Esta história não me pinta de uma maneira bonita. Não como todas as boas garotas, que presumo você esteja acostumado a namorar.

Apesar da condenação, ela não ficou chateada em fazer a confissão. Foi uma declaração simples como um prelúdio para sua história.

— Não estou aqui para te julgar, Rainey. Apenas me diga o que aconteceu.

Acendendo outro cigarro, ela deu uma tragada profunda e depois o apagou, seu olhar distante quando começou a falar.

CINCO

DOIS

Rainey

Passado
Um novo começo, um novo dia.

Isso é o que mamãe sempre dizia quando era hora de pegar as coisas e ir embora. O que ela me dizia desde que eu era uma garotinha, chorando por ter que sair de outra casa, outro quarto decorado, outra escola onde finalmente fiz amigos. Minha mãe tinha problemas em ficar em um lugar só, e geralmente girava em torno de sua incapacidade de manter um emprego ou um namorado.

Esta mudança foi por causa de um homem. Eles estavam juntos há vários meses, bastante tempo para ela, mas como os outros, ele fez as malas e foi embora, seu tempo com ela acabou, sua atenção focada em algo melhor.

Não que minha mãe não fosse uma mulher bonita. Ela era. Um pouco bonita demais, por isso passou por tantos homens. Ela tinha seus problemas, o tipo que atrairia um homem, a princípio confundindo esses problemas com fogo, mas depois o fazia correr quando entendia que era um incêndio que nunca seria apagado.

Uma mulher inflamada, minha mãe surtava por qualquer coisa: uma toalha fora do lugar, uma panela pendurada no gancho errado, um par de sapatos deixado no meio da sala em vez de alinhados ordenadamente perto da porta. Mamãe exigia que a casa fosse organizada exatamente como ela queria. Um erro e aquele fogo dela poderia queimar a pele. Isso fazia os homens se mandarem todas as vezes.

Não que eu me importasse muito. Embora alguns de seus namorados tivessem sido legais, havia outros que eu odiava.

Entramos em Clayton Heights em sua perua antiga, um carro maltrapilho que ela se recusava a chamar de velho, mesmo que fosse verdade. Relíquia como se fosse chique, como se não fosse um passado patético de alguma outra década que era melhor deixar para um ferro-velho do que dirigir na estrada. O carro estalou e chiou quando entramos em uma estrada de terra na frente de uma pequena casa, cercas de arame em todos os lugares para dividir os quintais separados.

Olhei para a minha direita assim que paramos e percebi um homem ajoelhado ao lado de uma moto, o suor brilhando em seus ombros nus enquanto girava uma chave inglesa. O cromo da moto brilhou sob o sol forte, uma isca de pesca chamando minha atenção.

Como mamãe, eu tinha jeito com os homens. Sempre tive, mas se isso era uma coisa boa, ninguém sabe. Certamente não quando eu era muito jovem para entender o que significava sexo.

— O que você acha, Rainey? Parece uma boa casa, não é? É maior do que o apartamento que acabamos de deixar.

Era uma casa. Não havia muito mais a dizer sobre isso, quatro paredes e um telhado que pode ou não ter vazamentos. As partes externas do ar-condicionado se projetavam das janelas dos dois lados da casa, velhas e enferrujadas. Não havia como dizer o que você inspiraria depois de ligá-los.

— Parece bom, mãe.

— Vamos limpar tudo, deixar o quintal bonito e tudo mais. Fazer dela nosso lar, sabe? Um em que ficaremos por um tempo. — Ela dizia isso a cada novo lugar. *Faremos disso nosso lar.* O que ela deixou de acrescentar foi *até que nos levantássemos e partíssemos novamente após o próximo desastre.*

A porta rangeu alto quando desci do carro, o homem consertando sua moto olhou por cima do ombro. Bonito, definitivamente mais velho, provavelmente da idade da minha mãe. Claro que isso não o impediu de me avaliar. Seus olhos percorreram minhas pernas nuas como mãos explorando a pele e os músculos, a apreciação brilhando em seu olhar enquanto ele o arrastava para cima.

Por mais quente que estivesse, eu estava vestindo apenas um short jeans cortado e um top que cobria meus seios, mas deixava minha barriga à mostra. Nossos olhos se encontraram e ele acenou com a cabeça em um cumprimento silencioso. Sorrindo, me virei para caminhar até a parte de trás do carro para ajudar minha mãe com as malas e caixas.

— O lugar está mobiliado, então isso é bom. Nos acomodaremos bem rápido.

CINCO

Ela estava alheia aos vizinhos parados nos observando. O homem ao lado, um grupo de pessoas na calçada oposta. Eles estavam nos avaliando, dando uma boa olhada em quem havia se mudado para a área decadente da cidade. Não me importei com a atenção. Estava acostumada. Arrastando um saco de lixo cheio de roupas da parte de trás da caminhonete, segui minha mãe por um curto caminho até uma varanda de cimento com duas escadas rachadas. O quintal era mais mato do que grama, alto em alguns lugares perto da cerca.

Mamãe abriu a porta liberando um cheiro de mofo, sua mão balançando na frente do nariz. Partículas densas de poeira pairavam sob a suave luz do sol, sangrando das cortinas puxadas na frente das janelas. Mamãe fez uma pausa, examinou o interior e deu de ombros.

— Vai precisar de um pouco de trabalho manual para arrumar, mas acho que isso vai nos fazer bem. — Ela se virou, seus olhos no nível dos meus. — Vou precisar de um pouco de sua ajuda, Rainey. O trabalho começa hoje à noite, então, enquanto você estiver em casa sozinha, pode varrer, talvez esfregar a cozinha e o banheiro antes de ir para a cama.

— O que você precisar — respondi, entrando na pequena sala de estar. Um sofá e algumas mesas estavam cobertos com lençóis encardidos. — Tenho meu próprio quarto ou vamos dividir de novo?

— Seu próprio. — Ela estava orgulhosa de dizer isso, como se quartos separados fossem um luxo que ela finalmente pudesse pagar. Já os tínhamos tido antes em alguns dos lugares em que vivemos, mas não todos.

Nosso último apartamento era equipado com cozinha, quarto e banheiro, tudo em um só lugar. Penduramos lençóis para dar a impressão de que havia paredes. Eu odiava aquele lugar, especialmente quando minha mãe estava com o namorado. Ele gostava de virar a cabeça e me observar quando pensavam que eu estava dormindo e eles estavam...

— Isso definitivamente vai servir. Estou tão animada. Você não está?

Assentindo, olhei em volta e vi duas portas em um pequeno corredor.

— O meu é o esquerdo ou direito?

— Direito. O banheiro fica no final do corredor entre nossos quartos. Apenas um, então vamos compartilhar.

Abrindo a porta, entrei em um pequeno quarto com nada mais do que um colchão fino em uma cama de solteiro e um armário com porta dobrável, com um cabide pendurado.

O saco de lixo com as roupas bateu no chão onde o larguei, uma poeira de sujeira flutuando como uma névoa baixa ao redor das minhas pernas.

Atravessando a sala, puxei a cortina de lado para olhar pela janela. Havia outro homem na garagem do vizinho agora. Ele se encostou na lateral da casa fumando um cigarro, observando o que ainda trabalhava na moto. Com cabelo castanho bagunçado, sem camisa e um par de jeans que caía baixo em seus quadris, ele parecia mais jovem do que o primeiro.

A cortina caiu de volta no lugar, e corri para ajudar a mãe com mais bolsas e caixas, os dois homens me observando caminhar entre a casa e o carro. Mamãe não percebeu, ela estava muito ocupada divagando em sua cabeça, sonhando com todas as maneiras de limpar a casa para que não parecesse a merda que realmente era.

Depois de esvaziar o carro, nos trancamos por dentro, mamãe puxando os lençóis dos móveis. Ela não era o tipo de pessoa que esperava algumas horas antes de se instalar.

— Tenho que estar no trabalho às cinco hoje à noite, Rainey. Vou fazer o máximo que puder antes de partir. Por que você não vai colocar alguns lençóis em sua cama e deixar seu quarto todo bonito? Pendure suas roupas e tal.

Cinco horas chegou rapidamente, minha mãe acenando adeus enquanto saía da garagem. Olhei para a casa do vizinho novamente para ver que os dois homens haviam entrado.

Seguindo o exemplo deles, me retirei para minha nova casa, passei uma hora desempacotando caixas. Depois de um tempo, peguei meu maço de cigarros e me sentei na varanda da frente para ver o sol começar a baixar no horizonte.

Um movimento chamou minha atenção e me virei para ver um cara novo parado na frente da casa do vizinho. *Quantas pessoas eles tinham lá?*

Ele deve ter percebido que eu estava observando. Levantando a mão, gritou:

— Vocês são as novas pessoas que moram na casa ao lado?

Balancei a cabeça, soltei uma baforada de fumaça e o observei correr ao redor do final da cerca de arame para atravessar meu quintal em minha direção. Ele era bonito, com um rosto jovial e olhos azuis, seu cabelo castanho uma bagunça emoldurando sua cabeça. Vestindo jeans largos e uma camiseta branca, ele se aproximou para oferecer a mão.

— Meu nome é Rowan Connor.

Apertando sua mão, sorri.

— Rainey Day.

Ele estremeceu.

CINCO 19

— Ai, sem ofensa, mas o seu nome...

Minha risada cortou seu comentário.

— Eu sei. Minha mãe é meio idiota. Meu nome completo é Rainey Summer Day.

Outro estremecimento e ele sorriu.

— Isso é ainda pior.

— Como eu disse, ela é uma idiota.

Sentado na varanda ao meu lado, ele perguntou:

— Quantos anos você tem?

— Dezessete, quase dezoito. — Estendi o maço de cigarros para ele. — Quer um?

Ele o pegou, bateu a ponta do cigarro na mão e usou meu isqueiro para acendê-lo. A fumaça passou por entre seus lábios.

— Eu tenho quinze.

Muito jovem para mim, mas já imaginava isso depois que se aproximou. Seus ombros não estavam completamente cheios, seu peito era esquelético, mas seu corpo sugeria um homem maior esperando para se desenvolver.

— Quantas pessoas moram na sua casa? Eu vi dois outros caras antes.

Lançando um rápido olhar para sua casa, ele se apoiou em seus braços, as longas pernas esticadas à frente.

— Cinco. Meu pai, eu e meus três irmãos mais velhos.

Ao longe, o sol estava entrelaçando o céu com um *flash* colorido. Vermelho, dourado e rosa despedindo-se do dia.

— Todos vocês naquela casinha?

— Cada um de nós tem seu próprio quarto. Parece pequeno por fora, mas na verdade é uma das maiores casas do bairro. Se cada um de nós não tivesse seu próprio espaço, provavelmente espancaríamos uns aos outros.

Dei uma risada.

— Isso é compreensível. — Inclinei a cabeça, olhando para ele. — Então, o que todos vocês fazem para passar o tempo?

Uma porta bateu à nossa esquerda, um dos caras que eu tinha visto antes saiu para olhar em volta. A postura de Rowan murchou, sua tentativa de parecer mais velho extinguida pela presença do outro homem. Em voz baixa, ele me disse:

— Esse é um dos meus irmãos. O mais velho.

Como se tivesse ouvido o comentário, o homem olhou para cima, franzindo o cenho ao ver Rowan sentado ao meu lado. Ele se aproximou e pude vê-lo melhor.

Ombros largos esticando a camiseta preta, bíceps definidos sob as mangas curtas. Era tipo alguém mais velho que se parecia muito com o garoto ao meu lado, mas cujo corpo havia se desenvolvido. Cumprimentou com a cabeça quando se aproximou. Ele não ofereceu sua mão como Rowan tinha feito.

— Quem é?

Em vez disso, ofereci a minha.

— Rainey. E você é?

Pegando minha mão, ele me puxou para cima, Rowan ficou esquecido atrás de mim. Pobre criança. Eu soube naquele instante que ele provavelmente era um estorvo para seus irmãos, mas isso é o que acontece quando se é o mais novo. Ele não disse uma palavra quando seu irmão colocou a mão nas minhas costas e me puxou para mais perto.

— Jacob.

Rowan criou coragem então.

— Estávamos conversando, Jacob, então talvez você devesse voltar...

Inclinando-se para olhar ao meu redor, Jacob lançou a seu irmão um olhar que o silenciou.

— Talvez você devesse voltar e deixar os adultos conversarem, garoto.

Eu me senti mal por Rowan, mas sabia que ele precisava aprender a dar seus próprios socos. Na verdade, não me importava se ele fosse embora. Seu irmão era muito mais interessante.

— Ela tem dezessete anos — argumentou Rowan.

— Quase dezoito — acrescentei —, em um mês ou dois.

Jacob sorriu, apenas um lado de sua boca bonita subindo. Droga, ele era lindo. Ele tinha olhos castanhos com manchas douradas, uma mandíbula áspera com uma barba por fazer e dentes retos e brancos sob os lábios carnudos.

— Estou falando sério, Rowan, vá embora.

O garoto se levantou da escada para sair como uma tempestade, seu corpo recuando quando a mão de Jacob deslizou para baixo.

— Você curte?

Meus olhos deslizaram para encontrar os dele.

— Sou conhecida por isso. O que você tem para mim?

Droga, aquele sorriso era tudo o que minha mãe me alertou para tomar cuidado, tantas promessas persistentes contidas ali.

— O que você precisar, mas para começar, temos cerveja.

CINCO

Minha voz saiu em um sussurro:

— Parece bom para mim.

Ele apertou minha bunda, em seguida, soltou sua mão para segurar a minha. Eu me sentia pequena em comparação a ele, frágil. Foi uma sensação boa.

Conduzida pelo quintal e ao redor da cerca, subi as escadas da varanda atrás dele e cruzei a porta aberta da frente de sua casa. Rowan não estava mentindo, realmente era muito maior do que o lugar em que agora morávamos.

À nossa esquerda, uma sala de estar se abriu, Rowan sentado no sofá e um cara que não reconheci empoleirado em uma cadeira reclinável, seus pés para cima e um baseado em seus lábios. Ele se virou para olhar para nós assim que Jacob disse:

— Você conhece Rowan, e esse é meu irmão Frankie.

Frankie inclinou o queixo em minha direção, seus olhos rapidamente me examinando de cima a baixo. O sorriso de um gato lentamente apareceu em seus lábios, seus ombros curvando-se para trás contra a cadeira.

Ele não disse nada quando passamos, viramos um canto e entramos em uma cozinha que era duas vezes maior que a minha. O vidro tilintou quando Jacob pegou uma cerveja para mim de dentro da geladeira.

Abrindo a tampa, ele me entregou antes de me prender com os braços contra o balcão. Tomei um gole da minha cerveja, engolindo enquanto olhava descaradamente para seus lábios.

— Cerveja é tudo que você tem?

Bastaria pouco para me apaixonar por aquele sorriso. Puro veneno, uma expressão que sussurrou em seu ouvido com um milhão de pensamentos indecentes.

— Tenho outras coisas para mantê-la ocupada, mas vai te custar.

Desviando meu olhar de sua boca, eu o encarei.

— Não tenho dinheiro. Odeio admitir, mas estou sempre falida.

Seus dedos deslizaram pela minha nuca.

— Então, sorte sua que aceito outras formas de pagamento.

Jacob se moveu rápido, mas não achei que ele estava falando sério. Provocando-o, perguntei:

— Você vai me respeitar de manhã?

Ele riu, seu peito vibrando contra o meu. Afastando-se de mim apenas o suficiente para olhar meu corpo de cima a baixo, ele respondeu:

— Eu não acho que você seja do tipo que se importa.

Rowan entrou na cozinha e a cabeça de Jacob moveu-se para cima.

— Dê o fora daqui, idiota. Você não tem nada que essa garota queira. — Ele pegou uma tigela do balcão ao meu lado e a atirou em seu irmão. Rowan saiu da sala bem a tempo, a tigela quebrando em pedaços contra a parede.

Em seguida, murmurou baixinho:

— Maldita criança. A única maneira de colocar qualquer coisa na cabeça é batendo nele.

Senti pena de Rowan naquele momento. Ninguém quer morar em uma casa onde você é o mais fraco. Caras como Jacob o comeriam vivo. Jacob agarrou minha mão novamente, me puxou do balcão e da cozinha para o corredor. Ele me levou para um quarto e fechou a porta.

— Vou enrolar um baseado para nós, mas como eu disse, vai custar caro para você.

Minha bravura se esvaiu naquele momento. Na verdade, eu sabia fazer esse jogo, mas normalmente nunca tive que ir até o fim. Não inicialmente, pelo menos.

Separando um pouco de maconha no topo de uma cômoda, Jacob pegou um rolo de papel de seda de um pacote.

— Eu não estou brincando, Rainey. Se você quiser isso, terá que fazer por merecer.

Apertei a cerveja contra o peito, a garrafa fria como gelo contra minha pele.

— O que você quer que eu faça?

— Tire a roupa ou vá para casa. — Ele enrolou o baseado e lambeu a seda para fechá-lo. Virando-se, encostou-se na escrivaninha e acendeu a ponta. Seus olhos nunca deixaram os meus quando deu uma tragada, uma sobrancelha arqueando.

O cheiro me atingiu e eu ansiei pelo barato. Viver essa vida sóbria era uma tortura. Pelo menos com as drogas, você tinha momentos em que podia fingir que tudo ficaria bem. Eu cederia a ele, embora esperasse que ele estivesse brincando. Sempre cedi.

— Podemos pelo menos ir para minha casa? Não há ninguém lá.

Ele deu outra tragada, soprando diretamente em mim.

— Por que precisaríamos fazer isso? Não há ninguém neste quarto além de você e eu.

Do outro lado da porta, eu podia ouvir a televisão, várias vozes profundas se levantando para competir com seja lá o filme que estivessem

CINCO

assistindo. Jacob desviou os olhos para a porta, de volta para mim.

— Se você está preocupada com eles, eles não se importarão. — Deu um passo em minha direção e recuei. Droga, eu queria tanto aquele baseado que podia sentir o gosto.

— Eles não vão saber? — Olhei para ele, minha voz insegura. Ele encolheu os ombros em resposta.

— Tire a camisa, se é que pode chamar assim. Parece-me um pedaço de pano amarrado em você.

Eu me senti encurralada, fora de controle, mas tinha me metido nessa confusão e tudo que eu queria era ficar chapada. Recusando-me a encontrar seu olhar, coloquei minha cerveja em uma pequena mesa ao lado, estendi as mãos às costas e desamarrei o top, que caiu silenciosamente no chão aos meus pés.

— Oh, porra, sim, Rainey. Você tem peitos enormes, não é? — A mão de Jacob segurou um dos meus seios enquanto ele me entregava o baseado. — Você ganha uma longa tragada por isso.

Puxei a primeira enquanto seu polegar roçava meu mamilo.

Inclinando-se, ele pressionou sua boca no meu ouvido.

— Você está me deixando duro. Toque em mim e deixarei você puxar mais uma.

Soprando a fumaça que segurei pelo máximo de tempo que pude em meus pulmões, meus olhos se fecharam para sentir o alívio instantâneo do efeito. Jacob estava massageando meus seios contra suas palmas, empurrando-os juntos para esfregar os polegares na dobra central. Ele não perdeu tempo.

Tirando o baseado da minha mão, ele riu quando tentei pegá-lo, e deu um passo para trás para me manter fora de alcance. Sua cabeça se inclinou para o lado.

— Você sabe o que eu quero.

Eu sabia. Era a mesma coisa que todo homem queria quando olhava para mim. A vergonha inundou minhas bochechas, mas desabotoei o botão do meu short e o deixei cair aos meus pés para que eu pudesse chutá-lo.

Em nada, além de um fio dental, olhei para ele. Ele deu um passo em minha direção e me entregou o baseado antes de agarrar meus ombros para me virar. Batendo na minha bunda, ele assobiou.

— Droga, bebê, ela balança direitinho. Este seu corpo é insano.

O baseado enrugou quando respirei fundo, a ponta acendendo. Jacob empurrou meu cabelo para longe do meu pescoço, sua boca correndo ao longo dele enquanto ambas as mãos seguravam minha bunda, seus polegares enfiados sob as laterais da minha calcinha.

— Isso está bem? — Ele puxou para baixo depois que balancei a cabeça, feliz por ele não poder ver meu rosto. Nem vinte e quatro horas na vizinhança e já era a vagabunda fácil.

Minha calcinha caiu no chão, seus dedos explorando entre minhas pernas.

— Continue fumando enquanto eu cuido de tudo. Seja boazinha, e vou mandá-la para casa com o seu quando terminar. Parece bom?

Balancei a cabeça, fumaça saíndo de meus lábios.

Seu corpo pressionado contra o meu, suas mãos alcançando ao redor para brincar com meus seios um pouco mais.

— Diga em voz alta, Rainey. Eu preciso ouvir você dizer isso.

Meus olhos se fecharam.

— Sim. Está bem.

Ele me virou e abaixou a cabeça para lamber um dos meus mamilos.

— Então tire minhas calças.

Antes que eu pudesse impedi-lo, ele arrancou o baseado de meus dedos, libertando minhas mãos. Os olhos castanhos de Jacob encontraram os meus quando deu uma longa tragada.

Já estou tão longe, ficava dizendo a mim mesma enquanto mexia no cinto dele. Por fim, consegui desamarrar tudo e a calça caiu no chão. Ele manteve seu olhar fixo no meu.

— Você pode me tocar se quiser.

Envolvendo uma mão trêmula em torno dele, vi sua cabeça pender para trás, seus lábios se separando para exalar uma onda de fumaça. Jacob me entregou o baseado e assumiu.

Levantando-me do chão para que minhas pernas pudessem envolver seus quadris, ele não se preocupou em me preparar, mas então, isso era apenas sobre ele, o pagamento pelo que ele possuía e eu queria e precisava.

A parede era áspera contra minhas costas, seus quadris dançando enquanto eu virava a cabeça para levar o baseado à minha boca. No momento em que eu estava terminando de fumar, ele também estava prestes a terminar de me foder, um baque surdo enquanto minha bunda se chocava contra a parede atrás de mim. Ele nem mesmo me beijou, nem uma vez.

Rosnando profundamente em seu orgasmo, ele puxou a tempo de gozar na minha barriga. Em seguida, me colocou de pé, levantou as calças o suficiente para andar e atravessou o quarto. Jacob pegou uma toalha do

CINCO

chão, limpando-se antes de jogá-la na minha direção.

— Vista-se — ele disse, sem se preocupar em olhar para mim. — Vou enrolar outro para você ir para casa.

Senti pura vergonha enquanto colocava minhas roupas, esperando em silêncio enquanto ele terminava de enrolar outro baseado antes de entregá-lo. Ele abriu a porta de seu quarto para me ver sair e deu um tapa na minha bunda quando passei por ele.

Quando atravessamos a sala de estar, Frankie riu e uivou enquanto Rowan me encarava do sofá.

O pai deles deve ter voltado para casa enquanto estávamos de volta ao quarto. Ele apenas balançou a cabeça, riu e murmurou algo antes de se afastar.

Abri a porta da frente e olhei para trás. Jacob sorriu.

— Sempre que você precisar de algo, Rainey, me avise.

A porta se fechou atrás de mim enquanto eu cambaleava noite adentro para voltar para casa. *O que diabos aconteceu?*

Depois de fumar o segundo baseado, terminei de limpar a casa e desempacotar a cozinha. As lágrimas encharcaram meu travesseiro naquela noite, frias contra minha bochecha quando adormeci.

Justin

Presente

A memória era interessante, patética e triste. Senti pena dela. Porque ela queria começar sua história ali, eu não tinha certeza. Não tinha nada a ver com a forma como seus amigos foram mortos, como todos eles acabaram assassinados dentro de uma casa de dois andares fora de Clayton Heights.

— Seus vizinhos — perguntei —, eles estavam na casa à esquerda?

Rainey acenou com a cabeça, puxou uma perna para cima do sofá, joelho dobrado, seu braço o envolvendo, completamente alheia à pose desavergonhada, suas pernas abertas, me dando uma visão perfeita entre elas. Pela história dela, eu acreditaria que ela seria mais fechada, tímida de seu corpo depois de ser usada tão descaradamente.

— Sim, a casa deles pegou fogo alguns meses atrás. Foi terrível. Assustador, na verdade. Achei que iria se espalhar para a minha casa também, mas não aconteceu.

Ela estava inquieta para falar sobre isso, seus dedos subindo pela sua canela, seu corpo balançando sobre o assento como se ela não pudesse ficar confortável.

— Rainey, por que você me contou essa história? O que isso tem a ver com a morte de seus amigos algumas noites atrás?

Um suspiro pesado saiu de seus pulmões.

— Achei que você deveria saber como tudo começou.

Franzi o cenho, um milhão de perguntas que eu queria fazer, tanto que era difícil escolher uma.

— Tudo, como o quê? Você sabe quem matou seus amigos e amarrou você naquela noite?

Com uma sacudida rápida de cabeça, ela se recusou a encontrar meus olhos, seu cabelo caindo para frente para proteger seu rosto. Ela bateu na marca em seu braço novamente.

— Não. Mas, não sei... Não tenho certeza por onde começar.

— Vamos falar sobre a festa onde seus amigos morreram. Qual é a última coisa da qual se lembra naquela noite, antes de ser atacada?

Tirando o cabelo do rosto, ela me olhou por baixo dos cílios. Seus olhos eram realmente notáveis, lindos mesmo com pouca luz. Eram olhos inocentes, o que você poderia imaginar no rosto de um anjo, suave e despretensioso. Na minha prática, os olhos de uma pessoa dizem tanto sobre ela quanto sua linguagem corporal e o que ela diz, às vezes mais, porque ela não consegue controlar a maneira como vê o mundo. Verdadeiramente uma janela para a alma.

— Hum... — Pegando o maço de cigarros, ela tirou um e o acendeu. — Eu estava falando com Michael. Eu lembro disso. Ele tinha ido lá com Megan, mas ela tinha adormecido no sofá, ele queria... — A voz dela sumiu, as bochechas ficando rosadas.

Eu não faria uma sugestão sobre para onde imaginei que a história estava indo. Fazer isso seria conduzir sua memória ou correr o risco de dar-lhe uma memória falsa.

— Michael queria transar. — Desfocando a afirmação, ela envolveu os lábios sobre o cigarro, deu uma tragada e soprou uma baforada. Era tudo muito prático, seu corpo rígido, preparando-se para ser julgado. Tive o cuidado de não revelar minha reação através da minha expressão facial. Vendo isso, ela acrescentou: — Michael foi a razão de eu estar amarrada à cama. Estávamos, você sabe, nos divertindo. E então ele saiu do quarto.

Quem quer que tenha matado seus amigos não foi quem a deixou amarrada na cama; pelo menos não foram eles que iniciaram. Estávamos chegando a algum lugar.

— O que aconteceu então?

Por que o assassino bateu em você, mas a deixou viva? Era possível que eles fossem interrompidos. O assassino se assustou e foi embora. Tudo era possível.

Sacudindo as cinzas, ela ergueu a voz.

— Eu não sei. Eu estava confusa. Eu...

— Okay — com uma voz suave, mudei a direção da conversa para acalmá-la. Ela queria falar sobre outras coisas, então aceitei. — Por que você dormiu com Jacob no primeiro dia em que o conheceu se não queria fazer isso? Você queria dormir com Michael na noite em que ele morreu?

O silêncio se espalhou entre nós, pesado. Rainey não encontrou meu olhar novamente, mas sua perna se moveu, abrindo ainda mais. Ela não tinha noção da privacidade de seu corpo. Sua voz era um sussurro quase inaudível.

— Porque é isso que garotas como eu fazem. É para isso que servimos. É apenas sexo, certo? Nada especial.

As palavras saíram de seus lábios como uma névoa matinal sobre a água, preguiçosa e densa. Um homem com um motivo concordaria com ela.

Rabisquei uma anotação no meu bloco amarelo.

— Você gosta disso? — *Cuidado, Justin. Isso importa mesmo?* Eu queria saber.

— Não no começo, mas depois você se acostuma. Dizendo a si mesma que gosta. Tive momentos em que foi divertido. — Seus dedos traçaram o interior de sua coxa chamando minha atenção.

— Você queria dormir com Jacob quando o conheceu?

— Eu queria ficar chapada.

Erguendo a cabeça, ela observou minha reação. Não dei a ela uma. Calmo, controlado, profissional. Isso foi tudo o que ela recebeu de mim. Mas isso não significava que eu não estava ciente do efeito que essa garota teria sobre outros homens. Ela era praticamente uma boneca sexual, seu corpo apenas complementado pela sua voz. Tudo sobre ela era gratuito e à mostra. Rainey queria ser vista.

— Você é viciada em drogas, Rainey?

Outra sombra de um sorriso.

— Posso parar quando quiser — ela brincou em um falsete simulado.

— Você é?

Mudando de posição no sofá, ela abaixou a perna e ajeitou os ombros para frente, apoiando as mãos em cada lado do corpo sobre o sofá. Isso permitiu que a gola de sua camisa caísse para frente o suficiente para que eu pudesse ver por baixo.

Nenhuma vergonha. Estava começando a acreditar que suas ações eram deliberadas.

— Qual é a definição de um viciado?

— Uma pessoa que não sabe dizer não. Aquele que usa diariamente. Quem destrói sua vida...

— Não — ela me cortou. — Eu não sou. Eu não faço nada há um tempo. Eu realmente posso parar. Mas se estiver lá e eu estiver entediada, por que não?

CINCO

Minha caneta bateu no bloco no meu colo.

— Porque as pessoas morrem por causa do uso de drogas ou se encontram em situações muito parecidas com a que você esteve com Jacob. — Parando, eu a observei, notei a maneira como ela olhou para o lado em vez de olhar para mim. Ela estava escondendo algo. — Essa foi a única vez que você dormiu com Jacob?

Seus lábios se curvaram em um sorriso.

— Achei que você só queria saber sobre a noite em que meus amigos morreram. — Com a cabeça inclinada para a direita, seus olhos encontraram os meus. — Ou você gostaria de saber tudo? Decida-se, doutor.

— Justin — corrigi.

Um encolher de ombros insignificante.

— Tanto faz. — A língua de Rainey umedeceu seus lábios. — Você gostaria de saber a história inteira ou apenas algumas partes?

Com essa garota, seu comportamento estranho e total falta de autopreservação, entendi que para conhecê-la como pessoa, para entender suas habilidades e atitudes, eu precisava ouvir tudo o que ela estava disposta a me dizer.

— Nós vamos passar por tudo isso, se você quiser.

— Então sim, eu dormi com Jacob novamente. Por que não? Não era como se ele já não tivesse feito isso antes. — Seus olhos me desafiavam a dizer algo, a condená-la, a julgar. Quando não o fiz, ela sorriu para adicionar outra camada à história, para abrir outra cortina para que eu pudesse ver todas as decisões que ela tomou em sua vida. — Dormi com o pai dele também.

Tive que respirar profundamente para não arregalar os olhos sem querer, tive que ter calma para não reagir descaradamente.

— Você não disse que o pai dele tinha a mesma idade da sua mãe?

Assentindo, ela bateu as cinzas do cigarro outra vez, suas bochechas se contraindo para dar outra tragada. Seus lábios se curvavam sedutoramente cada vez que ela exalava a fumaça.

— Paul tinha quarenta e cinco anos, eu acho. Quarenta e três talvez. Não sei. Mas sim, ele era muito mais velho do que eu.

Uma inspiração. Uma expiração.

— Você quer me contar sobre isso? Jacob sabia que você dormiu com o pai dele também?

Soltando o cigarro no mesmo copo de antes, ela virou o corpo para se deitar no sofá, com as mãos apoiadas na barriga enquanto olhava para o teto, uma perna pendurada para o lado enquanto seu dedo do pé balançava para frente e para trás sobre o chão.

— Não, no começo ele não sabia. Mas não tenho certeza se ele se importou muito. Quando ele descobriu, ele não ficou chateado nem nada. A família não era do tipo que fica com ciúmes. A única pessoa que ficou chateada foi Rowan, e acho que é porque ele sabia que eles estavam me usando.

Rabiscando nomes assim que ela os mencionou, lembrei-me do terreno vazio ao lado, a evidência de um incêndio em uma casa.

— Rainey, o que aconteceu com seus vizinhos? Jacob, Paul e Rowan. Eles se mudaram após o incêndio?

Pela primeira vez desde que a conheci, percebi remorso em sua voz.

— Não. Eles estão todos mortos. Frankie e Joel também.

Frankie eu reconheci.

— Joel?

— Outro irmão. Jacob era o mais velho. Frankie atrás dele. Depois, Joel. — Ela fez uma pausa antes de admitir: — Rowan era o mais jovem.

Tantas mortes em torno dessa garota...

Anotei o novo nome.

— Eles morreram no incêndio?

Sua cabeça rolou sobre o pequeno travesseiro embaixo dela.

— Não. Apenas Frankie. Mas vamos chegar lá.

Infelizmente, tive a sensação de que chegaríamos a tudo antes que a verdade fosse revelada. Tentei redirecioná-la novamente.

— Seus amigos na festa — verificando a pasta, acrescentei: — Michael, Megan, Preston e Angel. Como você os conheceu? O que eles têm a ver com o que você está me dizendo agora sobre a família da casa ao lado?

Coçando a marca em seu braço, ela respondeu:

— Eu os encontrei lá. Bem, não Preston. Eu o conheci na escola originalmente, eu acho. Mas o resto deles conheci na porta ao lado. — Ela olhou para mim, o cabelo caindo nas laterais do rosto. — Você quer que eu conte a história? Ou você tem outras perguntas?

Relaxando no meu assento, percebi que essa entrevista não seria fácil.

— Não tenho mais nenhuma no momento. Vá em frente e me conte a próxima parte da história.

CINCO

QUATRO

Rainey

Passado

Clayton High School deixou muito a desejar. O prédio estava caindo aos pedaços, todos os tetos manchados de goteiras, e os corredores estavam cheios de lixo, pois havia alunos vagando preguiçosamente. Presumi que houvesse zeladores que mantinham as coisas arrumadas, mas eles não faziam rondas durante o dia para verificar os banheiros onde todos os vasos sanitários estavam transbordando e os rolos de papel eram puxados como fitas longas e úmidas todas as manhãs, o chão mumificado. Crianças são idiotas e são também a razão pela qual eu estava praticamente tropeçando de volta para casa com a bexiga cheia.

Nuvens cobriram o céu acima da minha cabeça, escondendo a luz do sol, o calor, os últimos dias do verão terminando com o avanço do outono. Deixei minha jaqueta em casa, adicionando outra camada de merda a uma situação já ruim.

Sentir frio nunca combina com ter que usar o banheiro e quando eu finalmente me arrastei pela estrada de terra até a minha casa, estava tão desesperada para fazer xixi que quase explodi. O carro da mamãe não estava lá. Ela estava trabalhando dobrado. Procurei pela chave de casa dentro da minha bolsa.

— Porra! — Jogando o conteúdo no chão, fui em busca dela, com lágrimas escorrendo dos meus olhos quando percebi que tinha esquecido de pegá-la naquela manhã. Mamãe geralmente ficava em casa por algumas horas depois que eu voltava da escola. Não era um hábito levá-la comigo.

Tentei a maçaneta com a esperança de que estivesse destrancada, gritando e batendo na porta para descobrir que não estava.

— Droga!

Atrás de mim:

— Há algum problema?

Virando, mantive meus joelhos juntos como se isso fosse impedir minha bexiga de estourar. Paul estava atrás de mim, sua expressão confusa. Bufei ao dizer:

— Tenho que fazer xixi e esqueci minha chave de casa.

Ele riu e olhou ao redor.

— Há muitos arbustos que você poderia usar.

Eu estava pulando àquela altura, as mãos entre as pernas como uma criança.

— Posso usar seu banheiro bem rápido?

— Fique à vontade.

Correndo para sua casa, passei pela sala de estar e pelo corredor, tropeçando nos meus próprios pés para chegar ao banheiro. Há várias sensações boas no mundo, mas nada como se sentar em um vaso sanitário na hora exata.

Minha bexiga liberou e gemi alto, meu torso dobrando para frente sobre o meu colo com o alívio imediato. Depois que acabei, lavei as mãos e entrei na sala para encontrar Paul sentado na poltrona.

— Obrigada — gritei, minha mão na porta da frente para sair. Eu não tinha passado muito tempo com Paul nos dois meses que morava ao lado dele. Além disso, ele sabia que eu estava trocando sexo por drogas com um de seus filhos. Era estranho estar perto dele.

Ele franziu o cenho.

— Você não me disse que estava trancada do lado de fora de casa?

— Sim, mas joguei minha bolsa na varanda da frente e preciso pegá-la. Mamãe pode ter deixado uma janela destrancada ou algo assim.

— Deixe-me ajudá-la. Não deve ser muito difícil fazer você entrar. Estas casas não são as melhores. — Ele se levantou da poltrona reclinável e abri a porta da frente, sem saber como dizer a ele que não precisava de ajuda.

Paul era um homem alto e suas pernas eram tão longas que ele me alcançou antes que eu tivesse a chance de recusar a oferta. Assim que ele se aproximou de mim, o cheiro de sua colônia atingiu meu nariz, masculino e almiscarado. Não era um cheiro ruim.

— Você tem certeza? — Olhando para ele, percebi que ele era mais alto do que Jacob, mas apenas alguns centímetros. Seu corpo também era

CINCO 33

maior. Não gordo, o homem estava realmente em boa forma para sua idade, seus braços fortes de tanto trabalhar em motos e sua barriga chapada.

Ele usava uma camisa branca de botão para fora da calça jeans, o indício de um cinto de couro preto e uma fivela de prata pesada aparecendo cada vez que ele movia os braços e a camisa puxava para cima. Quando ele acenou com a cabeça em resposta à minha pergunta, baixei o olhar e o segui para fora.

— Há quanto tempo você anda de moto? — Meus dedos deslizaram sobre o cromo de sua motocicleta quando passamos por ela. Paul olhou por cima do ombro para mim com um sorriso. Seus olhos eram da mesma cor que os de Jacob, suas bochechas e mandíbula cobertas pela barba por fazer. Não havia uma única mecha grisalha em seu cabelo castanho, mas na sombra de sua barba, sim.

— Provavelmente por mais tempo do que você tem de vida. Meu pai e meu avô andavam. Eu não conseguia me imaginar preso dentro de uma caixa de metal enquanto dirigia na estrada. Gosto do vento.

Ervas daninhas altas faziam cócegas em minhas pernas enquanto cruzávamos meu quintal. Mamãe ainda não tinha conseguido fazer nada com ele. Então, novamente, as ervas daninhas e ilhas de sujeira não estavam exatamente se destacando neste bairro. Quase todas as casas tinham o mesmo problema, a decadência da negligência urbana e pessoas mal pagas com muitas horas de trabalho.

Enquanto Paul contornava o perímetro da casa verificando as janelas, agachei-me na varanda para recolher minha bolsa, enfiando o último livro lá dentro enquanto ele parava ao meu lado.

— Aparentemente sua casa foi construída melhor que a minha. Não consigo encontrar uma maneira de entrar sem quebrar alguma coisa.

Sentando-me na calçada cimentada, olhei para ele.

— Não tem problema. Posso esperar aqui até a mamãe chegar em casa.

Ele entrecerrou o olhar e balançou o corpo.

— Sua mãe não trabalha até tarde da noite? Não é seguro ficar aqui sozinha quando o sol se põe. Você pode ficar na minha casa. Os meninos estão todos fazendo suas próprias coisas até mais tarde, mas você pode assistir televisão para passar o tempo.

Eu não estava exatamente confortável com a ideia.

— Além disso, eu sei que você acha que é Jacob quem lida com os baseados na minha casa, mas ele herdou isso de mim, menina. Vou enrolar alguma coisa enquanto você espera.

Depois do dia que tive, um baseado parecia o melhor remédio para fazer tudo desaparecer.

A Sra. Cleft me chamou no meio da aula para responder a uma pergunta que eu não sabia. Ela me fez parecer uma idiota na frente de todos quando não soube a resposta. Eu não era inteligente, mal conseguia ler, muito menos lembrar de nada. Mamãe nunca prestou atenção às minhas notas, então nem eu. Em vez disso, me atrapalhei com os estudos, apareci todos os dias para ter algo para fazer e para que a assistência social não fosse chamada por ela não me obrigar a ir à escola.

— Não tenho dinheiro para pagar por isso.

— É por conta da casa. — Seus olhos castanhos fixaram-se nos meus. — Mas só desta vez.

O que mais havia para fazer? Era para ser um dia bom, mas tudo tinha virado uma merda.

— Bem, é meu aniversário. Podemos chamar de presente de aniversário?

— Hoje é seu aniversário?

Balancei a cabeça, um sorriso contraindo minhas bochechas.

— Quantos anos?

— Dezoito.

Os olhos de Paul brilharam, seu rosto se iluminando com um sorriso de dentes brancos que me lembrou o de Rowan. Seu filho mais novo não falava muito ou sorria com frequência, mas nos momentos que passávamos sozinhos, ele o fazia. Eu vi Rowan no rosto de Paul agora e sabia que seu filho mais novo se pareceria com ele quando fosse mais velho.

— Bem, bem-vinda à idade adulta, menina. Tenho algo especial, já que é seu aniversário.

Tirando minha bolsa do ombro, ele me acompanhou até sua casa e a jogou no sofá enquanto passávamos pela sala de estar. Os quartos de seus filhos ficavam todos do lado direito da casa, enquanto o dele era o da porta que ficava à esquerda da sala. Seguindo-o, olhei ao redor. Era duas vezes maior que o de Jacob.

— Sente-se enquanto eu preparo isso. — Paul apontou para um banco encostado a uma parede, alto apenas o suficiente para se sentar enquanto alguém amarrava sapatos.

O quarto ficou em silêncio entre nós, exceto pela gaveta que ele abriu e o barulho de um saquinho de plástico. Vi o lampejo de algo de metal em

CINCO

sua mão seguido por um som agudo de arranhar como pregos contra um quadro-negro.

Acenando para mim, ele apontou para um espelho com linhas de pó branco riscadas nele.

— Você já usou coca antes?

— Não. — O máximo que já fiz foi beber álcool e fumar maconha.

— Bem, essas duas linhas são para a aniversariante e essas duas aqui são para mim. — Paul me entregou uma nota de um dólar enrolada em um canudo apertado. — Basta colocar uma ponta no nariz e seguir a linha enquanto respira profundamente. Vai ajudar se você cobrir a outra narina enquanto faz isso.

Inquieta, olhei para as linhas e de volta para ele.

— O que isso fará comigo?

— Apenas fará você se sentir bem. Vai te acelerar um pouco. Não te dei muito.

A verdade é que eu gostava de fingir que era durona, que viver uma vida em constante mudança me tornava muito esperta como muitas pessoas que conhecia. Mas quando se tratava de coisas assim, eu não sabia muito. Não até que alguém me ensinou.

Minha mãe usava drogas, assim como todos os homens com quem ela namorava. Todos os meus amigos usavam. Quase todo mundo que eu conhecia usava, então nunca me ocorreu que havia algo errado com isso.

— Okay. — Pegando a nota de um dólar de sua mão, segurei o papel com força para impedi-lo de desenrolar. Tampei uma narina com um dedo e enfiei a nota na outra antes de me inclinar sobre o espelho.

O pó queimou quando inspirei, um gosto amargo escorrendo pelo fundo da minha garganta logo em seguida. Paul riu quando torci meu nariz e balancei a cabeça.

— Você vai se acostumar com isso. Vá em frente e termine o outro para que eu possa fazer o meu.

A segunda linha não foi tão ruim quanto a primeira. Entregando-lhe a nota, dei um passo para trás, esperando cair ou algo assim. Não me senti diferente e me sentei de novo no banco enquanto Paul terminava suas linhas e se virava para se recostar à parede, os braços grossos sobre o peito. Seus olhos castanhos brilharam à luz do sol que entrava por uma janela.

— Como se sente?

Dei um breve aceno de cabeça, o movimento fazendo com que a gola da minha camisa caísse para o lado e deslizasse por cima do meu ombro.

Seus olhos acompanharam todo o movimento.

— Não sinto nada.

O sorriso de Paul era tão tóxico quanto o de Jacob, cada um dos homens Connor o tinha, um sorriso que atraía você e fazia você querer retribuí-lo.

— Espere um minuto. — Ele se moveu contra a parede, as pernas abertas. — Conte-me sobre você, Rainey. A única coisa que sei é que mora na casa ao lado.

Não havia muito o que contar, mas em poucos minutos eu estava falando rápido, uma confusão de palavras saindo de meus lábios em um fluxo cada vez mais acelerado. Eu nem sabia o que estava dizendo.

Um sorriso apareceu em meus lábios que combinava com o de Paul, e enquanto eu continuava a balbuciar sobre Deus sabe o quê, Paul se virou para colocar mais linhas no espelho, chamando-me com um aceno de dedo ao terminar.

Com passos saltitantes, cruzei o quarto nunca me sentindo tão feliz. Essa coisa era muito melhor do que maconha. Em vez de ficar preguiçosa, tive vontade de dançar. Eu dava risadas depois que terminei as próximas duas linhas. Pressionei um ombro contra a parede e observei Paul terminar o dele.

— Obrigada por isso — eu disse. — Você não tem ideia de como o meu dia está muito melhor depois de usar essas linhas. Isso é muito melhor do que fumar um baseado.

Dando um passo mais perto de mim, ele me apoiou contra a parede e correu o dedo sobre meu ombro nu, seus olhos seguindo o movimento de sua mão.

— O que está acontecendo entre você e Jacob?

Meu estômago embrulhou, meu pescoço esticando para olhar para ele.

— Nada.

Deu um pequeno sorriso.

— Vocês dois estão namorando ou algo assim?

Balancei a cabeça, engolindo em seco, e me senti tonta de repente.

— Não. É apenas...

— Sexo por drogas? — Seus olhos encontraram os meus, pupilas minúsculas, as pálpebras semicerradas.

Mordendo o interior da minha bochecha, admiti o que ele já sabia.

— Sim.

Suas narinas dilataram quando ele inalou profundamente.

CINCO

— Você já esteve com um homem de verdade? Aquele que sabe o que fazer com o corpo de uma mulher?

Foi apenas um dedo contra a minha pele, mas eu estava hiperconsciente de seu toque. Meu coração se parecia a um pássaro preso em uma armadilha batendo as asas sob minhas costelas.

— Não.

Inclinando-se para frente, ele deu três beijos leves por cima do meu ombro.

— Quero dizer, Jacob é um cara bom, mas ele também é um moleque. Você nunca fica no quarto dele por muito tempo, o que me diz que ele não está preocupado com você.

A mão esquerda de Paul traçou o centro do meu corpo, parando logo acima do meu short.

— Por que não coloco mais algumas linhas e mostro o que sei que você está perdendo?

Piscando, encarei o chão. Isso era o que todos os homens queriam de mim, mesmo aqueles com idade suficiente para ser meu pai. O único problema era que eu gostava do que a coca estava fazendo por mim. Eu queria ser tocada e não estava tão fora de mim a ponto de não saber o que estava acontecendo. Foi uma resposta impulsiva.

— Okay.

O brilho em seus olhos me disse que ele gostou dessa resposta.

— Não precisa, se você não quiser. Quer dizer, a porta está bem ali, se quiser sair.

O que eu queria era mais duas linhas. Balançando a cabeça, eu disse a ele, e ele me deixou terminar de inalar antes de me dizer para ir me sentar na cama.

Pelo que eu sabia sobre estar com Jacob, pelo que me lembrava do meu passado, a coisa toda acabaria muito rápido. Então poderíamos ir assistir televisão ou algo assim. Talvez ele me desse mais algumas linhas antes de sairmos de seu quarto. Valia a pena. Tinha que valer a pena.

Ele fungou ruidosamente quando me sentei ao lado da cama, minhas pernas praticamente coladas, meus ombros curvados para frente, meu corpo vibrando com a adrenalina produzida pela droga.

Era quase impossível ficar parada.

Paul se aproximou de mim, seus passos pesados contra o chão. Agachando-se, ele agarrou meus joelhos e os separou, seus olhos nos meus o tempo todo.

— Eu não vou machucar você, menina. Exatamente o oposto. Mas não posso fazer você se sentir bem se me bloquear de certas partes do seu corpo.

Eu o deixei abrir minhas pernas, meus olhos observando suas palmas esfregando o interior das minhas coxas. Seus polegares esfregaram entre minhas pernas e eu gemi.

Tudo era tão sensível. Nunca me senti tão bem antes. Ele tirou minha camisa, um som masculino vindo do fundo de seu peito.

— Eu tenho que dizer, Rainey, o bom Senhor formou seu corpo direitinho. Faça-me um favor e tire o sutiã.

Minhas mãos tremiam quando alcancei minhas costas, meu peito indo para frente enquanto Paul observava. Assim que liberei o fecho, as alças escorregaram dos meus ombros, meus seios expostos quando o deixei cair.

Sua boca se fechou sobre o mamilo de um enquanto sua mão moldava o outro. Fechando meus olhos, tentei esquecer quantos anos ele tinha, tentei imaginar que era um menino como Jacob me fazendo sentir tão bem. Gemi, tímida com o som porque nunca tinha feito isso antes. Assim não.

Ele afastou a boca e disse:

— Você está tremendo, Rainey. Apenas tente relaxar. Vou cuidar de tudo.

Eu sabia que o que estávamos fazendo era errado, mas não podia dizer não. Eu não sabia como. Talvez, apenas talvez, se fizesse isso direito, ele me daria mais de sua coca ou me mandaria para casa com um baseado. Achei que poderia ser minha culpa os homens sempre quererem isso de mim. Eles sempre me disseram que meu corpo era perfeito.

— Deite-se. — Sua voz era puro cascalho.

Essa parte era a mesma. *Deite-se, tire a calça, deixe-me mover entre as suas pernas por alguns minutos e então eu gozo.* Eu poderia fazer isso. Pensei que queria fazer isso. Contanto que pudesse fechar os olhos e fingir que era outra pessoa. Neste momento, me lembrei de...

Não. Eu não iria deixar minha mente ir lá. Agora não. Não enquanto eu estivesse me sentindo bem.

Ele tirou minha calça e, em seguida, a minha calcinha. Jogou-as no chão, esquecidas em uma pequena pilha sobre o carpete marrom. Ele ainda estava agachado e tentou abrir minhas pernas novamente, mas eu as mantive juntas.

— O que está fazendo? — Minha cabeça apareceu para olhar para ele.

— Está tudo bem, Rainey, apenas deite-se e deixe-me fazer isso por você.

CINCO

— Fazer o quê? Você não deveria estar em cima de mim?
Paul me lançou um olhar engraçado.
— Você nunca teve um homem aqui embaixo antes?
Balancei a cabeça.
— Não. É o mesmo de quando eu faço?
Ele murmurou baixinho:
— Jacob é realmente um idiota. — Seus olhos se fixaram nos meus. — Deite-se. Deixe-me te mostrar.

Com as pernas tremendo, fiz o que ele disse, meus olhos bem abertos e encarando o teto quando senti sua respiração em minhas coxas. No instante seguinte, sua língua saiu e meus joelhos apertaram em cada lado de sua cabeça. Ele os abriu de volta, enfiou a língua dentro enquanto seu dedo esfregava em um ponto acima de sua boca que fez meus quadris se erguerem.

— O quê? Oh... — Acho que perdi a cabeça, um formigamento percorreu meu corpo quando a sala começou a girar.

Parecia diferente, como se minhas entranhas estivessem se apertando. Quando ele trocou de lugar entre sua boca e sua mão, chupando uma parte enquanto seus dedos deslizaram dentro de mim, gritei, meu corpo tremendo quando meus dedos agarraram o cobertor. Cada músculo do meu corpo tensionou, satisfeita pela sensação de seus dedos estocando. Ele parou quando meu corpo relaxou, ficou de pé e olhou para mim.

— Pela sua cara, eu diria que é a primeira vez que você goza.

Pensei que era. Sexo nunca tinha sido assim antes. Paul esfregou o lábio inferior com o polegar.

— Vire de barriga para baixo. Eu vou pegar você por trás.

Fiz o que ele disse, ouvindo enquanto ele tirava as calças. Agarrando minhas pernas, ele me puxou para baixo para que meus joelhos tocassem no tapete e apenas meu peito estivesse na cama. Esfregando um dedo entre minhas pernas, ele puxou-o para cima para brincar com meu traseiro. Eu pulei, mas ele me segurou no lugar com a mão espalmada sobre minhas costas.

Sua voz soou bem alta acima de mim:
— Não quero o que meu filho já pegou, Rainey. Estou pensando em pegar outra coisa. Apenas relaxe, menina, prometo que farei isso tão bom quanto do outro jeito.

Justin

Presente

Esta entrevista foi perigosa. Sentado ali, ouvindo-a entrar em tantos detalhes, isso me afetou de uma forma totalmente não profissional, completamente degradante, assustadora pelo que eu estava sentindo. Eu deveria ter sentido pena dela, mas minha mente estava indo para outros lugares simplesmente por causa do som de sua voz, a maneira como seus dedos deslizavam lentamente para cima e para baixo no topo de suas coxas enquanto ela falava.

Livrando-me da sensação, pigarreei.

— O que ele fez com você; você estava bem com isso?

— Eu não disse não — ela respondeu, seu cabelo espalhado para o lado do sofá onde ela ainda estava deitada. — E foi a primeira vez que tive um orgasmo. Ele estava certo sobre isso. A primeira coisa que ele fez, pelo menos. A outra, quando ele... — Rainey estremeceu visivelmente. — Isso doeu — ela admitiu em uma voz suave.

— Lamento que tenha acontecido com você. — E eu lamentava. Rainey tinha sido usada repetidamente pelo que ela estava me contando. Mas como tudo se encaixava no que aconteceu com seus amigos? Por que isso importava?

Rainey tocou as marcas em seu braço novamente. Abri a boca para perguntar sobre isso, mas ela falou antes que eu tivesse a chance:

— Eu menti para ele, sabe? Para Paul.

Rabiscando uma nota no meu bloco de notas, olhei para a mão dela esfregando para frente e para trás sobre a marca.

— Sobre?

— Sobre estar com um homem mais velho.

Ocorreu-me que, quando ela falou sobre seus vizinhos, a voz de Rainey era suave, uma reminiscência. Mudou quando ela admitiu que mentiu, a cadência suave se tornando cortada e quebradiça, dura e fria.

— Já estive com homens mais velhos antes.

Sentando-se, ela acendeu outro cigarro. A garota era uma maldita chaminé e eu não tinha dúvidas de que sairia de sua casa com câncer de pulmão em estágio três.

— Estive com cinco, para ser precisa. Cinco que podiam ser mais velhos do que Paul. — Suas mãos tremiam, seus olhos desfocados. Rainey parecia estar à beira das lágrimas. A gola de sua camisa deslizou sobre um ombro, exatamente como ela descreveu quando esteve com Paul.

Quando ela não me esclareceu mais, eu a aticei, gentilmente como uma mãe faria com uma criança temperamental.

— Quem eram os cinco homens mais velhos, Rainey?

Meus olhos foram para a marca em seu braço, de volta para seu rosto. Talvez seja esta a resposta que procuro, o motivo das cicatrizes.

Soltando um suspiro, seus olhos seguiram a nuvem de fumaça, observando-a florescer pela sala enquanto girava, se espalhava e se transformava.

— Os namorados da minha mãe.

Havia alguém que não tinha usado essa garota? Balancei a cabeça, fiz uma anotação, então olhei para ela, atento e disposto a ouvir.

— Você quer falar sobre isso?

Estávamos tão distantes dos detalhes da festa na noite em que seus amigos morreram, mas talvez isso fosse algo que eu precisava saber.

Grenshaw queria esclarecer tudo sobre ela, mas quanto mais nos aprofundávamos em sua vida, mais sua personalidade se desenvolvia. Havia mais nela do que uma garota simples e estúpida que vivia em uma parte ruim da cidade.

A mão de Rainey tremia tanto que me preocupei que ela largasse o cigarro.

— Não há muito o que falar. Aconteceu há muito tempo. Nem todos os namorados dela eram ruins. Apenas cinco deles. Eles se aproveitaram, sabe? Eu era uma garotinha.

— Quantos anos você tinha?

— A primeira vez aconteceu quando eu tinha dez anos. Ele não fez nada comigo além do toque. Mas ele me obrigou a fazer coisas com ele. Os outros... Bom, eles foram todos diferentes no que aconteceu, mas eu nunca gostei. Nunca. Mesmo se eles alegassem que sim.

Anotando essa nova informação, mantive minha voz casual, inofensiva. Interessado, mas não muito. Não queria assustá-la para que ela se retraísse.

— Eles disseram isso à sua mãe?

Um aceno de cabeça.

— Não. Minha mãe nunca soube. Eu nunca disse a ela, mas é o que me diziam quando eu reclamava.

Tive que perguntar devido à sua história recente.

— E esses homens também estão mortos?

Sua cabeça se ergueu, seus olhos estavam furiosos.

— Não. Eles se foram. Assim como todos os namorados da minha mãe fazem. Eles encontraram algo melhor. Não fiquei chateada ao vê-los partir, embora ela chorasse como se fosse o fim do mundo, me desenraizando para recomeçar. Um novo começo e um novo dia e tudo isso.

Acabado o discurso, ela desabou, exausta, sua energia drenada.

Eu queria dar uma olhada neles, ver se ela estava dizendo a verdade que eles foram embora e não eram esqueletos caídos em uma vala em algum lugar.

— Por acaso você se lembra dos nomes deles?

Ela balançou a cabeça e jogou o cigarro no copo. Ele chiou ao encontrar a água, o único som na sala silenciosa.

— Todos os nomes se misturam depois de um tempo. Mas é minha culpa. Por alguma razão, os homens me veem e pensam em sexo. Mesmo quando eu era pequena. Eu me desenvolvi cedo, então sempre pareci mais velha do que sou.

— Não é sua culpa, Rainey. Você foi abusada por aqueles homens. Eles não tinham o direito de fazer o que fizeram e estavam errados por fazer isso. O que eles fizeram foi criminoso. Nunca se culpe.

Ela não respondeu, seus olhos vagando pela sala, a mente processando nossa conversa. Eu esperava que o que disse a ela entrasse em sua cabeça, que ela parasse este ciclo de deixar os homens usá-la.

Suavemente, perguntei:

— Eles são a razão para estes sinais em seu braço? As cinco marcas de contagem?

Imediatamente, ela tocou as cicatrizes.

— Não quero falar sobre isso.

Deixando de lado o assunto, tentei uma nova direção, seu passado era perturbador e complicado.

— Vamos voltar para a noite da festa.

Infelizmente, o tópico de seus amigos serem espancados até a morte foi muito menos emocional para ela.

— Você me disse que Megan estava dormindo no sofá, e Michael amarrou você a uma cama para presumivelmente fazer sexo com você. Onde estavam as outras duas pessoas? Preston e Angel?

— Lá em cima — ela suspirou. — Transando.

Correspondeu ao que as fotos da cena do crime mostraram. Eles foram encontrados nus no mesmo quarto, Preston na cama e Angel caída contra a parede.

— Eles estavam namorando?

Rainey riu, uma gargalhada que abriu seus lábios em um sorriso.

— Não. Na verdade, não. Preston era...

Sua voz sumiu.

— Ele era um idiota. Angel o estava usando para gozar, mas ela não era o tipo que namorava alguém como ele. Não depois de Joel.

O nome era familiar.

— Joel... um de seus vizinhos?

Cruzando uma perna sobre a outra, Rainey recostou-se na cadeira para esticar os braços acima da cabeça. Isso fez com que seu peito arqueasse para a frente, o formato de seus seios óbvio sob sua camisa fina.

— Sim, Joel Connor. O mais próximo em idade de Rowan.

Abaixando os braços.

— Ele era muito bonito. Cabelo loiro escuro com olhos azuis. Rowan disse que ele se parecia muito com a mãe deles. Seu rosto era mais fino do que Jacob e Paul. Não tão redondo. Embora Rowan tenha a melhor combinação de todos eles. Ele também era bonito. — Pausando, ela adormeceu, seus pensamentos no passado.

— De qualquer forma, foi assim que conheci Angel. Ela namorou Joel. Até ele morrer, pelo menos.

— Você era amiga próxima dela?

Rindo, Rainey balançou a cabeça, seu cabelo escorregando por cima do ombro e caindo até a cintura.

— De jeito nenhum. Ela me odiava, na verdade. Nós nos tolerávamos.

No entanto, elas estavam em uma festa juntas? Interessante.

— Por que ela te odiava?

Olhos azuis me encararam, suaves e grandes, as bordas vermelhas e um hematoma se aprofundando na lateral de seu rosto.

— Você realmente quer saber?

— Isso me ajudaria a entender melhor as coisas.

Sorrindo, ela se recostou na cadeira e cruzou os braços sobre o peito.

— Okay, doutor, vou lhe dizer, mas lembre-se de que foi você quem perguntou.

CINCO

Rainey

Passado

As coisas estavam indo muito bem para mim e mamãe na casa nova. Ela estava trabalhando em dois empregos enquanto eu terminava o ensino médio. Eu me ofereci para conseguir um emprego também, mas ela não gostou da ideia. A área era ruim e eu não tinha carro, então ela preferiu que eu ficasse perto de casa.

Rowan tinha vindo para minha casa várias vezes e minha mãe o achava adorável. Ela brincava e beliscava suas bochechas, fingia que ele era o filho que ela nunca teve.

De certa forma, ele era. Eu o adotei como meu irmão mais novo, o abriguei sob minha proteção quando seus irmãos o tratavam como um lixo. Ele entrou na onda, manteve meus segredos sobre o que acontecia em sua casa. Ele era a única pessoa que sabia que eu estava transando com Paul e Jacob.

Bem, Paul tecnicamente sabia, mas ele não disse nada a Jacob. O único motivo pelo qual Rowan sabia era porque ele me pegou saindo do quarto do pai uma noite.

Pobre Rowan. Ele não estava feliz com o que eu estava fazendo e eu sabia que ele se sentia excluído. Todos os seus irmãos eram maiores de idade, mas ele era o bebê da família, uma gravidez acidental, mas que aconteceu alguns anos antes de sua mãe morrer.

Ele não era como seus irmãos, no entanto. Ele era amável, uma alma gentil, o tipo de pessoa que merecia uma boa garota que o trataria bem. Acho que Rowan foi o único amigo que já tive na vida, alguém com quem eu poderia conversar que não me julgaria ou me usaria para nada. Ele genuinamente se importava com meus sentimentos. Se eu estava feliz ou triste. Ele se esforçou para me fazer feliz.

Ele ainda era uma criança, porém, por isso, eu não o ouvia muito. Suas opiniões eram doces, mas não pesavam em minha mente. Não havia como ele entender o que passei na minha vida, por que preferia ficar bêbada e fazer o papel de uma garota que estava lá apenas para ser usada.

Vários meses se passaram e meus vizinhos estavam fazendo uma pequena reunião em casa, nada grande, uns amigos e só. Como de costume, eu estava no sofá (ficava mais na casa deles do que na minha, mas a solidão fazia isso com as pessoas) quando Joel entrou com o braço em volta de uma garota. Foi surpreendente ver Joel com ela.

A mulher tinha a minha idade ou possivelmente era um pouco mais velha, ela tinha cabelo castanho claro cortado bem curtinho, um corte pixie, mais longo na frente do que atrás. Seus olhos eram um pouco separados, o nariz pequeno demais, a inclinação perceptível. Com um rosto redondo que não tinha muita definição, ela tinha lábios finos que sorriam quando olhava para Joel, mas ficavam tensos quando se virava para olhar para mim.

Inclinando-me para Rowan, tirei um fone de ouvido de sua orelha. Ele estava sempre ouvindo música, provavelmente teria sido um grande músico se alguém prestasse atenção suficiente para comprar um instrumento para ele. Inclinando meu queixo, cutuquei seu ombro com o meu e perguntei:

— Quem é essa?

Seu olhar se estreitou sobre ela.

— Angel Maxin. Ela está uma série à sua frente. É uma vadia.

— O que Joel está fazendo com uma garota como ela?

Rowan revirou os olhos, dando um sorriso não muito verdadeiro.

— Não me diga que você planeja foder Joel também.

Fiquei boquiaberta com ele, atordoada e um pouco magoada. Não era típico de Rowan me acusar. Percebendo seu erro, ele jogou um braço em volta dos meus ombros e me puxou para um abraço.

— Estou brincando com você, Rainey. Não leve para o lado pessoal.

Ainda doía ouvi-lo falar assim sobre mim. Mesmo que eu merecesse.

— Ei. — Ele agarrou meu queixo e virou meu rosto para ele. — Eu sinto muito. Não quis dizer isso.

— Oh, isso não é fofo? Parece que a vagabunda da porta ao lado também vai foder o irmãozinho. Você circula bastante por aí. Mas talvez Paul e Jacob apenas vejam você por uma questão de conveniência, considerando que está sempre ao alcance.

Minha cabeça se ergueu para ver Angel parada na entrada da sala de estar, Joel entrando atrás dela. Deslizando o braço em volta de sua cintura,

CINCO

ele passou a ela um baseado e soprou uma nuvem de fumaça.

— Nah, Rainey não gosta de Rowan, não é? Rowan chora até dormir por causa disso todas as noites. Provavelmente sacode tanto seu pau pensando nela que a maldita coisa vai cair antes que ele tenha a chance de usá-lo com uma mulher de verdade.

Joel riu, seus olhos fixos em mim de uma forma que eu reconheci. Estava frio naquela noite, início de janeiro, a neve caía suavemente do lado de fora, alertando que uma tempestade maior estava por vir. Eu estava com um par de jeans apertados e uma camisa de mangas compridas, mas como de costume, deixei de usar sutiã. Eu odiava as malditas coisas; eram muito restritivos. Então, a menos que eu estivesse na escola onde o código de vestimenta os exigisse, geralmente ficava sem.

Os aquecedores da casa tentavam a todo custo manter o frio afastado, mas a brisa passava e meus mamilos se tornaram evidentes por causa disso. Era para isso que Joel estava olhando, meus seios, embora tivesse uma menina bem ao lado dele.

Angel tinha um corpo bonito, apesar do rosto, e pensei que se ela deixasse o cabelo crescer, isso ajudaria a equilibrar mais suas feições. Mas, naquele momento, ela era tão feia quanto poderia ser, suas feições retorcidas em zombaria e ódio, seus olhos semicerrados por causa do baseado que estavam fumando. Ela não aguentava me ver na casa deles.

Jacob entrou na sala enquanto eu me sentava, mortificada porque meu segredo não era conhecido apenas ali dentro daquela casa, mas também por pessoas de fora dela.

— Eu ouvi meu nome? — Ele estava chapado, todos estavam. Todos, menos eu. Não que eu não quisesse; Só não tinha feito o pagamento ainda.

Joel riu de novo, deu um tapa no ombro de Jacob e disse:

— Sim, Angel caçoou de Rainey por transar com você e o pai, e agora Rowan parece que vai vir atrás de nós.

Eu estava tão preocupada com o que Angel sabia e disse que não tinha olhado para Rowan. Virando-me, vi tanta raiva em seus olhos que me assustou. Tocando sua mão, tentei chamar sua atenção para mim, mas ele olhava para seus irmãos, seu corpo tenso, a mão tremendo sobre o sofá.

— Ei, está tudo bem.

Ele não me respondeu.

— Espere um segundo. O quê? — Os olhos de Jacob se arregalaram, sua mente confusa com a erva finalmente compreendendo o que Joel havia dito. Seus olhos se voltaram para mim, um sorriso lento esticando seus lábios. — Ele está mentindo? Você está fodendo meu pai também?

Achei que ele ficaria bravo, mas em vez disso ele riu, balançando a cabeça como se não pudesse acreditar.

— Caramba, garota. Você não tem vergonha, não é? Qual é o gosto de um pau velho? Você gosta das rugas adicionadas? Com nervuras para o prazer dela ou alguma merda assim, certo?

Lágrimas encheram meus olhos, a sala repleta com as risadas de Jacob, Joel e Angel. Rowan se virou para mim e com a visão de apenas uma daquelas lágrimas, ele se levantou do sofá e teria investido contra seus irmãos se eu não tivesse estendido a mão e agarrado seu pulso.

Ele ainda era muito pequeno para lutar contra eles, e eles lhe ensinariam essa lição em todas as oportunidades que podiam. Eu não queria que ele se machucasse por minha causa, não quando já se machucava com tanta frequência por outros motivos.

Rowan era muito bom para esta família e se eu pudesse ter desejado para ele outra vida – uma vida melhor – eu teria.

Joel devia estar muito confuso para entender o que estava fazendo, não era do tipo que piorava as coisas.

Com a idade mais próxima de Rowan, ele tendia a tentar acalmar as coisas. Mas não naquela noite. Ele estava se divertindo muito, provavelmente tentando se exibir na frente de Angel.

— Cara, ela não chupa o pau do papai. Ela dá a bunda pra ele. Eu a vi andando estranho um dia depois de sair de seu quarto, como se ela tivesse descido de um cavalo ou algo assim.

Sua risada explodiu pela sala de estar, como uma maldita rajada de oxigênio alimentando a chama da raiva de Rowan. Rowan tentou se livrar do aperto que eu tinha em seu pulso, então eu sabia que tinha que tirá-lo de lá. Jacob e Joel o machucariam.

Forçar mais lágrimas não foi difícil. O que eles estavam dizendo era constrangedor, especialmente com Angel parada ali. Chorei, não me importando que todos pudessem me ver. Eu só me preocupava em chamar a atenção de Rowan. Ele se virou quando me ouviu, sua palma envolvendo minha bochecha com tanta ternura que me fez querer chorar por um motivo totalmente diferente.

— Vamos lá — ele disse, sua voz suave apesar de quão bravo estava. — Vamos sair daqui. Você não merece isso.

Joel, Jacob e Angel estavam rindo ainda mais quando saímos. Mas eu afastei Rowan deles e isso era tudo que importava.

Corremos para minha casa porque estava muito frio lá fora e esqueci de pegar meu casaco. No momento em que entramos na minha sala de estar, meu corpo estava tenso, meus seios inchados de frio, mamilos eretos. Os olhos de Rowan continuaram vagando lá e eu não podia negar que o que Joel havia dito era verdade.

Rowan me queria. Queria estar comigo como seu pai e Jacob. Mas ele não era o tipo de forçar. Éramos amigos e ele respeitava isso. Ele me respeitava.

Depois de pegar alguns refrigerantes na geladeira, voltamos para o meu quarto para conversar. Minha mãe não estaria em casa até tarde da noite, então tínhamos algumas horas para passar um tempo juntos e relaxar. Ele se acalmou assim que nos afastamos de seus irmãos.

— Sinto muito pelo que eles disseram a você.

Olhando para ele, sorri.

Ele estendeu a mão para enxugar o que restava das lágrimas dos meus olhos.

— Odeio ver você chorar, Rainey. Isso mexe comigo. Isso me deixa louco porque você é melhor do que isso.

Eu não era, mas não discuti com ele. Ele simplesmente continuaria insistindo. Era estranho ouvir alguém que realmente acreditava que eu deveria me valorizar. Minha mãe sempre me disse que eu deveria, mas ela era minha mãe. Elas devem dizer essas coisas. Além disso, pensei que ela estava com medo de que eu acabasse como ela, muitos namorados sem nada para oferecer.

Azar o dela, eu acho. Nunca tive um namorado de verdade, apenas pessoas com quem trepei. Ela achava que eu era uma boa menina, virgem. Eu a deixei pensar isso. A verdade era muito triste para ela ouvir.

— Rainey, estou falando sério. Você deve ficar com um cara que se preocupa com você. Que te vê como mais do que uma garota para usar e jogar fora. Mas você não faz as pessoas te verem dessa maneira. Você os deixa te machucar. Isso tem que parar.

Balancei a cabeça, sorrindo, embora a expressão fosse mais triste do que qualquer coisa. O que ele estava dizendo parecia verdade, mas eu sabia que não era assim. O tempo todo que ficamos conversando, tudo que eu queria fazer era voltar para a casa dele e ficar chapada. Não acho que Jacob se importou em descobrir sobre mim e Paul, o que significava que eu ainda poderia pagá-lo pelas drogas, deixando-o me foder ou pagando um boquete.

Eu preferia quando ele só queria sexo oral. Não doía tanto. Ele nunca foi o tipo que me preparava antes e ardia no começo. Não estava lubrificada.

Rowan tocou minha bochecha novamente, seus olhos brilhando com o quanto ele se importava. Isso me deixou desconfortável porque eu não merecia sua preocupação. Isso só o machucava. Eu deveria ter prestado mais atenção, deveria ter mantido alguma distância entre nós. Se eu tivesse, ele não estaria perto o suficiente para se inclinar e me beijar.

Assim que seus lábios encontraram os meus, dei um pulo, sua mão deslizando para o meu quadril para me firmar. Jacob nunca me beijou e nem Paul. Era apenas sexo para eles. Mas Rowan, ele me beijou suavemente, seus lábios se movendo sobre os meus lentamente até que sua língua varreu a minha. Eu não estava pensando. Fiquei muito surpresa com a sensação de ser beijada. Achei que poderia ser a primeira vez que alguém fazia isso.

Minha boca se abriu e sua língua dançou contra a minha, seu corpo empurrando ainda mais para frente até que ele estava deitado em cima de mim. Gostei da sensação, da lentidão.

Eventualmente, sua mão passou por baixo da minha camisa, segurou meu seio, seu polegar esfregando círculos sobre meu mamilo. Eu podia senti-lo ficando duro contra minha coxa, e isso me assustou por algum motivo. Sua palma estava fria contra o meu peito, o que o fez apertar mais. Ele gemeu, deve ter pensado que eu estava interessada.

Rowan era muito jovem para mim, ainda tinha quinze anos na época, embora seu aniversário estivesse chegando.

Ele falou contra minha boca enquanto sua mão continuava brincando com meu seio:

— Vou tratar você bem, Rainey. Eu não vou te machucar. — Seus quadris começaram a se mover, roçando minha perna. Mesmo isso foi lento e suave. Terno e atencioso.

Foi demais. Ele era apenas um amigo. Eu não o via dessa forma. O que estávamos fazendo era errado e eu o empurrei para longe, me sentando. Odiei a rejeição que vi em seus olhos.

— Você é bom demais para mim, Rowan. Não sou o tipo de garota com quem você deveria estar. Eu sou um maldito problema.

Desviando o olhar de mim, pude ver sua mandíbula enrijecer, seus dentes cerrados de raiva. E embora ele estivesse se sentindo magoado e rejeitado, tudo que eu conseguia pensar era em ir para a casa ao lado de

CINCO

novo, e pagar a Jacob para ficar chapada.

— Vamos — eu disse. — Já faz uma hora. Devíamos voltar. Deixei minha jaqueta e minha mãe vai ficar brava se eu não for buscá-la.

Rowan acenou com a cabeça e passou a mão pelo rosto. Percebi então que ele chorou porque eu o afastei. Ele se importava muito comigo. Acenando com a cabeça novamente, ele não disse nada, apenas se levantou e agarrou minha mão para me ajudar a ficar de pé. A caminhada até sua casa foi lenta, apesar do frio. Eu estava dando tempo para ele se acalmar.

Paul havia chegado durante o tempo em que estávamos em minha casa. Assim que entramos, ele jogou dinheiro em Rowan.

— Vá buscar um maço de cigarros para mim.

As lojas da nossa vizinhança nunca barravam ninguém. Eles não se importavam muito com as leis e com a idade de alguém para comprar cigarros. Eu me perguntei por que Paul faria Rowan ir, mas então olhei para a porta que levava ao seu quarto e vi uma mulher espreitando para fora.

Sabendo o que eles estavam fazendo, fiquei com ciúmes. Paul estava com a coca. Tudo que Jacob tinha era maconha. Eu desenvolvi uma espécie de desejo pelo pó branco, razão pela qual continuei dormindo com Paul.

Rowan pegou o dinheiro no ar e olhou para mim. Ele queria que eu fosse com ele, isso era óbvio. Balancei a cabeça, dizendo a ele para ir sem mim. Joel estava sentado na sala sozinho e fiquei feliz em ver que Angel tinha ido embora. Isso significava que eu poderia dar a Jacob o que ele queria para que ele me enrolasse um baseado. Rowan iria atrapalhar isso. Ele tendia a tentar me manter longe de seu irmão.

Rowan saiu furioso e Paul não disse uma palavra para mim enquanto voltava para seu quarto e fechava a porta. Ouvi a risada feminina se infiltrando até a sala de estar. Eles estavam festejando. Ele provavelmente estava fazendo com ela a mesma coisa que fez comigo.

Caminhando pela sala, meus olhos encontraram os de Joel e pude ver o quão fodido ele estava. Ele tendia a beber muito e quando fumava, ficava tão fora de si que ficava olhando para o nada. Para mim estava tudo bem porque eu só queria fazer o que Jacob queria, pegar um baseado e ir para casa. Voltei para o seu quarto e o encontrei sentado em sua cama. A música estava tocando, algo intenso e rápido.

Ele olhou para mim e balançou a cabeça, um sorriso curvando seus lábios.

— Eu não sabia que você era do tipo que mantinha isso na família.

— Sinto muito. Eu deveria ter te contado, mas...

— Não se preocupe com isso, Rainey. Eu não me importo. Não é como se eu tivesse sentimentos por você ou algo assim. Você é apenas uma boceta.

Suas palavras magoaram. Não era como se já não soubesse, mas ainda doía ouvi-las.

Jacob estava enrolando um baseado, sem realmente olhar para mim quando encolheu os ombros.

— Na verdade — ele disse, seus dedos trabalhando no papel para torcê-lo —, fico feliz em saber que você não se importa em se dar por aí. Quero que você faça algo diferente esta noite para se redimir. Por sua causa, Angel e Joel brigaram. Ela saiu furiosa. Não sei o porquê. Você é apenas uma vagabunda, mas agora Joel está de mau humor. — Seus olhos castanhos ergueram-se para os meus. — Você vai consertar isso enquanto eu assisto.

Parei no lugar, não muito feliz com o que pensei que ele estava sugerindo.

— Não acho que seja uma boa ideia. Eu posso apenas...

— Você pode apenas fazer o que eu digo ou pode ir embora. Papai está ocupado com outra cadela, então você não pode ir até ele por nada. — Ele ergueu o baseado. — Você quer isso ou não?

Ele sabia que eu queria. Seu quarto cheirava a maconha e isso me fez querer mais.

— Eu quero.

Seus lábios se curvaram em um sorriso, ele se levantou da cama.

— Então sente-se. Eu volto já.

Isso não era justo para mim. Eu sabia, não gostava, mas concordei. Nada mais fazia sentido na minha cabeça. Olhei para cima quando dois conjuntos de passos trôpegos entraram no quarto. Jacob fechou a porta com um chute, mas ela não trancou, abriu uma fresta quando ele e Joel avançaram.

Joel estava olhando maliciosamente para mim, suas pálpebras pesadas, seus olhos injetados de sangue, mas seu sorriso me disse que ele estava muito feliz em agradar seu irmão. Jacob foi até o rádio e aumentou um pouco o volume, apenas o suficiente para abafar o som da televisão na sala de estar.

— Bem... — ele disse, acendendo um baseado enquanto Joel ficou olhando para mim. — Você vai festejar com a gente ou o quê?

Minha voz era suave.

— O que você quer que eu faça?

CINCO

— Tirar a roupa seria um bom começo.

Quando hesitei, Jacob disse:

— Vou te dizer uma coisa: já que somos dois, vou enrolar dois baseados. É justo. — Ele cutucou a costela de Joel. — Certo, Joel?

Joel acenou com a cabeça, seus olhos fixos no meu peito.

Fechei os olhos e tirei a camisa, os lábios de Joel se separaram ligeiramente quando meus seios ficaram nus e expostos aos seus olhos. Jacob deu um assobio baixo.

— Eu não disse a você, cara? Seios perfeitos pra caralho. Rainey nem precisa de sutiã. Eles são altos e firmes por conta própria. Pule para cima e para baixo para nós, Rainey. Faça-os saltar.

Meus pés não saíram do chão, mas balancei meu corpo o suficiente para fazer meu peito se mover. Os olhos de Joel estavam grudados neles. Ele estava tão fodido que era como se ele estivesse hipnotizado pela maneira como eles se mexiam. A voz de Jacob estava baixa quando ele deu uma tragada no baseado e soprou.

— Vá tocá-los, irmão. Você sabe que quer.

Joel cruzou o quarto, estendendo as mãos para agarrar meus seios, empurrá-los juntos, separá-los. Ele abaixou a cabeça e colocou um mamilo em sua boca, mordendo-o. Meu olhar permaneceu preso ao de Jacob por cima do ombro de Joel. Ele sorriu, encostando-se na parede enquanto continuava fumando.

— Você quer isso, cara. Então, apenas pegue. Rainey não dirá não.

Eu estava começando a me perguntar se Joel estava ciente do que Jacob estava fazendo. Se ele estava, não parecia se importar. Ele apenas continuou brincando com meus seios como se fosse a primeira vez que viu um par.

Jacob inclinou o pescoço, ainda olhando diretamente para o meu rosto.

— Esta noite vai ser um pouco diferente. Você normalmente fica muito quieta quando transamos e odeio isso em você. Significa que você não está gostando. Então, esta noite, se quiser o que tenho para lhe dar, você vai falar alto, Rainey. E enquanto meu irmão aqui te fode, vai ser meu nome que você vai gritar. Já que você gosta de manter isso na família e tudo. Agora me diga que quer isso porque não estou te forçando a nada. A decisão é sua. Foda Joel ou saia pela porta.

Acenando com a cabeça, silenciosamente concordei.

— Preciso ouvir isso, Rainey.

— Eu quero isso — sussurrei.

Jacob sorriu, um sorriso brilhante completo desta vez, covinhas e tudo.

— Vá em frente, Joel. Tire a calça dela e foda essa garota de jeito. Pegue essa boceta que a Angel não te dá.

Joel puxou o botão da minha calça jeans, abriu o zíper e a deslizou pelas minhas pernas. Ele nem se incomodou em tirar o tecido emaranhado nos meus tornozelos antes de me empurrar na cama de Jacob.

— Não, Joel, não nessa posição. Coloca ela de quatro. Não quero ver essa sua bunda pular enquanto isso acontece. Prefiro ver os seios e o rosto dela.

Joel fez o que seu irmão disse, seus movimentos descoordenados e rudes. Jacob manteve os olhos fixos no meu rosto enquanto Joel se ajoelhava atrás de mim e puxava minha calcinha. Ele estava tirando suas próprias calças em seguida, colocando a ponta de seu pau contra mim.

— Agora, Rainey, estique seus braços e segure-se firme para que eu possa ver esses seios lindos que você tem. Mantenha seus olhos em mim, linda, e use meu nome. Quero ouvir alto e claro.

Foi difícil manter a posição que ele queria, mas consegui, meus braços tremendo enquanto Joel empurrava para frente algumas vezes apenas com a ponta. Jacob riu.

— Pare de brincar e dê a ela. Ela quer.

Ele empurrou totalmente, suas mãos agarrando meus quadris quando ele começou a se mover. Pele batendo contra pele, meu corpo se movendo para frente e para trás com cada impulso. Os olhos de Jacob observaram meus seios e sua língua apareceu no canto da boca.

— Faça barulho, Rainey.

Enquanto Joel estava empurrando dentro de mim tão forte quanto podia, chamei o nome de Jacob.

— Sim. Oh, sim. Jacob, isso é tão bom.

— Faça-me acreditar. Peça com mais força. Joel pode fazer melhor do que isso.

O colchão estava rangendo debaixo de nós enquanto seu pau me enchia uma e outra vez.

— Mais forte, Jacob. Por favor, mais forte!

— Melhor assim — Jacob sussurrou. Ele deu outra tragada no baseado quando um barulho ao nosso lado chamou nossa atenção. Nossas cabeças se viraram ao mesmo tempo, meu coração afundando em meu estômago ao ver Rowan parado na fresta da porta aberta, seus olhos fixos no que Joel e eu estávamos fazendo. Pensei que Jacob iria fechar a porta com força, bloquear Rowan de seu quarto, mas em vez disso, ele estendeu a mão para abrir mais a porta. Joel continuou me fodendo, alheio à presença

CINCO

de Rowan, grunhindo a cada estocada.

Jacob riu.

— O que você acha, irmãozinho? Gostou do que está vendo? É uma pena que seu pau ainda seja pequeno demais para fazê-la gritar assim. — Ele se virou e colocou a mão na orelha: — Continue com o barulho, Rainey. Não consigo ouvir você.

Eu não conseguia olhar para Rowan enquanto fazia o que Jacob queria. Meu coração estava doendo demais. Lembrar da maneira como ele me beijou, a ternura, fez com que uma lágrima deslizasse dos meus olhos.

— Sim, Jacob! Mais forte!

Joel acelerou e Jacob provocou Rowan ainda mais.

— Ouviu isso? É assim que uma garota soa quando você está dando bem a ela. Talvez um dia você faça uma garota gritar assim. Dê uma boa olhada, Rowan, tenho certeza de que você terá muito em que pensar esta noite enquanto se masturba.

Ele riu e bateu a porta, largou o baseado no cinzeiro e foi até a cama. Agachando-se, ele estendeu a mão para agarrar meus seios em suas mãos, apertando-os enquanto Joel continuava.

— Apresse-se e termine. Quero tirar Rainey daqui para que possamos fazer outra coisa mais interessante, como assistir televisão ou algo assim.

Joel grunhiu uma última vez, puxou e gozou nas minhas costas. Jacob piscou para mim, levantou-se e atravessou o quarto para enrolar os baseados que havia me prometido. Depois de sair da cama, Joel me jogou uma toalha para me limpar e saiu.

Dez minutos depois, Jacob me entregou dois baseados, mas segurou um terceiro.

— Quer isso também?

Fechei os olhos com força, me odiando, mas assenti. Ele abriu o zíper das calças, empurrando seu pau contra a minha boca e disse:

— Então chupa.

Tomando-o em minha boca, usei minha mão para trabalhar seu pau enquanto o chupava. Ele terminou rapidamente, rindo enquanto saía.

— Droga, Rainey, você está ficando melhor nisso. — O terceiro baseado caiu no meu colo. — Agora dê o fora do meu quarto.

Não vi Rowan quando saí e fiquei feliz por isso. Encará-lo depois do que ele acabou de ver teria me partido ao meio.

Ele realmente era bom demais para aquela família. Assim como ele era bom demais para mim.

Justin

Presente

Saí da casa de Rainey por volta das quatro da tarde. Como ela prometeu, havia vizinhos circulando, seus olhos desviando do meu carro para mim, de volta para o meu carro.

Não era incomum que ficassem curiosos, não com a história que Rainey estava me contando. Não havia dúvida em minha mente de que o bairro sabia o que estava acontecendo naquela casa. Abrindo a porta do meu carro, parei e olhei para o terreno vazio onde a casa dos Connor costumava ficar. Apenas um deles morreu no incêndio pelo que ela disse, então o que aconteceu com os outros?

Precisando de mais informações, saí de Clayton Heights, feliz por descobrir que ainda tinha os quatro pneus e ninguém havia desmontado meu carro. Ainda havia tempo para isso acontecer.

Minha entrevista com Rainey havia acabado de começar e eu estaria na casa dela todas as manhãs para continuar até que tivesse informações suficientes para fazer meu relatório.

O tráfego era tedioso devido a hora do dia, minha mente vagando sobre o que Rainey já tinha me contado. Ouvi-la era difícil, ela tinha o hábito de divagar sobre momentos que achava desinteressantes, mas depois, mergulhava em detalhes claros e particularmente dolorosos sobre as atividades sexuais que mantinha com seus vizinhos. Algumas vítimas tinham a tendência de se lembrar de tudo, enquanto outras eram incapazes de se lembrar, suas mentes bloqueando os momentos que as machucavam, que as deixavam indefesas aos caprichos de qualquer monstro que causasse dano.

Rainey era uma mistura de ambos. Sua lembrança da noite em que seus amigos morreram estava quase ausente, enquanto ela continuava com detalhes excruciantes sobre a maneira como era usada pelos Connor. Eu ainda estava confuso sobre como tudo se encaixava.

Talvez tenha sido algo tão simples como conhecer seus amigos naquela casa. Talvez essas memórias não tivessem nada a ver com a noite em que seus amigos morreram e Rainey estava tão sozinha que precisava de alguém para ouvi-la falar.

Ela não tinha ninguém. Sua mãe estava morta. Assim como seus amigos. Estava claro para mim que ela era uma pessoa que precisava de contato humano, que sofreria abusos para não se sentir sozinha. Eu me perguntei se ela estava usando minha posição de psicólogo para resolver quaisquer problemas que estivessem em sua cabeça, se toda essa entrevista era simplesmente uma plataforma para ela falar sem nunca ter a real intenção de me contar o que aconteceu na noite em que seus amigos morreram.

Tudo era possível com ela.

Parando no estacionamento da delegacia de polícia, reuni o arquivo e minhas anotações das primeiras horas que passei com Rainey. A maior parte da delegacia estava silenciosa, com poucas pessoas vagando entre os carros e o prédio.

Era uma boa-noite para falar com o Detetive Grenshaw e tentar localizar as informações de que precisava antes de continuar a entrevista. Caminhando rapidamente pelo estacionamento, entrei pelas portas duplas de vidro e fiz meu caminho até o balcão da frente.

Uma recepcionista olhou para mim, o colarinho de sua blusa branca abotoado até o pescoço, seu cabelo castanho escuro preso em um coque rígido. A corrente de pérolas de seus óculos balançou lentamente enquanto ela movia a cabeça. Felizmente ela me reconheceu daquela manhã.

— Boa tarde, ou acho que boa noite, Sr. Redding. É um pouco tarde para dizer tarde, não é?

Ao contrário de Rainey, esta mulher tinha alguma força interior, mesmo assim, ela ainda endireitou sua postura para me ver chegando, sua mão se estendendo para se certificar de que seu cabelo estava no lugar. Atrás de seus óculos, olhos verdes encontraram os meus, abertos e expectantes.

Eu não me considerava um homem muito bonito, mas nunca tive problemas para encontrar um par ou pegar uma mulher para uma noite.

Alto e largo, cuidei bem do meu corpo. Fazia uma dieta saudável, exercícios para me manter em forma, preferindo correr vários quilômetros todas as manhãs para clarear minha cabeça. Era minha preferência manter meu cabelo preto domado por um corte profissional, mas nos momentos em que deixei crescer, ele tendia a enrolar como o de minha mãe.

As mulheres me aprovavam, embora eu não conseguisse entender o porquê. Quando me olhava no espelho, via um rosto sério com maçãs do rosto salientes, meus lábios raramente se abrindo em um sorriso. No entanto, como agora, com a recepcionista olhando para mim enquanto ela continuava a se contorcer em sua cadeira, as mulheres se sentiam atraídas por mim como mariposas por uma chama. Elas estavam disponíveis, geralmente de um jeito simples e fácil.

O que me interessou foi a total ausência da mesma reação em Rainey. Não acreditei que seus maneirismos fossem exagerados devido à minha presença.

Não, Rainey era uma paqueradora natural, ou por herança genética ou porque aprendeu a usar seu corpo para conseguir o que queria. Tendo passado um tempo com ela, não tive a ilusão de que ela me via como algo especial. Ela tinha motivos, eu só precisava descobrir quais eram.

— Já está bem tarde — respondi. — O Detetive Grenshaw está disponível? Eu gostaria de falar com ele sobre um caso.

A recepcionista me deu um sorriso aberto.

— Sobre a garota Day, certo? Estou te dizendo, eu sabia que aquela garota era difícil quando ela e sua mãe se mudaram para o bairro. O que aqueles meninos Connor fizeram com ela... Foi nojento. Eles tentaram manter tudo na surdina, mas todos sabiam. Não sou de desejar mal a ninguém, mas todos receberam o que mereciam.

Arqueei as sobrancelhas em surpresa.

— Você mora em Clayton Heights?

Ela assentiu com a cabeça, suas bochechas ficando rosadas.

— Odeio admitir que sim. Moro uma rua abaixo da casa de Rainey. Ela é uma garota tão bonita, mas saber como ela estava sendo usada? É nojento. Espero que agora que todos eles se foram, ela faça algo com sua vida.

A recepcionista balançou a cabeça.

— Eu li sobre o que aconteceu naquela festa uma semana atrás. Absolutamente horrível. Essas pobres crianças. Rainey teve sorte de ter sobrevivido.

Mantendo minhas opiniões sobre isso para mim mesmo, eu a lembrei:

— Você poderia avisar ao detetive que estou aqui?

— Claro.

Sem desviar o olhar, ela pegou o telefone e apertou um botão. Ela

CINCO

anunciou minha presença e desligou o telefone, fazendo uma careta por causa do barulho que não pretendia fazer.

Não havia necessidade de ficar tão nervosa perto de mim. Eu era apenas um homem comum que não tinha intenção de conhecê-la mais do que já havia conhecido. Meus dedos tamborilaram sobre o balcão, um suspiro de alívio soprando em meus lábios quando Grenshaw abriu a porta e acenou para mim.

— Tenha uma boa-noite — ela disse, enquanto eu me afastava. Acenei, mantendo a atenção nas costas de Grenshaw enquanto ele me levava para a sala toda organizada com os detalhes do caso. Desabando na cadeira, ele se recostou, as molas rangendo embaixo dele.

— Antes que você me diga qualquer coisa, tenho que perguntar o seguinte: você saiu andando meio engraçado da casa dela?

Parei no meio do caminho, arqueando uma sobrancelha com um olhar inquisitivo.

— Como é que é?

Grenshaw passou a mão pelo rosto na tentativa de esconder o sorriso. Ombros largos tremendo, ele não era tão capaz de esconder a risada borbulhando em seu peito.

— Sinto muito — ele disse, sua expressão distorcida com humor — É que ouvir Rainey é como assistir pornografia. Chamamos você por causa disso. Eu sei que você não assistiu a entrevista completa porque não ficou na sala por tempo suficiente, mas você tem que admitir que a garota faz questão de mostrar como foder. Meu parceiro e eu saímos de lá com as calças um pouco apertadas, se é que você me entende.

Sabendo exatamente o que ele quis dizer, não gostei. Não gostei por Rainey.

— Ela é vítima de abuso sexual. Você está me dizendo que ficou excitado com o que ela tinha a dizer?

Seus olhos se arregalaram, a expressão se desfazendo ao se deparar com minha falta de diversão.

— Escute, não sei se ela te contou algo diferente do que me disse, mas Rainey deixou aqueles caras fazerem o que fizeram com ela. E a maneira como ela descreve isso? Porra. Parece que ela está revivendo tudo em sua cabeça com os dedos entre as pernas. Não acho que ela considere isso um abuso.

— Mas eu, sim — respondi sem rodeios. — Você está certo de que algo está errado com ela, então para aqueles homens se aproveitarem do jeito que fizeram, foi uma forma de abuso. Eles a estavam machucando. Humilhando-a. E não tenho certeza se ela se aprofundou o suficiente nisso durante a entrevista que teve com você, mas na minha, ela admitiu que o abuso sexual que experimentou em sua vida começou com os namorados de sua mãe aos dez anos de idade.

Grenshaw poderia ter sido encharcado com um balde cheio de água fria e isso não o deixaria sóbrio mais rápido.

— Merda...

— Sim, merda, por falta de uma palavra melhor. Então, ao invés de ficar excitado e incomodado com as informações que ela nos deu, talvez seja melhor dar uma olhada mais de perto na garota com quem estamos lidando. Rainey sabe de alguma coisa. Ela só não nos contou ainda.

Esticando o pescoço, ele passou os dedos grossos sobre a nuca ao longo de sua mandíbula.

— Você acha que ela teve algo a ver com os assassinatos?

Sentei-me, colocando a pasta de arquivo sobre a mesa e respirei fundo.

— Não. Ainda não. Ela não me contou muito sobre a noite da festa, mas o que ela me disse foi que Michael foi a pessoa que a amarrou na cama. Aparentemente, Megan tinha adormecido e, como ela não estava disponível para fazer sexo, ele se voltou para Rainey.

As sobrancelhas de Grenshaw arquearam até quase tocar no couro cabeludo.

— Ele foi para a coisa certa.

— Ele foi — concordei. — Mas esse não é o ponto. Quem quer que tenha matado aquelas crianças não estava tentando abusar de Rainey mantendo-a amarrada. Quando li pela primeira vez os detalhes da festa, pensei que talvez o assassino também fosse um pervertido sexual. Que ele, ou ela, decidiu manter a última vítima por um pouco mais, ao invés de simplesmente espancá-la até a morte.

Pausando, tracei meu dedo sobre um rasgo na pasta de arquivo.

— Não faz sentido. Por que bater nela, mas depois deixá-la viva?

Com os olhos fixos em um saco de evidências sobre a mesa, Grenshaw disse:

— Minha opinião? — Ele olhou para mim e eu assenti. — Talvez ela tenha desistido de boa-vontade. Ela não é o tipo de garota que fica se debatendo ou lutando contra o que está acontecendo, se era isso que o assassino estava procurando. Ele pode tê-la maltratado e, quando ela obedeceu sem reclamar, ele optou por não matá-la.

CINCO

— É possível — respondi, meus pensamentos repassando pela festa. — Diga-me o que você sabe sobre os vizinhos anteriores de Rainey. Os Connor.

Um gemido escapou de sua boca, profundo e pesado com o que assumi ser ódio por toda a família.

— Cada um daqueles bastardos foi um problema insuportável. Se ela os mencionou, tenho certeza de que você sabe que eram traficantes de drogas.

— Sei. Rainey me disse que eles vendiam e usavam maconha e cocaína.

— Para começar, talvez. Adicione aí pílulas, heroína, metanfetamina. O que quer que eles conseguissem arranjar, sabe? E não parou por aí também. O pai, Paul, estava traficando armas. Jacob estava no caminho certo para se tornar um assassino em série. Frankie tinha a tendência de socar primeiro e fazer perguntas depois. Joel foi acusado de tirar vantagem de garotas bêbadas do ensino médio, várias vezes, e Rowan...

Ele parou e balançou a cabeça.

— Bem, Rowan não viveu o suficiente para se tornar um problema. O garoto morreu dois dias antes de completar dezoito anos.

A morte de Rowan deve ter destruído Rainey. Ela sempre foi cuidadosa ao falar sobre ele, sua voz se tornava mais suave. Houve remorso e mágoa quando Rainey se lembrou do único garoto que ela considerava um amigo.

— Como ele morreu?

— Acidente de carro. Pelo que a família nos contou e pelo que determinamos no local, Rowan havia levado alguém para Chicago. Foi uma noite fria. Havia gelo em todas as estradas. Ele provavelmente estava dirigindo rápido demais e perdeu o controle do carro no caminho de volta. Pensamos que o impacto o teria matado, mas o legista descobriu que ele ainda estava vivo quando o carro pegou fogo. Rowan morreu queimado a alguns quarteirões de sua casa.

Aquela maneira de morrer era inquietante.

— Rainey chegou a ser informada de como ele morreu?

Ele encolheu os ombros.

— A família pode ter contado a ela.

Era o suficiente para mexer com a cabeça de qualquer pessoa, o suficiente para uma pessoa explodir sabendo que alguém de quem gostava morreu de forma tão horrível.

— E quanto aos outros?

— Cerca de oito meses após a morte de Rowan, Joel foi encontrado nu e morto a facadas em um beco perto da entrada do bairro. Nunca resolvemos o assassinato. Mais alguns meses se passaram e Paul e Jacob morreram em um negócio de drogas que deu errado. Eles foram mortos a tiros em sua casa. Por último, há alguns meses, Frankie morreu quando a casa pegou fogo. Foi determinado como, possivelmente, um incêndio criminoso.

Assenti.

— Eu sabia disso. Rainey me disse que estava preocupada que sua casa pegasse fogo também.

— Sim. Ela relatou ter visto alguém fugir da casa. Mas isso não nos deu muitas pistas. Os Connor tinham muitos inimigos. Poderia ter sido qualquer um, até mesmo pela competição por seu território de drogas.

Era uma pequena lista de muitas maneiras diferentes de morrer. Sem um padrão, considerei Rainey como algo relacionado a isso. Grenshaw parecia estar meio adormecido, as pálpebras pesadas.

— Vá em frente e faça o que precisa fazer pelo resto da noite, Detetive. Vou fazer algum trabalho aqui. Continuarei a entrevista de Rainey pela manhã.

Levantando-se, ele arrumou a calça e bateu com a mão na mesa.

— Boa sorte com isso.

Parando antes de sair da sala, ele disse:

— Faça-me um favor e esqueça o comentário que fiz sobre Rainey. Eu não tinha ideia do que aconteceu com ela quando criança.

— Já esqueci — assegurei a ele, meu foco nas anotações que fiz na minha caderneta.

Fui deixado sozinho na sala, e comecei a sublinhar e destacar os padrões que pude ver claramente, e o que mais se destacava eram as marcas no braço de Rainey.

O número cinco era importante por algum motivo, mas já havia tantas possibilidades quanto ao que poderia significar.

Ela morou em Clayton Heights por cinco anos.

Ela morava ao lado de cinco homens.

Cinco adultos abusaram dela quando criança.

Eu incluiria as cinco vítimas na noite da festa, mas as cicatrizes estavam cicatrizadas. Ela não teria tido tempo para que isso acontecesse se os tivesse esculpido em sua pele na semana passada.

O que as cinco marcas significam?

Quando saí da delegacia, estava exausto. O único sono que consegui

CINCO

naquela noite foi intermitente, meus pensamentos se voltando para Rainey e as histórias que contou.

Apesar da falta de descanso, cheguei à casa dela na manhã seguinte às oito em ponto. Rainey estava esperando por mim em sua porta, uma xícara fumegante na mão.

Cabelo bagunçado como se ela tivesse acabado de rastejar para fora da cama, ela não tinha nenhum problema em ficar na porta aberta vestindo apenas um par de short de corrida largo e uma camisa cortada, sua barriga lisa visível, a camisa praticamente transparente. Como eu suspeitava que seria o caso, ela se esqueceu de usar sutiã. Resumidamente, eu me perguntei se andaria completamente nua se isso fosse socialmente aceitável.

— Bom dia — ela bocejou enquanto eu subia os dois degraus para a varanda.

— Você parece cansada — observei. — Você dormiu na noite passada?

Olhos amendoados me encararam, o azul cintilando à luz da manhã.

— Eu dormi bem. Simplesmente não sou uma pessoa matutina. — Lábios carnudos se abriram em um sorriso generoso. — Você gostaria de um pouco de café antes de começarmos a conversar novamente?

Eu não bebia café e nunca aceitava nada dos 'pacientes'. Especialmente aqueles com problemas significativos com drogas.

— Não, estou bem. Obrigado.

Acenando com a cabeça, ela me levou de volta para a mesma sala de antes, seus quadris rebolando novamente, o traseiro balançando de uma forma que atraiu a atenção. Era difícil não olhar quando Rainey estava na sua frente. Tudo sobre ela gritava sexo. Ela também não era tímida.

Pegando a cadeira de antes, preparei meu bloco de notas e esperei que ela se sentasse no sofá à minha frente. Ela segurou a caneca com as duas mãos como se a estivesse usando para se aquecer.

— Você parece com frio. Tem certeza de que não quer colocar um suéter e calça antes de começarmos?

Por favor, pensei. Seria muito menos perturbador.

— Não — ela respondeu, sua voz nebulosa pelo sono. O som era ainda mais atraente. — Estou bem. Eu não visto muitas roupas.

Isso era evidente.

— Paramos com sua história da primeira noite em que você dormiu com Joel. Mas gostaria de voltar à festa novamente, agora que você teve outra noite para pensar no assunto. Você se lembrou de mais alguma coisa?

Rainey balançou a cabeça, correu a ponta do dedo pelo decote, o braço empurrando os seios. Com os lábios ligeiramente separados, ela me encarou por alguns segundos.

— Não muito mais.

— Okay. Bem, podemos tentar novamente mais tarde.

Desviando meu olhar dela, lutei para manter o foco no meu bloco de notas ao invés de em seu corpo.

— Examinei algumas das informações que você me deu na última vez em que conversamos e soube como seus vizinhos morreram. Há algo que queira me contar sobre isso? Ou talvez como a morte deles afetou você?

De seu lugar no sofá, Rainey pigarreou.

— Não tenho certeza de como me sinto sobre eles. Não me incomodou quando a maioria deles morreu. Pessoas morrem, sabe? A morte de Rowan me incomodou.

Ela ficou quieta. Pensativa.

— Isso me incomodou muito.

Olhei para cima.

— Você gostaria de falar sobre isso?

— Não. Não agora. Acho que devemos simplesmente continuar de onde parei. Há muito mais nisso que você não sabe.

Rolando meu pescoço sobre meus ombros, cliquei a caneta e me preparei para o que presumi que seria mais um dia de memórias horríveis de suas experiências sexuais. Era a última coisa que eu queria ouvir, mas também o que fazia de Rainey quem ela era.

— Tudo bem, Rainey. Vá em frente e me diga o que aconteceu a seguir.

CINCO

Rainey

Passado

Depois do que aconteceu com Joel, adquiri o hábito de dormir com ele, assim como com Jacob e Paul. Todos eram traficantes e era uma questão de quem estava em casa e quem queria o pagamento. Todos na família sabiam o que estava acontecendo e parei de me preocupar com isso, exceto como isso incomodava Rowan.

Conforme os meses passavam, ele estava ficando mais mal-humorado, seu temperamento constantemente irritado com sua família enquanto ele se aproximava de mim. Rowan e eu conversamos muito. Ele costumava me seguir até em casa quando eu saía de sua casa à noite e se sentava comigo na varanda enquanto eu fumava tudo o que pegava de seus irmãos.

Ele nunca mais tentou me beijar e fiquei feliz por isso. Eu me senti horrível sobre o que ele viu acontecendo no quarto de Jacob e o evitei por uma semana inteira depois, mas quando saímos de novo, Rowan não mencionou o assunto.

Acho que ele sabia que eu o evitaria mais se ele continuasse trazendo tudo à tona.

Nossa amizade era próxima. Ele se abria para mim sobre as brigas que tinha com seus irmãos ou até mesmo problemas na escola, e eu contava a ele sobre meus problemas na escola ou coisas que aconteceram comigo antes de minha mãe e eu nos mudarmos para Clayton Heights.

Mamãe gostava tanto dele que o deixava dormir no sofá nas noites de folga, especialmente se fôssemos ficar acordados até tarde assistindo filmes. Todos nós caímos em um bom lugar, todos exceto Rowan e seus irmãos.

Não era incomum que ele aparecesse na minha janela tarde da noite com um olho roxo ou nariz arrebentado. Jacob tinha até quebrado uma das costelas de Rowan durante uma briga.

Embora Rowan admitisse os argumentos que levaram à violência, ele nunca me disse sobre o que se tratavam. Mas eu sabia.

Não era muito difícil acreditar que Jacob ou Joel estavam zombando de mim, comparando notas ou mesmo zombando de Rowan, porque era óbvio que ele tinha uma queda por mim. Fiquei lembrando-o de deixar passar, que nada valia a pena levar uma surra, mas ele nunca me deu ouvidos.

Era primavera e estávamos de folga da escola. Eu ficava na casa deles com mais frequência do que antes, todos nós dando nos nervos uns dos outros porque a casa ficava lotada a maior parte do tempo. Durante o dia, não havia muito o que fazer a não ser ficar chapado, e eu não podia estar na casa da minha mãe porque ela estava dormindo lá.

Eu tinha caído em uma espécie de cronograma, alternando entre Paul, Jacob e Joel em dias diferentes. Não era a melhor situação, e me matou ver a expressão no rosto de Rowan quando um deles chamava meu nome para voltar para seu quarto.

Rowan poderia tolerar Jacob e Joel por algum motivo, mas seu rosto ficava vermelho, suas mãos em punho quando era Paul que me chamava de volta. Algo sobre eu estar com seu pai realmente o irritou. Ele estava sempre me esperando no sofá do lado de fora da porta de Paul. A pior parte era que eu sabia que as paredes eram finas como papel.

Você podia ouvir tudo o que estava acontecendo na sala de estar quando eu estava no quarto de Paul, então eu sabia que Rowan podia ouvir tudo o que estava acontecendo entre nós.

Às vezes doía quando Paul se enfiava na minha bunda de primeira e eu gritava. Eu não precisava ver Rowan para saber que ele estava com raiva de ouvir minha agonia.

Uma vez, um baque forte sacudiu a parede de Paul e descobrimos que Rowan havia feito um buraco nela. O próprio Paul bateu em Rowan por isso. Ele disse a Rowan que se acontecesse novamente, ele o faria nos observar na próxima vez.

Eu chorei naquele dia. Deus, como chorei.

O que eu fazia estava arruinando Rowan. Ele era uma criança feliz quando o conheci, mas dentro de um ano, ele sempre estava com raiva. Suas notas estavam caindo na escola e ele começou a fumar maconha o

CINCO 67

tempo todo. Tirando-o do irmão quando podia, ele me dava nos dias em que não queria que eu fosse à sua casa para pegar o meu baseado. Mas Jacob percebeu e parou de dar a ele.

Era uma tarde de quinta-feira. Paul tinha acabado de sair com alguns de seus amigos motoqueiros para correr ou algo assim, eles geralmente ficavam fora por alguns dias de cada vez e Joel havia saído com sua namorada, Angel. Ela ainda me odiava por ficar em casa o tempo todo, e eu tinha a sensação de que ela sabia sobre mim e Joel, embora ele jurasse que ela não sabia de nada.

Ele havia jurado segredo a todos e, estranhamente, os irmãos tiveram o cuidado de ficar em silêncio sobre nós quando Angel estava por perto. Mesmo assim, ela precisava saber.

Joel não era exatamente cuidadoso para não me tocar quando Angel estava por perto, e seus olhos geralmente estavam em meus seios ou bunda. Se eu me movesse, ele obversava, com Angel carrancuda ao seu lado.

Eu tinha acabado de sair do quarto de Jacob depois de lhe dar um boquete por um baseado e me sentei ao lado de Rowan no sofá. Ele me ofereceu uma pastilha de hortelã, que se tornou uma piada interna entre nós. Pegando, sorri e ele apenas balançou a cabeça.

— Você é melhor do que isso — ele me lembrou em um sussurro.

— Eu sei — sussurrei de volta.

Com aqueles comentários, nos acomodamos e estávamos assistindo a um filme idiota sobre alienígenas – Rowan amava ficção científica – quando Frankie entrou como um furacão em casa. A porta bateu atrás dele, as paredes tremendo. Ele passou a mão pelo cabelo e se jogou na poltrona ao nosso lado.

De todos os irmãos, Frankie era o que mais me assustava. Ele era uma granada com o pino solto, uma bomba com um pavio chiando enquanto o fogo corria por toda a extensão dela. Qualquer coisa poderia detoná-lo. As drogas também não o suavizaram, nem mesmo a maconha.

Na verdade, elas o tornaram pior.

Assim que ele se sentou ao nosso lado, uma rajada de ar me atingiu como uma tonelada de tijolos, o cheiro de álcool fazendo meu estômago embrulhar. Eu não tinha muito a ver com Frankie, evitando-o o máximo possível, mas hoje à noite ele olhou para mim e fez questão de me olhar de cima a baixo.

— Que porra você está assistindo, Rowan?

Jacob entrou na sala quando Frankie estava fazendo a pergunta.

Encostando o ombro na parede perto do sofá, ele riu e disse:

— Acho que Rowan gosta de assistir essa merda para ver peitos alienígenas. Já que ele nunca consegue brincar com um par de verdade, ele tem que adicionar mais ao seu banco de surras do que apenas fantasiar com a Rainey. Ela me deixa brincar com eles, não é? Ela gosta quando eu brinco com eles.

Não gostei de para onde a conversa estava indo. Tocando a perna de Rowan, dei a ele um lembrete silencioso para ficar calmo. Ele odiava quando Jacob fazia comentários assim. Sua pele estava manchada de vermelho e observei enquanto sua mandíbula pulsava algumas vezes. O rangido de seus dentes era tão alto que doía ouvi-lo.

— Sério, Frankie, você deveria ver os peitos da Rainey. Eles são tão redondos e pesados que eu tive que transar com eles outra noite. Eu gozei em todo o seu queixo depois. Não foi, Rainey?

O músculo da coxa de Rowan estremeceu sob a minha mão, seu corpo tão imóvel que eu estava preocupada que ele pulasse e fizesse alguma coisa. Ele sempre era derrotado depois de uma discussão com Frankie, porque seu irmão mais velho adorava brigar. Pelo menos uma vez por mês, Frankie era preso por machucar alguém. Porque ele ainda não estava na prisão era uma incógnita. A violência latejava sob sua pele, de manhã, ao meio-dia e à noite.

— O que você diz, cara? Você gostaria de vê-los? Rainey fará qualquer coisa por um baseado.

— Pare com isso, Jacob. — A voz de Rowan soou tão suave, que não tive certeza se alguém além de mim o tinha ouvido. Infelizmente, eu estava errada.

— O que foi isso, garoto? Não consegui ouvir você.

Desejei que Paul ou Joel estivessem em casa. Pelo menos com eles aqui, teria alguma ajuda para proteger Rowan do pior.

— Rowan, por favor — implorei baixinho, minha mão apertando sua perna, um lembrete para ele deixar para lá.

Jacob riu.

— Foi o que pensei. Voltando ao que eu estava dizendo, Frankie...

— Eu disse pare com isso!

A voz de Rowan retumbou através da sala de estar, pura raiva revestida de ódio. Eu acho que de todos os irmãos, Jacob era o que Rowan mais odiava. O mais velho contra o mais novo, e o resto de nós ficava preso no meio. Enquanto ele gritava seu pedido, Rowan pegou o controle remoto e o jogou na direção de Jacob. Sua mira errou, mas o plástico rígido se partiu contra a bochecha de Frankie.

O fogo finalmente atingiu o fim do pavio crepitante. Frankie se lançou para frente, me jogando para o lado enquanto agarrava a camisa de Rowan, sangue explodindo do nariz dele com o primeiro soco nauseante de Frankie.

Gritei, tentando puxar Frankie de volta enquanto ele continuava batendo em Rowan. A mesa de centro foi derrubada, um vidro se espatifou no chão. Jacob riu enquanto ele lentamente contornava a poltrona reclinável para a sala de estar para se envolver.

Lágrimas escorreram pelo meu rosto ao ouvir a batida contínua do punho de Frankie contra o rosto de Rowan, e quando Jacob puxou seu irmão, Rowan estava coberto de sangue. Ainda assim, Frankie estava se esforçando para continuar, um grunhido emanando de seu peito enquanto ele se debatia para se soltar do irmão mais velho.

— Então, é o seguinte, Rainey...

Falando mais alto, por cima do barulho, Jacob olhou para mim, seus lábios puxados em um sorriso que deixou claro que ele pretendia que isso acontecesse. Ele estava sempre causando problemas, sempre mexendo com todos até que estivessem na garganta um do outro.

— Frankie provavelmente vai acabar colocando o pobre e pequeno Rowan no hospital se alguém não fizer algo a respeito. E a melhor maneira que conheço de acalmar Frankie é dar a ele outro foco que ele possa usar para drenar toda a sua energia reprimida. Considerando que você é o motivo dessa briga, acho que deveria levar Frankie de volta para o quarto dele e abrir as pernas. Você deve ser esse novo foco porque não serei capaz de segurá-lo por muito tempo.

Seus olhos se voltaram para o irmão mais novo. Eu segui a direção de seu olhar para ver Rowan quase inconsciente, um de seus olhos já inchado e fechado enquanto o sangue continuava a jorrar de seu nariz.

Frankie se lançou novamente, Jacob mal o segurando pela gola da camisa.

— Então o que você diz? Você vai me seguir de volta ao quarto de Frankie? Ou posso soltá-lo? A decisão é sua.

Meu pulso estava martelando na garganta, raiva e medo se misturando em minhas veias e que me mantinha presa no lugar, sem ideia do que fazer. Eu conhecia Frankie; ele não parava. Eu também conhecia Jacob e se eu dissesse não, ele soltaria Frankie, iria sentar e rir enquanto ele continuava batendo em Rowan.

Eu tinha que proteger meu amigo, tinha que fazer algo para fazer tudo parar.

— Eu vou voltar lá.

— Tem certeza disso? — Jacob inclinou a cabeça, seu bíceps flexionando para continuar segurando seu irmão. — Você sempre pode dizer não.

— Eu disse que vou! — Foi a primeira vez que levantei a voz para algum deles, mas estava em pânico. Se essa fosse a única maneira de ficar entre Frankie e Rowan, então era o que eu faria.

Jacob sorriu.

— Então vamos.

Frankie estava tropeçando em seus pés, sangue pingando de sua mão enquanto Jacob o conduzia pelo corredor até seu quarto. Empurrando-o para dentro, Jacob se virou para olhar para mim, um brilho em seus olhos que deixou claro que ele estava gostando do que tinha feito. Ele estendeu o braço para que eu entrasse.

— Primeiro as damas.

Virando os ombros para trás, entrei no quarto de Frankie e ouvi a porta bater atrás de mim. Jacob deu duas batidas e gritou através da madeira:

— Vocês dois podem me agradecer mais tarde. — Ele estava rindo enquanto se afastava, o som diminuindo conforme avançava pelo corredor.

Virei-me para Frankie, as pernas tremendo, minhas mãos se fechando e soltando. Ele estava respirando pesadamente, seus olhos se estreitaram de raiva. Ocorreu-me que se eu não fizesse algo, ele me empurraria para o lado e voltaria para a sala. Fechando os olhos, derramei outra lágrima, minhas mãos envolvendo a barra da minha camisa para que eu pudesse puxá-la para cima e por sobre a minha cabeça. Frankie se acalmou, seus olhos fixos nos meus seios enquanto um sorriso esticava seus lábios.

— Jacob não estava mentindo. — Olhos azuis se levantaram para encontrar os meus. Suas sobrancelhas subiram até quase tocar a linha do cabelo. — Você está planejando ficar aí a noite toda ou vai tirar o resto e vir aqui, caralho?

Meus dedos abriram o botão do short e puxei o zíper. Deslizando meus polegares sob as laterais da minha calcinha e short, eu os empurrei para baixo, deixando-os deslizar pelas minhas pernas até o chão e chutei-os para longe. Frankie percorreu meu corpo lentamente com os olhos.

— Porra, é isso aí — ele rosnou, curvando um dedo para me chamar

CINCO

para frente.

Forçando um pé na frente do outro, eu estava ao alcance do braço quando ele passou um braço em volta da minha cintura, me girou e me jogou contra a parede. Seus dedos enfiaram entre minhas pernas ao mesmo tempo em que sua boca se fechou sobre meu mamilo esquerdo. Soltei um pequeno grito quando ele mordeu, sem se importar se isso machucava ou não.

— Isso dói — reclamei.

Puxando seus lábios, ele olhou para mim, soltou minha cintura e agarrou meu outro seio com tanta força que minha cabeça caiu para trás contra a parede, meus dentes cerrados.

— Você vai se acostumar com a dor, bebê. Eu gosto de brutalidade. — Outro aperto forte e ele falou contra meu ouvido: — Sério, seus peitos de merda são incríveis. Tire minha calça e abra suas pernas.

Quando não me movi rápido o suficiente, ele soltou meu seio para envolver a mão na minha garganta, a outra mão ainda se movendo entre as minhas pernas, seus dedos ásperos.

— Eu disse para tirar a minha maldita calça, Rainey. Você está nisso, certo? Em mim?

Balancei a cabeça, lutando para respirar.

— Sim, Frankie. Eu quero isso. — O que mais eu poderia dizer?

Minhas mãos foram para sua calça e me atrapalhei no botão algumas vezes antes de desabotoá-la e baixar o zíper. Eu empurrei o material de seus quadris e ele chutou para longe na mesma pilha que a minha. Frankie já estava duro; a violência o excitava.

Levantando-me pela minha bunda, ele me jogou de volta na parede novamente e empurrou dentro de mim com um impulso, seus quadris balançando contra mim enquanto ele movia sua mão de volta para o meu peito. O som molhado de nossos corpos se unindo foi uma batida sob seus grunhidos.

— Porra, sim. Você é uma puta de merda. Agora eu sei o que todo mundo vê em você.

Minha bunda e minhas costas continuaram se chocando contra a parede. Frankie colocou distância suficiente entre nossos corpos para que pudesse olhar para baixo e observar onde estava afundando em mim, suas sobrancelhas franzidas, os dentes cerrados enquanto ele estocava cada vez mais forte.

— Essa é uma boa vagabunda — ele rosnou, não se importando que eu estivesse lutando para não chorar. — Você gosta disso, vadia? Me diga que gosta disso!

— Eu gosto — menti, meus braços envolvendo seus ombros.

— Sim, você gosta.

Ele me deixou cair no chão de repente, a dor subindo pelo meu cóccix com o impacto.

— Agora rasteje até a minha cama e se incline para o lado. Eu quero cavalgar essa merda por trás.

Fiz o que ele disse, ignorando a dor nas minhas costas e entre as minhas pernas. Ele andou atrás de mim enquanto eu rastejava, agarrou meus quadris quando me inclinei para o lado do colchão e enterrei meu rosto no cobertor.

Querendo cobrir meus ouvidos para não ouvir os nomes horríveis dos quais ele me chamava, apenas fiquei lá e aguentei. Ao contrário de Jacob, ele não gozou rapidamente. Continuou indo e indo até que ficou tão frustrado que não estava mais satisfeito com apenas um buraco.

A mão de Frankie agarrou meu cabelo e ele puxou, deslizou seu pau para cima, fez um entalhe na minha bunda e riu para empurrar para dentro. Não era como Paul. Ele não abriu caminho lentamente e gritei silenciosamente, minha boca se abrindo em resposta à dor.

Mais dez minutos e ele terminou. Levei mais tempo para rastejar até minhas roupas e vesti-las, cada parte do meu corpo em chamas. Ele não tentou ajudar. Não me limpou. Apenas desabou em sua cama e adormeceu enquanto eu lutava para vestir novamente minhas roupas.

Quando tropecei para fora de seu quarto, Jacob estava em sua porta com um baseado na mão e um sorriso malicioso no rosto.

— Achei que você pudesse precisar disso.

Peguei e continuei andando, Jacob falando atrás de mim:

— Você fez bem, Rainey. Provavelmente impediu Frankie de ferrar Rowan permanentemente.

Quando virei o canto para a sala de estar, Rowan estava sentado no sofá segurando uma bolsa de gelo contra o rosto. Ele olhou para mim enquanto eu passava, a dor e a raiva mal contida inundando seus olhos normalmente amigáveis.

CINCO

Justin

Presente

Pisquei, inclinei a cabeça para a direita para estalar o pescoço, pisquei novamente e limpei a garganta.

Manter uma postura profissional diante de uma história como aquela era quase impossível. Não era a mesma reação da qual Grenshaw brincava antes de entender a verdade de Rainey. Aquilo foi mais uma saturação de choque, uma descrença absoluta e intolerável de que Rainey pudesse falar sobre tal experiência sem a menor dúvida de que o que ela permitiu que Frankie fizesse com ela estava errado.

Com cuidado, escolhi minhas próximas palavras.

— Você, por acaso, sentiu que o que aconteceu naquela noite foi abusivo?

Sacudindo as cinzas de seu cigarro em uma nova xícara, Rainey olhou para mim, seu rosto uma máscara de inocência confusa.

— Bem, claro.

O alívio inundou meu corpo. Pelo menos ela era sensata.

— Quero dizer, Frankie poderia ter matado seu irmão batendo nele com tanta força. Eles estavam sempre abusando de Rowan, todos os três.

A dor voltou, uma pulsante lança elétrica perfurando minha têmpora esquerda. Ergui a mão para esfregá-lo, olhei através da sala para uma mulher que estava sentada com uma perna cruzada sobre a outra, o dedo do pé apontado para a frente, balançando.

Batendo minha caneta contra meus lábios, tentei outro ângulo.

— Eu quis dizer com você, Rainey. O comportamento de Frankie. Você continuou a fazer sexo com ele depois que ele te tratou tão mal?

Balançando a cabeça, ela franziu os lábios.

— Não.

Oh! Graças a Deus...

— Paul basicamente deu um puta sermão em Frankie por ele ter me machucado tanto. Ele disse a nós dois que não podíamos chegar perto um do outro novamente. Ele não gostou de ter que esperar que eu melhorasse. Aparentemente, suas outras mulheres não eram tão – eu não sei. Dispostas?

Eu estava começando a concordar com a recepcionista e com o Detetive Grenshaw. Era bom que todos os Connor estivessem mortos.

Apelar para suas emoções era a melhor abordagem. Estava claro que Rainey não estava preocupada consigo mesma, mas por Rowan ela sentia algo. Fosse por um instinto protetor ou simplesmente por ter sido um amigo, ele era a chave de seu coração.

— Vamos fazer uma pausa aqui e conversar sobre o que estava acontecendo entre você e os Connor. Por minhas anotações, estamos em quê? Um ano vivendo em Clayton Heights?

Ela assentiu.

— Parece correto.

— Você se muda para este novo bairro com sua mãe. Você conhece os novos vizinhos e imediatamente começa um relacionamento sexual com o irmão mais velho, Jacob. Sexo por drogas, certo?

Outro aceno de cabeça, seus olhos encontrando os meus, abertos e honestos.

— Em alguns meses, você está dormindo com o pai. Também uma relação de sexo por drogas. Mais alguns meses depois disso e você está dormindo com Joel.

— Está certo.

— E então esse incidente ocorre com Frankie. Você dormiu com uma família inteira neste momento.

— Todos eles, exceto Rowan. — Um leve sorriso tímido. — Eu avisei que era uma vagabunda.

Levantando a mão, respirei fundo para moderar minha reação.

— Primeiro, você precisa parar de se referir a si mesma dessa maneira. Na minha opinião, você tomou algumas decisões *erradas* (decisões *incrivelmente estúpidas*, eu não disse) e, ao se chamar de vagabunda, está baseando sua visão de si mesma, valorizando seu valor, nessas decisões. Mas essas decisões não representam quem você é. Elas são eventos. Recordações.

CINCO 75

Erros. Mas elas são apenas *partes* de Rainey, não *tudo* dela. Você entende o que estou dizendo?

Puxando o lábio inferior entre os dentes, Rainey me encarou, perplexa.

— Acho que sim.

— Bom. — Clicando minha caneta, interrompi nosso olhar. — Okay, bom. Estamos chegando a algum lugar. Então, se já estamos há um ano em sua vida em Clayton Heights, presumo que Rowan tinha dezesseis anos na época do evento que você acabou de descrever.

Sua expressão suavizou, os olhos vagando tanto que eu sabia que ela estava vendo o passado ao invés do presente.

Movendo o corpo sobre o assento em um movimento sinuoso que esticou as pernas e arqueou as costas, ela sorriu apenas com os cantos dos lábios.

— Sim, ele tinha. Mamãe e eu tínhamos feito um bolo para ele no aniversário dele. Ele ficou tão surpreso. Ninguém nunca tinha feito isso por ele antes. Você deveria ter visto a sua cara. Tínhamos até presente embrulhado e tudo. Mas — ela riu suavemente, ainda presa em uma memória, suas mãos tremulando sobre suas coxas com toques de borboleta —, nem minha mãe nem eu sabíamos assar. O bolo ficou um desastre. Não tenho certeza se bagunçamos os ingredientes ou o quê, mas estava horrível.

O olhar distante de Rainey se ergueu para o meu.

— Rowan comeu a coisa inteira e jurou que era o melhor bolo que já tinha provado. Ele era assim. Gentil. Não como seu pai e irmãos. Eles provavelmente teriam jogado aquele bolo na minha cara ou contra a parede. Mas não Rowan.

Um clique da minha caneta.

— Angel e Rowan se davam bem? Você mencionou que ela era namorada de Joel e Joel pegava leve com seu irmão mais novo, interferia em brigas e tal. Qual era a relação lá?

— Por que você pergunta?

Porque não estou aqui para contar a história da sua vida, estou aqui para descobrir quem teria matado a garota e seus amigos.

— Porque sim.

Um encolher de ombros desdenhoso.

— Eles não tinham muito a ver um com o outro. Normalmente, quando Angel estava com Joel, eles ficavam em seu quarto, transando na maior parte do tempo, tenho certeza, mas também porque ele tinha medo de que ela descobrisse que ele também estava transando comigo. Ele não a trazia muito, e quando o fazia, ele a mantinha em outros quartos. Sempre que ela estava perto de mim, ela me chamava de todos os tipos de nomes horríveis. Isso irritou Rowan, mas todo mundo também fazia isso.

— Se ela te odiava tanto, como você acabou em uma festa com ela?

— Megan me convidou. Não tenho certeza se Angel sabia que eu estaria lá.

Levantei a cabeça de supetão, surpresa e alívio por ela finalmente estar me dando algo sobre aquela noite.

— Então, você e Megan eram amigas?

— Não. — Sombras correram por trás de seus olhos. — Megan me odiava também. Provavelmente mais do que Angel.

— Por quê?

— Porque ela era a namorada de Rowan e eu sou a razão pela qual Rowan morreu. Foi minha culpa... — Um soluço sufocado fez sua voz vacilar.

Lutando para recuperar a compostura, o nariz vermelho em sua pele pálida, Rainey endireitou a coluna, a manga de sua camisa deslizou de seu ombro, o material mergulhando tão baixo que um dos seios estava quase totalmente exposto. Ela não pareceu notar.

Eu notei... e me odiei por isso. Ela era o tipo de garota que fazia você querer olhar.

Obrigando-me a olhar para o meu bloco de notas, perguntei:

— Por que foi sua culpa?

— Rowan entrou naquele carro na noite em que morreu por minha causa. Ele estava chateado por minha causa. Ele morreu por causa de...

Sabendo que ela não iria terminar o pensamento, eu a redirecionei mais uma vez.

— Então, se Megan odiava você, por que ela a convidaria para uma festa?

— Trabalhamos juntas. Consegui um emprego em uma lanchonete na mesma rua há alguns meses. Ela estava tentando abandonar o passado. E ela estava namorando Michael, então, eu não sei, acho que já fazia muito tempo desde que Rowan... eu não sei. Ela simplesmente me convidou.

Arrastando meu olhar de volta para ela, descobri que a camisa tinha caído mais para baixo, todo o seio esquerdo exposto. Isso foi...

— Rainey, você se importaria de levantar sua camisa, por favor? Não tenho certeza se você percebeu, mas...

Ela olhou para baixo, riu, ergueu a alça da camisa até o ombro.

CINCO

— Putz, Doc. É apenas um seio. A maioria dos homens gosta de olhar para eles.

— Não sou a maioria dos homens, e não estamos no tipo de relacionamento em que deveria estar olhando para eles, entendeu? Seu corpo é seu corpo e não é feito para ser exibido, a menos que você queira mostrá-lo a alguém.

— Quem disse que eu me importo agora?

Inclinando a cabeça para a esquerda, murmurei:

— Rainey.

Ela me deu um sorriso completo.

— Estou apenas te zoando. Eu realmente não me importo. Havia dias em que eu andava de topless na casa ao lado. Depois que Rowan morreu, eu fazia muito isso. Por que não? Todos eles os viram. Tocaram, chuparam... Não importava muito mais. Não depois que Rowan se foi.

— Devemos permanecer no caminho certo. Vamos falar sobre como você acabou em uma festa com duas garotas que não gostavam de você e de quem você também parecia não gostar muito.

— Eu gostava de Megan. Ela era boa para Rowan. Manteve-o ocupado e longe dos problemas. Talvez seja por isso que fui à festa com ela? Eu gostava dela.

Ou você estava só...

— Megan tinha algum inimigo que você conheça?

Encostada no sofá, Rainey deslizou as palmas das mãos pelas coxas, separando as pernas ao fazê-lo.

— Não. Ela era uma garota meiga. Bem, quero dizer, ela teve seus momentos. Principalmente perto de mim. Ela não gostava muito que eu estivesse na casa deles, mas eu preferia ficar lá. Especialmente depois que minha mãe arranjou um novo namorado.

Anotando essa informação, olhei para ela.

— O novo namorado foi mau com você? Ele... — Eu não tinha certeza se queria essa resposta, não com tudo o mais que eu sabia sobre ela. — Ele...

— Mamãe e ele transavam muito. Quer dizer, isso foi ótimo para ela, ela parecia realmente gostar dele, mas as paredes desta casa são tão finas quanto as da casa do vizinho. Você pode ouvir tudo. Isso me deixou desconfortável. Então, eu preferia ficar ao lado.

Minhas sobrancelhas se ergueram.

— Oh? Bem, isso é bom, eu acho. Então, o namorado, ele estava...

— Ele está morto agora. Morreu nesta casa, na verdade.
Por que não fiquei surpreso?
— E como ele morreu?
— Ainda não chegamos lá.
— Na história, eu suponho?
Revirando os olhos.
— Sim, doutor, na história. Você não sabe que as histórias devem ser contadas do começo ao fim? Pular só vai confundir as coisas.

Exceto que estávamos pegando uma longa e sinuosa estrada para a noite que eu queria discutir. Como tudo isso tinha algo a ver com a festa, eu não conseguia entender. Rainey precisava de alguém para ouvi-la, e ela me escolheu para ser esse alguém. Como tal, eu faria o favor a ela.

— Okay. Então, de volta à história. Neste ponto, você dormiu com todo mundo, menos Rowan. Você mencionou que Megan era namorada dele. Foi por isso que você nunca dormiu com ele?

Uma expressão curiosa surgiu em seu rosto. Lábios recatados, olhos suaves, o peito se expandindo com uma respiração profunda.

— Eu nunca disse que não fiz sexo com Rowan. Eu só não tinha feito isso quando já estava com todo mundo. Megan não gostou de mim porque ela sabia que estive com Rowan. Eu fui a primeira dele.

— Você brigou com Megan por causa de Rowan?

Ela olhou para mim e riu baixinho.

— Nós não...

— Chegamos lá ainda, eu sei. Então me conte a próxima parte da história. Fale-me sobre Megan.

CINCO

Rainey

Passado

Você já olhou para uma pessoa, realmente olhou para ela e soube que ela era a melhor coisa da sua vida?

Foi assim que me senti quando olhei para Rowan. Não sei por que Deus sentiu que eu era boa o suficiente para conhecer um menino como ele, mas, por alguma razão, Rowan tinha sido jogado na minha frente, um presente do universo, suponho, um anjo sem asas. Muitas vezes me perguntei se eu fosse mais jovem ou se Rowan fosse mais velho quando nos conhecemos, se as coisas teriam sido diferentes.

Talvez eu tivesse ficado com ele naquela primeira noite e sido sua namorada em vez de apenas uma amiga. Ele era o tipo de garoto a quem eu teria sido fiel, o tipo que sorria para você e fazia você se sentir a garota mais bonita da sala.

Por isso que não fiquei surpresa quando ele começou a ter um monte de garotas correndo atrás dele conforme crescia. Quando faltava um mês para completar dezessete anos, seus ombros e peito já eram largos, e era quase tão alto quanto os irmãos, já superando Frankie e Joel. Ele malhava, corria à tarde, depois da escola, e considerou entrar para a equipe de atletismo.

Seu rosto estava sempre desalinhado, uma penugem de cabelo escuro ao longo de sua mandíbula forte. Quando ele sorria, suas covinhas afundavam, criando pequenos pontos escuros ao lado de sua boca. Eu realmente o amava, mas sabia que destruiria sua vida. Ele precisava de uma boa menina, uma que o adorasse e mantivesse as pernas fechadas para todos, menos para ele.

Essa garota não era eu. Ele sabia disso e eu também.

Depois da briga com Frankie, Rowan e eu passamos a maior parte do tempo na minha casa. Mas eu ainda queria drogas, então combinamos que quando eu estivesse em sua casa, ele ficaria em seu quarto para não ficar tão chateado com a maneira como seus irmãos me tratavam. Ele aprendeu a se afastar quando Jacob tentava começar uma briga, e ele estava feliz por seu pai ter exigido que eu ficasse longe de Frankie. Houve alguns bons momentos em toda a escuridão de nossas vidas.

Um dia, no outono, estava ficando frio lá fora. Eu estava voltando da loja da esquina quando Rowan veio correndo atrás de mim, passou o braço em volta da minha cintura e me levantou do chão. Gritei de surpresa, rindo quando ele beijou minha bochecha e bagunçou meu cabelo antes de me colocar no chão. Ele tinha acabado de sair da escola, mas naquela época, eu a tinha abandonado. Não era inteligente o suficiente para me formar e, desde que era maior de idade, minha mãe não teria problemas se eu não fosse às aulas.

— O que o deixou de tão bom humor?

Ele piscou para mim, cutucou meu ombro com o dele.

— Uma garota.

Instantaneamente senti ciúme, mas guardei isso para mim. Ele merecia ser feliz com outra pessoa.

— Ah, é? Quem é ela?

Caminhando pela calçada em nosso caminho para casa, Rowan entrou em detalhes sobre a garota que colocou um grande sorriso em seu rosto.

— O nome dela é Megan McCormick e ela é linda. Ela tem cabelo loiro e olhos azuis. — Ele ergueu as mãos ao peito. — E é bem-dotada. — Revirei os olhos e bati em seu ombro.

— Até parece que você não sabe que os homens olham para isso.

— Você sabe que eu sei.

Seus olhos escureceram por um segundo, e eu sabia que estávamos caminhando em uma linha tênue para falar sobre isso.

— Então ela tem peitos lindos? O que mais?

— Ela é inteligente — ele respondeu, sorrindo com orgulho. — Porque ela me quer, eu não tenho ideia, mas ela sorri muito pra mim, está constantemente tocando meu braço ou ombro. Acho que ela quer que eu a convide para sair.

— Você deveria. — De certa forma, essa garota já me incomodava e eu nem a conhecia. Rowan não estava sofrendo por atenção feminina, mas as garotas que o perseguiam nunca o fizeram virar a cabeça. Não o afastaram de mim, pelo menos. Tive a sensação de que essa, sim.

CINCO

— Talvez. Se eu fizer isso, nunca vou trazê-la em casa. Não do jeito que meus irmãos são. Eles vão ferrar com ela e eu vou ficar com raiva.

Acenando com a cabeça, mencionei:

— Isso é inteligente. Mantê-la longe deles. Quando você vai convidá-la para sair?

Ele prendeu a alça da mochila no ombro.

— Você acha que eu deveria?

A risada borbulhou em meus lábios.

— Eu já disse que deveria. Você nunca me escuta?

Ele ficou sério, de repente.

— Você é a única pessoa que eu escuto, Rainey. Se eu pudesse deitar e ouvir você falar o dia todo, eu o faria. Eu amo sua voz. É suave, como uma canção de ninar. Às vezes, quando fico com raiva ou nervoso e você não está por perto, penso em sua voz para me acalmar.

Olhando para ele, sorri, mas me senti triste ao mesmo tempo.

— Como é a voz de Megan?

Seus olhos ficaram distantes.

— Mais aguda que a sua. Mas ela é baixa, quero dizer, *pequena*, o tipo de garota que você pode pegar e jogar por cima do ombro.

— Aí está. Algumas mulheres gostam da abordagem do homem das cavernas.

— Você?

A pergunta me desequilibrou.

— Não sei do que gosto. Ninguém nunca perguntou. Eles apenas fazem o que querem e eu concordo.

Sua mandíbula flexionou, e ele apertou a mão sobre a alça de sua mochila.

— Talvez você devesse descobrir e só mexer com caras que estão dispostos a dar o que você gosta.

A casa de Rowan e a minha ficaram à vista. Em vez de ir para a dele, subimos o caminho de terra até a minha, atravessamos a varanda e entramos. Assim que passamos pela sala de estar, ouvimos o barulho do colchão no quarto da minha mãe, os grunhidos e gemidos que significavam que ela e seu namorado, David, estavam transando de novo.

— Vamos pegar alguns refrigerantes e ir para a sua casa. Eu odeio ouvi-los.

A expressão de Rowan mudou. Ele esperava que pudéssemos ficar na minha casa por um tempo, apenas nós dois.

— Sim, tudo bem.

Entrando em sua casa, descobrimos que Joel e Frankie estavam lá. Frankie na maior parte nos ignorou. Ele estava na poltrona assistindo televisão, provavelmente chapado como uma pipa ou bêbado. Joel estava na cozinha preparando algo para comer. Assim que me viu, ele sorriu e bateu na perna como alguém faria quando chamasse um cachorro. Rowan resmungou ao meu lado e disse:

— Estarei no meu quarto.

Nossos olhos se encontraram e balancei a cabeça antes de caminhar até Joel.

— Onde está a Angel?

— Não está aqui — ele respondeu, seus olhos me olhando de cima a baixo. — Pule no balcão.

— Por quê?

— Porque eu mandei. Você quer alguma coisa, não é?

— O que você tem?

— Alguns baseados.

— Okay. — Plantando minhas mãos no balcão ao meu lado, eu me levantei, deixando a borda para que eu pudesse me sentar na superfície.

— Tire sua camisa.

Pisquei, chocada.

— Aqui ao ar livre? Por que não voltamos para o seu quarto?

Ele riu.

— Todo mundo nesta casa já viu você pelada. Não sei por que se importaria se está em público ou não. Agora tire a camisa. Eu quero brincar com seus peitos.

Bufei, irritada, e tirei a camisa, largando-a no balcão ao meu lado. Ele segurou meus seios, enterrou seu rosto neles, seus polegares roçando os mamilos.

— Gostaria que Angel tivesse seu pacote. — Os olhos de Joel desviaram para mim. — Sempre penso em seus seios enquanto fodo com ela. Fique aí mesmo. Quero fazer uma coisa.

Virando-se, ele abriu o freezer e tirou um pote de sorvete.

— O que você está fazendo?

— Me divertindo, apenas fique quieta.

Rolando o lado do recipiente frio sobre um dos meus mamilos, ele usou os dedos para brincar com o outro.

— Arqueie suas costas para que eles se projetem mais.

CINCO

Olhei ao redor para ver se Frankie estava assistindo. Seus olhos estavam grudados na televisão. Rowan estava em seu quarto. Paul se foi, assim como Jacob. Estávamos praticamente sozinhos, então fiz o que ele disse. Joel puxou o recipiente, olhando para o meu mamilo tenso, em seguida, largou o pote no balcão ao meu lado e abriu a tampa.

— Desabotoe seu short e brinque consigo mesma enquanto eu faço isso.

— Joel...

— Apenas faça, Rainey. Você quer os baseados, não quer?

— Quero.

— Então toque em si mesma enquanto eu brinco com seus seios. — Ele olhou para mim. — Você nunca se masturbou antes?

Um aceno de cabeça e ele sorriu.

— Bem, há uma primeira vez para tudo. Mexa-se.

Desabotoando meu short, abri o zíper, sem saber o que fazer a seguir. Joel abriu as laterais.

— Quero ser capaz de ver o que você está fazendo. Agora enfie os dedos ali e brinque com você mesma. Enfie-os dentro e sacuda sua mão. Como um cara faria.

Fazendo como ele instruiu, senti o calor subir em minhas bochechas, um rubor tornando meu corpo todo rosa.

— Apoie-se no cotovelo para que possa ser mais gostoso e profundo. Sim, assim. Porra, assim mesmo.

Enquanto eu me tocava, Joel pegou dois dedos e enfiou no sorvete. Ele esfregou sobre um dos meus seios e me observou por um segundo antes de se curvar para lambê-lo.

— Geme, Rainey. Por que você sempre tem que ficar tão quieta?

Provavelmente porque estava com medo de que alguém entrasse. Abrindo meus lábios, deixei minha cabeça cair para trás e gemi.

— Mais forte. Foda você mesma mais forte — ele exigiu.

Mergulhando os dedos no sorvete, ele pegou mais, esfregou sobre meu mamilo e, em seguida, chupou.

A porta da frente abriu e fechou, passos pesados sacudindo o chão quando alguém entrou na cozinha. Virei a cabeça e deparei com Jacob, e tentei tirar minha mão da calça, mas Joel agarrou meu pulso para me impedir.

— Não se preocupe com ele. Apenas continue.

Jacob riu, caminhou até o balcão atrás da minha cabeça e moldou meu seio direito com a mão enquanto Joel chupava o outro.

— Bem, se isso não é interessante. Não esperava chegar em casa e encontrar uma vagabunda se dedilhando no balcão.

Fechei os olhos com força, não gostando da maneira como os dois estavam brincando comigo. Minha mão continuou se movendo e eles estavam me incentivando, dizendo para ir mais forte e mais rápido.

— Vamos, você tem que se esforçar — dizia Joel.

— O que ela está ganhando com isso? — Jacob perguntou.

— Alguns baseados — respondeu Joel.

— Que porra está acontecendo?

A voz de Rowan chamou nossa atenção, três cabeças girando em sua direção, Jacob e Joel rindo enquanto meus olhos se arregalaram de surpresa e vergonha.

— Nada demais, irmãozinho. Estamos apenas nos divertindo. Quer participar? Cortar suas asas virgens? — A voz de Jacob era um zumbido baixo. Ele estava sempre provocando Rowan.

— Eu não sou virgem.

Tirei as mãos do short e me sentei, cobrindo o peito com os braços.

— Ah, é? — Jacob perguntou. — Você transou com alguém? Eu não acredito nisso.

As bochechas de Rowan ficaram vermelhas, seus olhos encontrando os meus.

— Não é da sua conta.

Ele estava mentindo. Todo mundo sabia que ele estava mentindo. Se Rowan já tivesse estado com uma garota, ele teria me contado. Eu estava farta de ver as pessoas sempre tirando sarro dele, sempre esfregando na cara dele o quão bonzinho ele era.

— Quer saber? — eu disse, empurrando Joel para longe de mim e pulando do balcão. — Estou cansada dessa merda.

Ainda sem camisa, atravessei a cozinha e peguei a mão de Rowan. Um puxão e eu o estava levando para seu quarto. Jacob e Joel uivaram atrás de nós.

— É isso aí, irmãozinho. Já estava na hora.

Empurrando Rowan em seu quarto, bati a porta atrás de nós. Seus olhos estavam fixos no meu peito quando me virei e me lembrei que estava sem camisa. O que isso importava? Joel estava certo. Não era como se todos na maldita casa já não os tivessem visto.

— Bem... — Olhei para ele. — Vá em frente e toque neles, Rowan.

CINCO

— Rainey...

— Apenas faça. Você sabe que quer. Eu sei que você quer, e estou farta de seus irmãos te sacaneando por não estar com alguém. Podemos parar com isso, pelo menos.

Ele deu um passo para trás, passou a mão pelo cabelo e soltou um suspiro.

— Você é melhor...

— Do que isso. Sim, eu sei. Você continua me dizendo isso. Mas não sou, Rowan. Você é. Mas eu, não. Então, se é nisso que sou boa, você pode muito bem simplesmente acabar com isso. Você precisará de prática para quando estiver com outra pessoa. E isso vai impedir que seus irmãos idiotas constantemente tirem sarro de você, então não há razão para que não devêssemos.

Atravessando o quarto, me aproximei dele, meus olhos fixos aos dele quando agarrei sua mão e a coloquei sobre meu seio.

— Assim, Rowan. Você já fez isso antes. Na minha casa, lembra?

Seus dedos apertaram, o calor queimando por trás de seus olhos azuis. Alcançando-o, toquei em sua calça jeans e descobri que ele já estava duro. Não demorava muito com ele. Não quando se tratava de mim.

Suavemente, sussurrei:

— Agora toque no outro enquanto tiro sua calça.

Levantando a outra mão, ele me tocou com tanta ternura que estremeci. Este não era um homem usando meu corpo como todo mundo. Rowan me adorava com a maneira como ele colocou a mão no meu corpo. Eu não merecia isso, mas eu o deixaria se isso significasse que poderia impedir Jacob e Joel de sempre zombarem dele.

— Sim, baby, assim — eu o cutuquei, meus dedos desabotoando seu jeans e empurrando-o para baixo em seus quadris. Nossos olhos permaneceram travados enquanto eu envolvia minha mão sobre seu pau, seu corpo estremecendo imediatamente. — Você gosta quando eu toco em você?

Rowan assentiu, sua língua lambendo seus lábios.

— Rainey, quando eu disse que não sou virgem, eu estava...

Com minha mão livre, coloquei um dedo sobre seus lábios.

— Eu sei. E vamos consertar isso. Okay? Você apenas tem que me deixar cuidar disso.

Assentindo, ele olhou para baixo entre nós, para suas mãos moldando meus seios, para as minhas trabalhando lentamente em seu pau.

— Posso beijar você?

Não entendendo o porquê, eu queria dizer não. Seus beijos eram muito preciosos, seu amor muito bom para uma garota como eu. Mas eu sabia que ele precisava disso.

— Sim, Rowan. Você pode me beijar.

Inclinando-se, sua boca roçou a minha, suas mãos apertando com mais força enquanto eu mantinha um movimento constante com as minhas. Longo e lento. Ele não duraria. Eu sabia. Não se esta fosse sua primeira vez e eu soubesse que seus irmãos iriam rir se deixássemos este quarto muito cedo. Silenciosamente, eu prometi que daria a ele tudo que ele precisava, teria certeza de que ele sairia deste quarto com a cabeça erguida.

Línguas dançando, Rowan gemeu em minha boca, seus quadris se movendo, ainda meio fora de ritmo. Ele precisava de ajuda. Eu seria a única a ensiná-lo.

Eu interrompi o beijo.

— Você apenas fique bem aí. Deixe-me cuidar dessa primeira parte e depois iremos de novo, okay?

As sobrancelhas de Rowan franziram, mas ele não me impediu, apenas me olhou como se eu fosse uma bela deusa enquanto caía de joelhos na frente dele.

— Rainey.

— Shhhh, deixe-me fazer isso.

Seus dedos se enredaram em meu cabelo enquanto eu lambia a ponta, meus lábios se separaram enquanto o levava para dentro da minha boca, minha mão ainda trabalhando no eixo.

— Oh, porra... — ele sussurrou acima de mim. Levantei o olhar para ver que sua cabeça estava inclinada para trás. Balançando a cabeça, observei Rowan com fascínio enquanto ele aprendia o que significava quando uma garota caía em cima dele.

Olhos azuis me encararam de volta, nossos olhares travados, meus lábios puxando em um sorriso estranho enquanto eu chupava e lambia, minha mão ainda bombeando.

— Eu vou...

Ele tentou se afastar, mas agarrei sua bunda, levando-o mais fundo em minha boca. Seu primeiro orgasmo foi rápido, como eu sabia que seria. O segundo demoraria um pouco mais.

Com os olhos arregalados, ele me observou enquanto eu ficava de pé.

— Bem? — Sorri, timidamente, sem ter certeza do que ele estava pensando. Rowan apenas olhou para mim como se ele nunca tivesse me visto

CINCO

antes, seu corpo tenso, as mãos em punhos ao lado do corpo.

— Eu acho que te amo, Rainey Summer Day. Acho que te amei desde o momento em que nos conhecemos.

Meu coração martelou, saltou na minha garganta e desabou novamente.

— Rowan, não diga isso...

Ele se lançou para frente, seus dedos envolvendo minha nuca, sua boca fechando sobre a minha enquanto ele me levava de volta contra a parede.

Nossas bocas deslizando juntas, ele agarrou a parte de trás da minha coxa e levantou minha perna para envolver seu quadril. Nossa respiração colidiu, suas mãos se movendo em todos os lugares enquanto ele me beijava como se fosse morrer sem isso. Coloquei minhas mãos contra seu peito querendo empurrá-lo para longe, mas ao mesmo tempo querendo puxá-lo para mais perto.

Eu também te amo, Rowan...

Eu não disse isso. Apenas pensei. Seria errado levá-lo a pensar que poderíamos ficar juntos. Ele precisava de alguém melhor, como Megan.

Era uma coisa boa acabarmos com isso agora, antes que ele estivesse oficialmente com ela. Prometi a ele e a mim mesma que, depois que ele tivesse uma namorada, nunca mais deixaria isso acontecer. E talvez uma vez que ele percebesse que eu não era nada mais do que uma garota que os homens gostavam de foder, ele focaria sua atenção em uma nova garota, uma que merecia seu amor, seus beijos, seu toque.

Eu me afastei, meu peito batendo contra o dele, nós dois respirando com dificuldade.

— Deite-se em sua cama, baby. Deixe-me mostrar como é o sexo. E quando terminarmos aqui, seus irmãos não terão outra coisa fodida a dizer sobre você.

Alcançando por cima da cabeça, ele puxou a camisa, meus olhos traçando a definição de músculos em seus ombros, braços, peito e estômago. Droga, esse menino era gostoso. Absolutamente deslumbrante. Ele tinha crescido direitinho. Ganhou peso e tonificou seu corpo em algo pelo qual as mulheres babariam. Colocando a palma da mão em seu peito, olhei para seu rosto.

— Gosto quando você olha para mim. Seus olhos ficam arregalados e sei que você gosta do que vê. Podemos ficar juntos, Rainey. Só você e eu.

Balançando a cabeça, eu sorri.

— Somos só você e eu agora. Okay? Agora mesmo. Mas quando sairmos deste quarto, somos amigos novamente. É assim que tem que ser.

— Por quê?

Meu coração se partiu.

— Porque, sim. Agora vá se deitar. Deixe-me cuidar de você.

Recuando, ele manteve os olhos em mim. Eventualmente sentado na beira da cama, ele esperou que eu desse um passo à frente e tirasse meu short e calcinha. Eles caíram no chão, eu os chutei e Rowan não conseguia parar de olhar para mim como se eu fosse uma estrela cadente flamejando em seu céu.

— Você é linda.

— Você também. Agora deite-se. — Inclinei a cabeça, sorrindo. — Não me faça dizer de novo.

Sorrindo, ele se empurrou de volta na cama, esticando-se sobre ela com a cabeça pousando em um travesseiro. Eu me aproximei, observei-o me olhando e, em seguida, engatinhei para me sentar no topo de suas coxas. Ele estava quase ereto novamente. Envolvi meus dedos sobre ele e acariciei para ajudá-lo a se preparar. Mantendo nossos olhares fixos, inclinei-me e beijei a ponta, sorrindo quando seu pau saltou na minha mão, crescendo ainda mais. Quando ele estava cheio e comprido, eu me ajoelhei, me coloquei acima dele e perguntei:

— Você está pronto?

Rowan ficou pasmo, sua boca ligeiramente entreaberta enquanto ele acenava com a cabeça.

— Toque meus seios enquanto eu afundo em você. Aperte-os em suas mãos.

Ele fez o que eu pedi, meu corpo abaixando tão lentamente que nós dois gememos ao sentir o quão perfeitamente ele se encaixava dentro de mim. Sentei-me profundamente, e parei de me mover no início, permitindo que ele sentisse o que era estar dentro de uma mulher, minhas mãos espalmadas contra seu abdômen enquanto ele olhava para mim.

— Como é que você gosta? — Apertei meus músculos internos e ele se encolheu, seus olhos se fechando e seus lábios se curvando em um sorriso estranho.

— Rainey, você está me matando.

— Bem, então coloque suas mãos em meus quadris e me coloque acima de você. É como se masturbar, mas com uma garota. Você define o ritmo que quiser, Rowan. Ou apenas espere enquanto eu faço isso.

Suas mãos deslizaram dos meus seios para meus quadris, seus olhos azuis se abrindo para me ver movendo acima dele. Eu fui devagar no começo, empurrei meu corpo para cima até que apenas a ponta estivesse dentro e então deslizei para baixo para deixá-lo me preencher.

Rowan não era mais virgem, e pensei que talvez fosse para eu ser sua primeira vez. Tirei sua timidez, mostrei a ele o que era ser homem quando uma mulher olhava para ele com luxúria nos olhos. Sua cabeça rolou sobre o travesseiro enquanto eu continuava a me mexer em um movimento lento dos quadris, forçando-o mais fundo.

— Você não pode gozar dentro em mim, Rowan.

— Eu sei.

— Okay, apenas me diga se acha que isso vai acontecer. Daí eu saio de cima.

Foi pura sorte eu não estar grávida ainda. Jacob e Joel foram decentes em se retirar, e Paul e Frankie não estavam exatamente no momento certo para ter um bebê. Mas Rowan, ele não tinha experiência suficiente para saber quando parar. Eu seria a única a informá-lo. Eu poderia dizer. Era impossível contar quantas vezes eu notei um cara prestes a gozar e pensei *oh, ainda bem, eles estão quase terminando.*

Exceto que eu não queria que isso fosse feito com esse cara. Eu queria que este momento durasse para sempre.

— Porra, Rainey, você é tão gostosa, Eu não sabia... quer dizer, eu sabia, mas não sabia. Porra.

Ele era fofo quando divagava. Eu o cavalguei mais rápido, empurrando com mais força, uma de suas mãos soltou meu quadril e seu polegar trabalhou meu clitóris. Minha cabeça caiu para trás e eu gemi.

— Rowan?

A risada sacudiu seu peito e estômago.

— É a minha vez de te agradar agora. — Quando nossos olhos se encontraram novamente, ele sorriu e corou. — Eu assisti pornografia, Rainey. Você gosta disso?

Aquele aperto familiar dentro de mim surgiu novamente, meu corpo se movendo contra o dele, esfregando contra seu polegar e, então, eu gozei, o clímax tão intenso e violento que desabei para frente e gemi em seu peito. Com uma mão, ele afastou meu cabelo do rosto, nossos corpos ainda se movendo juntos. Então ele me surpreendeu ao me virar e assumir o controle de nossa dança.

Com um braço, ele se segurou acima de mim enquanto olhava para o meu rosto, seus quadris ainda arremetendo, o suor escorrendo pelo seu peito.

— Estou fazendo amor com você, Rainey. Isso é o que é. Eu nunca poderei simplesmente te foder, não como eles. Você sente a diferença?

Meus olhos começaram a lacrimejar quando outro orgasmo me atingiu. Rowan enxugou uma lágrima da minha bochecha.

— Sempre pode ser assim. Você e eu. — Seus quadris aumentaram o ritmo enquanto ele me observava, seu braço envolvendo uma das minhas pernas para empurrá-la para cima e mais aberta. Ele afundou mais, sem desviar o olhar em momento algum. — Por favor, Rainey. Diga que você vai ficar só comigo.

O clímax me tomou, uma onda de prazer correndo pelo meu corpo tão furiosamente que estremeci. Gemidos carnais subiram pela minha garganta, o nome de Rowan saindo como uma prece em meus lábios enquanto ele continuava a se mover ainda mais rápido. Ele estava quase lá. Quase pronto.

Isso nunca poderia acontecer novamente.

Outro minuto e ele saiu, seu orgasmo escorrendo quente na minha barriga. Ele afundou contra mim, apesar da bagunça, sua boca inclinada contra a minha enquanto me beijava profundamente.

Falando contra meus lábios, ele implorou:

— Por favor, Rainey. Só você e eu. Prometo que vou cuidar de você. Prometo que sempre vou te proteger.

Pisquei com força para afastar as lágrimas, gotas quentes caindo pelo meu rosto.

— Eu não posso, Rowan. Sinto muito. Você merece coisa melhor do que eu.

— Você é a melhor. Por que se recusa a ver isso? Amarei você mais do que qualquer pessoa, Rainey, prometo-lhe isso. Por favor.

Balançando minha cabeça, eu segurei seu rosto e pressionei minha testa contra a dele.

— Não, baby. Não podemos. Você precisa convidar aquela garota, Megan, para sair e se você gosta dela, deve ser bom com ela e construir uma vida com ela, okay? Apenas se esqueça de mim. Sempre serei sua amiga. Sempre serei sua primeira. Mas isso é tudo que serei.

Permanecendo em seu quarto por mais duas horas, transei com ele mais uma vez. Quando saí, ele me seguiu até a porta, encostando um ombro contra o batente enquanto me observava virar o canto do quarto de Jacob para pegar outro baseado em nada além de minha calcinha e short.

CINCO

Justin

Presente

Havia algo muito errado com Rainey, tão irritantemente errado que eu queria sacudi-la e dar um tapa nela. Quase desejei que Rowan estivesse vivo para que pudesse dar um tapinha nas costas do pobre garoto e simpatizar com ele por seu amor desesperado por uma garota que nunca iria admitir que ela o amava de volta.

Olhando para ela, notei a mágoa em seus olhos, o desejo, a dor no coração de uma memória que ela compartilhou comigo com adoração em sua voz. De todas as suas experiências, essa foi boa, essa memória era algo que eu não tinha dúvidas de que ela segurava com as duas mãos cerradas, recusando-se a soltar.

Então, por que ela não aceitou que um homem pudesse realmente amá-la e escolheu ficar com ele?

— Ele te tratou bem — observei em voz alta.

Assentindo, uma lágrima escorreu de sua bochecha.

— Sim. Rowan era meu melhor amigo. Ele era tudo.

Abaixei a caneta, coloquei o bloco de notas que se encontrava em minhas pernas, no braço da cadeira e me inclinei para frente.

— Você sabe, eu tenho que perguntar isso, Rainey. Por que você não ficou com Rowan? Eu sei que você acha que não era boa o suficiente para ele, você deixou isso claro, mas por quê? O que você fez de tão ruim que não merece estar com um cara bom que se preocupa com você?

Seus dedos percorreram a marca em seu braço, as cinco marcas contabilizadas, uma contagem que ela fazia de alguma coisa.

— Eu simplesmente não era boa para ele, Justin. Não para ele. Não naquela época. Saí do quarto de um menino que me amava, que fez amor comigo, e entrei no quarto de seu irmão para deixá-lo me foder contra a parede entre seus quartos. Eu estava ferrada assim. Rowan tinha acabado de derramar seu coração para mim, tinha acabado de estar comigo pela primeira vez, e eu gritei o nome de Jacob enquanto minha bunda batia contra a parede, Jacob rindo o tempo todo me lembrando como era estar com um homem de verdade. Devo lembrá-lo dessas paredes? Rowan deve ter ouvido a coisa toda. Ele se sentou na cama em que tínhamos acabado de fazer sexo e ouviu seu irmão *'me foder direito'*. Rowan merecia coisa melhor.

Espelhando minha postura, Rainey se inclinou para frente, os braços apertados contra o corpo para que quando sua camisa caísse para frente, eu pudesse ver diretamente por baixo. Foi automático, meus olhos baixando. Eu encarei sem pensar.

— Você quer me foder direito também, doutor?

Levantei a cabeça, meus olhos fixos nos dela. Ela sorriu, o olhar azul cintilando.

— Eu vou deixar. Deixo todo mundo. A única diferença é que agora aprendi a gostar. Rowan me ensinou como gostar. Ele era bom assim. Se eu fosse abusar do meu corpo, então poderia muito bem tirar algo dele. Alguma forma de prazer, sabe? Dormi com Rowan mais quatro vezes depois dessa primeira experiência. Mais quatro antes de ele morrer. E essas quatro vezes me ensinaram tudo que eu precisava saber sobre meu corpo e o que poderia ser feito com ele.

Recostando-me, esfreguei a mão no rosto.

— Rainey, me desculpe, eu não deveria ter...

— Não se preocupe com isso — disse ela entre a risada suave. — É como eu disse a você. Eu não vou recusar. Não com você. Você se olhou no espelho recentemente? — Ela assobiou. — Você é um homem bonito, doutor. Bem como Joel e Rowan. Há um quarto nos fundos.

Balancei a cabeça.

— Não estou aqui para isso, Rainey. Estou aqui para te ajudar.

— Existem muitas maneiras diferentes de ajudar uma pessoa. Eu sei que fazia muito sexo naquela época, mas ultimamente, tenho estado mais quieta. Mantive minhas pernas fechadas. Quero fazer alguma coisa por mim mesma, construir um futuro.

— Você estava prestes a fazer sexo com Michael na noite em que ele morreu. Uma noite sobre a qual deveríamos conversar, em vez do que aconteceu com seus vizinhos.

CINCO

Ela acendeu um cigarro, o primeiro em poucas horas.

— O que você quer saber?

Essa foi boa. Nos redirecionamos de volta para onde precisávamos estar. Mas quando levantei o olhar para falar com ela sobre aquela noite, ela sorriu e soltou uma nuvem de fumaça, conhecimento carnal em um par de olhos que eram inocentes apenas alguns minutos atrás. Rainey se recostou na almofada do sofá me observando, desafiando-me a dar outra olhada inadequada em seu corpo.

— Você viu o assassino naquela noite? Você deve ter visto. Ele atacou você, assim como aos outros.

O silêncio se estendeu entre nós, nossos olhares travados. Eu não olharia para baixo, não morderia a isca que ela lançou e agora estava cambaleando como a mestre pescadora que era. Um sorriso sagaz esticou seus lábios, lento e felino.

— Não, eu não vi. Devo ter dormido. Estávamos bebendo e fumando maconha, o que tende a me deixar desmaiada, especialmente depois do trabalho.

A frustração me inundou.

— Você tem alguma ideia de quem possa ter sido?

Outra baforada de seu cigarro.

— Está voltando à minha memória. Lentamente.

Do lado de fora das janelas, o sol batia no horizonte, o dia claro mudando para o final da tarde. Fiquei surpreso ao ver quanto tempo havia passado.

— Você pode me dizer algo incomum que aconteceu naquela noite?

— Preston era um traficante, não quando o conheci no início, mas depois que os Connor morreram, ele assumiu. Ele saiu naquela noite por cerca de uma hora. Foi desconfortável como o inferno, porque isso deixou Michael, Megan, Angel e eu na sala de estar juntos. E já que Michael e Megan estavam se pegando, ela montada em seu colo e se esfregando nele, eu e Angel ficamos apenas olhando uma para a outra, sem jeito, sem saber o que dizer ou fazer.

Pegando minha caneta e caderno, fiz anotações.

— O que aconteceu depois disso?

Rainey esticou as pernas na frente dela, o movimento chamando minha atenção. Virei a cabeça em direção a ela apenas o suficiente para ser pego em flagrante. Ela sorriu.

— Preston voltou chateado por algum motivo. Ele estava gritando e batendo nas paredes. Angel o levou para cima para acalmá-lo. Acho que algo deu errado com um acordo.

Minha caneta rabiscou furiosamente no papel.

— Então, alguém poderia tê-lo seguido de volta?

— Poderia — disse ela, a alça de sua camisa caindo de seu ombro novamente e revelando o colo cheio de seu seio esquerdo. Inclinando a cabeça, ela seguiu meu olhar. — Tem certeza de que não quer que eu te leve para o meu quarto? Você parece, não sei, com fome...

O que eu estava sentindo naquele momento estava além do profissionalismo que aprendi na escola. Eu nunca tinha experimentado isso. Nunca cruzei os limites, mesmo em pensamento, quando se tratava de um paciente ou suspeito que estava entrevistando. Mas havia algo sobre Rainey. Ela era uma mulher criada exclusivamente com o propósito de ser tentadora. Tudo sobre ela, tudo, trazia instintos primitivos que eram mais animais do que humanos.

O que a tornava perigosa era o fato de ela saber disso.

Pigarreando, levantei meu olhar para seu rosto.

— Eu devo ir. Está ficando tarde e ainda tenho que relatar ao detetive o que conversamos hoje antes de voltar para casa. Podemos continuar amanhã. Mesmo horário.

Ela acenou com a cabeça, levantando-se do sofá para me acompanhar até a porta. Quando saí, Rainey encostou um ombro contra o batente da porta, seus olhos desviando de mim para um vizinho parado do outro lado da rua. O homem olhou para nós, curioso, seu olhar pousando em Rainey, um sorriso esticando seus lábios como se soubesse o que estávamos fazendo.

Atrás de mim, Rainey disse:

— Maldito bairro. Todo mundo sabia o que estava acontecendo comigo e os caras da porta ao lado. Agora eles me olham como falcões. Não tenho muitos visitantes, mas quando os tenho, eles presumem que estou transando com eles.

O homem ficou olhando por mais alguns segundos, a aba de seu boné de beisebol sombreando seu rosto. Ele acenou e Rainey acenou de volta antes de puxar a alça de sua camisa no lugar. Levantei uma sobrancelha com a repentina sensação de modéstia. Virando-me, observei o homem se afastar.

— Você o conhece?

Ela ergueu os olhos para mim.

CINCO

— As pessoas entram e saem deste bairro o tempo todo. Quando estão com pouca sorte, eles se mudam pra cá. Quando algo dá certo e eles podem ir para um lugar melhor, eles se mudam daqui. Todas são pessoas diferentes, mas todas iguais.

A exaustão tomou conta de mim.

— Tenha uma boa-noite, Rainey. Vejo você amanhã.

Ela me observou caminhar até o carro e ir embora.

No caminho para casa, parei na delegacia, atualizei Grenshaw sobre como Rainey conhecia Megan e sobre Preston e o negócio que deu errado. Entrei no meu apartamento algumas horas depois e larguei minha pasta de arquivos e o bloco de notas em uma pequena mesa na cozinha.

Eu estava exausto, com os olhos turvos e os ombros doloridos por ficar sentado em uma cadeira o dia todo. Tirando a camisa, entrei no meu banheiro para ligar o chuveiro. Baixei as calças, entrei debaixo da ducha quente, e um gemido escapou dos meus lábios com o alívio instantâneo. Enfiei a cabeça debaixo do jato e olhei para baixo ao longo do meu corpo enquanto a água derramava sobre mim, lembranças de Rainey se infiltrando em meus pensamentos.

Uma sereia, não havia outra maneira de descrever a garota. Seu longo cabelo castanho era espesso e sempre embaraçado como o de uma mulher que não se importava muito. Servia como uma cortina para o rosto pálido, fazendo com que seus olhos azuis, a cor deslumbrante, saltassem à vida. Seu corpo, querido Deus, seu corpo era tão incrível como seus vizinhos sempre afirmaram. Quando ela falava sobre Paul, ou qualquer um dos irmãos mais velhos, sua voz rouca sempre dizia respeito aos atos que ocorriam entre eles, mas quando ela falava sobre sexo com Rowan...

Minha mão estava segurando meu pau, o ódio por mim mesmo derramando enquanto eu bombeava o eixo. Na minha mente, eu vi os lábios de Rainey, seus seios, ouvi sua voz dentro da minha cabeça tão claramente que era como se ela estivesse parada na minha frente falando sobre como era ter um homem a tocando. Isso me fez querer tocá-la para que eu pudesse experimentar por mim mesmo.

Amaldiçoando baixinho, cheguei ao clímax com o jato de água, minha testa pressionada contra o azulejo frio, meus olhos se fechando com toda a vergonha que senti por pensar nela naquele momento.

O sono não veio fácil, os sonhos me forçaram a acordar várias vezes, fazendo com que eu me sentasse. Este caso estava me afetando e, apesar de dois dias inteiros entrevistando Rainey, eu não estava nem perto de descobrir a verdade.

Pensei em me desligar do caso no meu caminho até a casa dela na manhã seguinte. Eu me afastaria para que eles pudessem trazer uma psicóloga para terminar o que comecei.

Rainey estava esperando por mim novamente, caneca na mão, suas roupas tão precárias quanto antes.

— Bom dia. Estou fazendo café da manhã na cozinha, gostaria de se juntar a mim?

— Eu não vou comer, obrigado, mas posso ficar aí com você enquanto termina. Podemos conversar sobre a festa e a morte de seus amigos.

Ela me lançou um olhar engraçado.

— Isso é um pouco horrível de se falar no café da manhã, você não acha?

Rindo, balancei a cabeça.

— Bem. Isso pode esperar até depois de você comer.

Rainey me levou para a cozinha, colocou sua caneca no balcão e adicionou um pouco de bacon em uma frigideira quente. Instantaneamente, chiou e começou a fritar. Enquanto fazia isso, ela tentou misturar um pouco de massa de panqueca, mas a tigela derramou quando ela estendeu a mão para pegá-la.

— Merda. — Agarrando toalhas de papel, ela tentou limpar a sujeira, fumaça subindo do bacon na frigideira.

Corri para ajudar.

— Aqui, vou virar o bacon enquanto você limpa essa bagunça.

— Obrigada — disse ela, agachada no chão, limpando uma pequena pilha que havia derramado sobre o balcão. O bacon ficou pronto enquanto ela limpava o resto. Fui puxar a frigideira, mas a gordura do bacon espirrou no meu dedo.

— Ai. Merda.

Ela correu até mim e agarrou minha mão.

— Oh, sinto muito.

Puxando meu dedo para sua boca, ela chupou a ponta dele, sua língua girando no final, olhos azuis erguendo-se para encontrar os meus. Nós nos encaramos, seus lábios enrolados na ponta do meu dedo, cada instinto masculino subindo à superfície.

Puxei minha mão.

— Rainey.

— Eu não deveria ter feito isso. Sinto muito. Deixe-me pegar um pouco de água para essa queimadura. Ou manteiga. Mamãe sempre usou manteiga.

CINCO

— Não é tão ruim assim — insisti. — Você deve terminar o seu café da manhã para que possamos voltar à entrevista.

Ela ficou cabisbaixa.

— Sinto muito. É que estou nervosa hoje. Sobre o que tenho para te dizer.

— Você se lembrou mais alguma coisa sobre a noite da festa?

Ela balançou a cabeça.

— Não. Mas onde estamos na história. É uma parte ruim, doutor. Nunca contei a ninguém. Bem, Rowan sabia. Mas, ninguém mais.

Uma parte ruim. Como se todo o resto não tivesse sido horrível.

— Você deveria comer e eu vou esperar na sala.

Balançando a cabeça, ela caminhou até o fogão e desligou os bocais.

— Não. Eu perdi meu apetite. Além disso, derramei a maior parte da massa da panqueca.

A culpa me inundou. Eram constantes idas e vindas com essa mulher. Um segundo eu poderia jurar que ela não tinha a menor noção. Mas no próximo, eu apostaria minha reputação profissional no fato de que ela estava jogando, que ela sabia como jogar para conseguir exatamente o que queria dos homens. Nunca houve um meio-termo. Ela era inocente ou conivente, habilmente.

— Pelo menos coma um pouco do bacon. Não há razão para ser desperdiçado.

Pegando uma fatia da frigideira, ela a levou à boca, envolveu os lábios em torno dela como se tivesse pegado meu dedo e mordido. O barulho encheu o silêncio na sala, o canto de sua boca se curvando.

— Huumm, isso tem um gosto tão bom. Eu não consigo me saciar às vezes.

A fatia deslizou ainda mais em sua boca e eu me virei para voltar à sala de estar, meus pensamentos se direcionando para um banho que eu lamentaria pelo resto da minha vida.

Concentrando-me em minhas anotações até que ela se juntou a mim para ocupar seu lugar no sofá, mergulhei diretamente na entrevista.

— Você me disse ontem à noite que Preston estava negociando e você pensou que alguma coisa tinha dado errado. Que, talvez, alguém o tivesse seguido de volta para casa. Certo?

— Sim.

— O que ele disse quando voltou para a festa? Ele mencionou algum nome que você pode ou não ter reconhecido?

O silêncio me fez olhar para cima, seus olhos me avaliando. Pensei no chuveiro novamente, em como minha mão envolveu meu...

Droga. Eu tinha mais controle sobre mim do que isso.

— Você ouviu minha pergunta, Rainey?

— Sim, sinto muito. É que você é tão inteligente. Eu gostaria de ser tão inteligente quanto você. Aposto que você lê muito.

Seu dedo traçou seu pescoço, o movimento chamando minha atenção.

— Você provavelmente faz palavras cruzadas com uma caneta porque sabe que nunca vai errar. Isso é atraente em um homem. Inteligência. Rowan era inteligente, embora muitas pessoas não soubessem disso. Ele era muito inteligente, sempre me ensinando coisas.

Como desfrutar do sexo... Inspirei para evitar que minha mente fosse lá.

Pausando, eu sabia que ela continuaria desviando se eu perguntasse sobre a festa. Esse interesse que ela tinha por mim no momento precisava parar. A conversa estava indo na direção errada.

— O que você quer me dizer que está te deixando nervosa, Rainey? A parte ruim que você alegou na história?

Sua expressão se fechou, ombros curvados para frente e seu olhar dançou para longe. Olhando pela janela da frente, ela abandonou a atitude de espertinha, a verdade saindo dela na postura derrotada de seu corpo.

— Conte-me sobre isso, o que você considera ruim. — Na verdade, eu estava mais do que interessado em saber o que era tão horrível que aquela garota em particular consideraria fora do comum. Ao mesmo tempo, não tinha certeza se queria saber. Não havia como dizer a ela.

Lágrimas brotaram de seus olhos, me pegando de surpresa.

— Rainey?

Seus lábios franziram em uma linha tensa, ela afastou as lágrimas e sua mão cobriu a marca.

— Estou mal, doutor. Eu sou uma pessoa horrível. E não há absolutamente nada que eu possa fazer para fazer isso parar.

O interesse aumentou, eu me perguntei se ela estava prestes a confessar algo que poderia implicá-la em um crime. Se assim fosse, então seria nossa resposta se Rainey era capaz de matar, se houvesse a menor chance de ela ter mais a ver com a morte de seus amigos do que estava deixando transparecer.

— Conte-me sobre isso, Rainey. Por que você acha que é ruim?

Se alguma vez houve uma pergunta carregada, foi a que acabei de fazer.

CINCO

Rainey

Passado

Rowan fez dezessete anos poucos meses depois de estarmos juntos. A vida realmente mudou para ele. Depois do que aconteceu entre nós, ele convidou Megan para sair.

Os dois se deram bem imediatamente. Foi estranho como aconteceu, um dia Rowan estava lá o tempo todo e no próximo ele tinha ido embora, sempre com ela. Ele estava feliz. Emocionado, realmente, sempre sorrindo, seus olhos brilhantes, sua cabeça erguida. No aniversário de dezessete anos dele, minha mãe e eu assamos um bolo de novo, certificando-nos de que dessa vez daria certo, mas ele nunca apareceu para comê-lo.

A família de Megan era boa, ela morava em um bairro decente e eles o convidaram para jantar. Era tudo um pouco exagerado se você me perguntasse, mas eles compraram um carro usado para ele, disseram que prefeririam que ele pegasse Megan para encontros em um veículo seguro em vez de andar por toda parte. Acho que ela realmente o amava, queria se casar com ele, o que era ridículo naquela idade, mas fofo.

Eu o via de vez em quando quando ele estava em casa. Rowan parou de frequentar a minha casa, então não conversávamos muito, e quando eu estava na casa dele, estava sempre ocupada em ganhar minha próxima dose.

Tornou-se um hábito estúpido dormir com Paul e os irmãos de Rowan para que eles me deixassem chapada. Acho que estava quase viciada, mas não tanto pelas drogas e mais pela fuga, porque quando eu estava lá, não estava em casa sendo observada pelo David.

Minha mãe ficou feliz quando ele se mudou para lá, e eu fiquei feliz por ela, mas não podia confiar... confiar nele. David nunca tinha feito nada de errado. Ele não me tocou ou bateu em mim, nada disso. O que mais me incomodava eram os olhos dele, que me seguiam. Sempre senti como se estivesse sendo observada, como aquela sensação que você tem quando sabe que alguém está olhando para você. Seu corpo formiga e o olhar da pessoa se transformava em mãos examinando todos os lugares que queriam ver, mas não podiam.

Quando estava em casa, ficava no meu quarto sempre que podia. Principalmente, perto da porta. O primeiro mês, com David morando conosco, não foi grande coisa, mas, eventualmente, ele começou a fazer perguntas.

— Parece que vai chover hoje. — Mamãe estava na nossa cozinha olhando pela janela, brincando com as pontas curtas de seu cabelo escuro entre os dedos. Ela tinha os mesmos olhos azuis que eu, mas os dela estavam sempre com olheiras, o cansaço de trabalhar tantas horas desgastando-a à medida que envelhecia.

David estava na pia lavando pratos enquanto eu abria a geladeira para pegar um refrigerante. Eles eram a única coisa que eu sempre pegava na geladeira. Mamãe costumava mantê-los na prateleira de cima, mas desde que David se mudou, eles eram mantidos na parte de baixo, na parte de trás. Tive que praticamente rastejar para dentro para alcançar um.

Vestida com um short desfiado e uma blusinha, me inclinei para pegar um e bati a cabeça em uma das grades.

— Cuidado, Rainey. Você vai desmaiar se levantar tão rápido.

Contorci meu corpo no lugar e olhei para cima, deparando com o olhar de David, sua mão ocupada limpando um prato enquanto seus olhos escaneavam as dobras da minha bunda que agora apareciam porque o short subiu um pouco. Um arrepio percorreu minha coluna e abandonei o refrigerante para me endireitar e fechar a geladeira.

— A que horas você chega do trabalho esta noite, mãe?

— Tarde, querida, mas não se preocupe. David estará aqui se você precisar de alguma coisa. — Ela se virou para olhar para o namorado, sua pele praticamente brilhando. — Não é?

Sorrindo, David colocou a tigela que havia acabado de lavar no escorredor.

— Claro. — Ele ficou em silêncio por um segundo, seus olhos castanhos me encarando por apenas um segundo antes de olhar para a mãe. — Embora não tenha certeza se isso é um problema para Rainey. Ela passa muito tempo na porta ao lado. Só volta para casa de manhã cedo.

CINCO

— E daí? — Inclinando-me contra o balcão, cruzei os braços e olhei para ele. David era alto, pelo menos um metro e noventa, mas era mais magro do que eu. Eu sabia que minha mãe e ele festejavam de vez em quando, porque eu podia sentir o cheiro da fumaça saindo de seu quarto. Principalmente maconha, mas dado o quão magro ele era, presumi que ele usava outras coisas também.

— E daí — ele respondeu, pegando um prato e mergulhando-o na água com sabão —, que as pessoas vão se perguntar por que uma garota legal está constantemente saindo de uma casa cheia de homens.

— Oh, ela só está ali para ver Rowan. Ele tem quase a idade dela. Você o conheceu antes — minha mãe insistiu.

Completamente desligada, minha mãe, muitas vezes tão distante em sua realidade inventada que ela não via a verdade bem ali na frente dela. Eu tinha aproveitado isso mais vezes do que gostaria de admitir.

— Então por que Rowan não pode vir aqui? E, quando o fizer, por que eles não assistem televisão na sala em vez de ficarem no quarto dela? Além disso, Rowan não conseguiu um carro?

A cabeça da mamãe levantou enquanto ela regava uma plantinha.

— Isso mesmo, ele conseguiu. A família da namorada dele comprou de presente para ele.

David sorriu e eu queria arrancar aquela expressão de seu rosto.

— Isso é estranho porque Rainey fica por ali mesmo quando o carro de Rowan não está na garagem. Por que ela ficaria lá quando Rowan não está em casa?

— Por que você está falando sobre mim como se eu não estivesse na sala? Sou amiga de Rowan e de seus irmãos, e daí? É melhor do que ficar aqui o tempo todo.

Espalhando as folhas de uma árvore de Ficus que estava meio morto, mamãe se virou para mim.

— Rainey, isso não é jeito de falar com um adulto.

— Eu sou adulta!

— Talvez em idade, mocinha, mas não de qualquer outra forma que conte. Você não mantém um emprego há mais de dois dias e ainda vive sob minha casa e minhas regras.

Essa foi a primeira vez que minha mãe mencionou regras.

— Quais regras?

Ela colocou o pulverizador no balcão e olhou para mim.

— Rowan é um bom menino, Rainey, mas seus irmãos e pai não são.

Posso dizer apenas olhando para eles. Eles estão constantemente dando festas lá.

Compartilhando um olhar com seu namorado sorridente, ela disse:

— Acho que David está certo. Você deve passar menos tempo na casa deles. Se Rowan estiver em casa, ele pode visitá-la aqui. Não é como se fosse diferente.

Eu estava chateada, meu rosto em chamas e minhas mãos tremendo.

— Isso não é justo. Tenho idade suficiente para tomar minhas próprias decisões.

Seus olhos encontraram os meus.

— Quando você estiver pagando suas próprias contas, então você terá idade suficiente para fazer o que quiser, Rainey. Até então, você respeitará as regras que David e eu damos a você.

— Isso é besteira! — gritei, girando nos calcanhares e avançando em direção à porta dos fundos.

— Onde você pensa que está indo?

— Vou ver Rowan. — Eu empurrei a porta aberta. — Veja. Seu carro está lá. Acho que vou informá-lo sobre essas novas regras idiotas.

— Volte em uma hora! — minha mãe gritou atrás de mim. Não respondi, apenas atravessei o mato alto, segui a linha da cerca de arame e virei a esquina para o quintal do vizinho. Eu ia lá tantas vezes que não me incomodava mais em bater na porta da frente, apenas entrava quando queria.

Ainda era de manhã cedo, ninguém havia acordado ainda, então atravessei os corredores e entrei no quarto de Rowan. Ele se sentou assim que a porta se fechou atrás de mim.

— Rainey? — Esfregando os olhos sonolentos, seu cabelo estava uma bagunça e seu peito estava nu. Seu corpo estava ficando cada vez mais forte e não pude deixar de olhar. — O que você está fazendo aqui? Está tudo bem?

Lágrimas escorreram dos meus olhos, meu corpo inteiro tremendo por causa da raiva que estava sentindo. Rowan ficou atento e toda a névoa do sono se foi no instante em que viu que eu estava chorando.

— Ei. — Ele abriu os braços. — Venha aqui.

Envolvida em seu abraço forte era o único lugar em que eu queria estar. Eu praticamente pulei na cama, minhas costas contra seu peito e seus braços travados em volta de mim.

— Me diga o que está errado.

— É David. Ele é um babaca e me irritou.

CINCO 103

O corpo de Rowan ficou tenso.

— David, o namorado da sua mãe?

Assenti.

Sua voz caiu para um tom perigoso, um aviso da violência que eu sabia que estava dentro dele.

— Ele fez algo com você, Rainey? Ele não tocou em você, tocou?

Rowan era a única pessoa que sabia sobre meu passado, sobre os outros namorados que fizeram coisas comigo quando minha mãe não estava em casa. Assim como eu, ele não confiava em David por causa disso.

— Não, nada disso.

Relaxando os músculos, Rowan me abraçou com mais força contra o peito.

— Bom. Porque eu odiaria ter que matá-lo, o que você sabe que eu faria. O que ele fez para te irritar?

— Disse que não posso mais vir aqui. Nem para ver você. Ele disse que se quiséssemos sair, tinha que ser lá, em vez de aqui.

Em silêncio por um minuto, ele finalmente disse:

— Não necessariamente vejo isso como uma coisa ruim.

Eu me virei para encará-lo e bati em seu peito.

— Droga, Rowan. Você não deveria concordar com ele.

— Desculpe, mas você não precisa ficar perto da minha família do jeito que sempre faz. Isso não é bom pra você.

Seus olhos azuis me encararam, nossas bocas tão próximas que eu podia sentir sua respiração em meu rosto.

— Venho dizendo isso desde que te conheci. E me chame de egoísta, mas não me importo de ter você só para mim. Pelo menos, ainda vou conseguir te ver.

— Você está sempre com Megan.

— Eu não tenho que estar.

— Rowan — adverti.

— Rainey. — Ele sorriu para mim, adorável pelo quão sonolento estava.

— A família dela comprou um carro pra você. Acho que isso conta como prova de que ela é melhor para você do que eu jamais serei.

Seu polegar acariciou minha nuca, meu corpo estremecendo por causa disso.

— Ela poderia me comprar uma frota inteira de carros, uma nova casa e um iate, e ainda assim não a tornaria melhor. Megan não é você. Ela nunca será.

O silêncio entre nós parecia pesado. Deitados lá, nós nos entreolhamos, uma fresta de luz se infiltrando pelas cortinas.

— Senti sua falta — ele sussurrou.

Eu estava chorando de novo, mas por um novo motivo.

— Senti sua falta também.

— Ei, ei, ei... — Ele enxugou uma lágrima do meu rosto. — Por que essas lágrimas? Nunca vi um homem te fazer chorar.

Não foi um homem que fez isso. Não essas lágrimas, pelo menos. Foi Rowan. A maneira como ele olhava para mim. A maneira como falava comigo. A maneira como me amava quando deveria amar outra pessoa.

— Não é nada.

— É algo, Rainey Summer Day.

Eu sorri.

— Pare de me chamar assim.

— É o seu nome. Uma merda. Mas ainda assim, o seu nome.

Meu sorriso se alargou e ele retribuiu.

— Assim é melhor. Senti falta desse sorriso.

Silêncio de novo, seus lábios pairando a centímetros dos meus. Eu sabia o que ele queria antes que me perguntasse. Os olhos de Rowan tinham um jeito de brilhar quando ele me olhava, eles tinham um jeito de expressar cada desejo em sua cabeça.

— Posso beijar você, Rainey?

Cada pensamento em mim gritava não, mas, ainda assim, minha cabeça acenou em afirmativa. Meu corpo nunca concordava com minha mente, e meu coração era o maior traidor de todos.

Inclinando-se para frente, Rowan roçou a boca contra a minha, o beijo terno, apenas um toque de pele contra pele.

No entanto, não foi o suficiente. Nem perto do suficiente.

Éramos ímãs um para o outro, constantemente flutuando juntos antes de nos separar. Dois pássaros dançando no céu. Ar frio e quente, misturando-se até que nos tornamos a tempestade perfeita.

Sua boca se abriu e sua língua deslizou contra a minha, nossos corpos se fundindo enquanto suas mãos exploravam meu corpo.

— Rowan...

— Você não pode me dizer que não quer isso. — Dedos deslizando para cima da minha camisa, ele segurou meu seio, seu polegar rolando o mamilo. — Você responde a mim, Rainey. Toda vez.

CINCO

— Eu respondo a todos.

A raiva estreitou seu olhar.

— Não do jeito que faz comigo. Eu não me importo quantas vezes você fode Jacob contra a minha parede. Eu sei a verdade. Sei o que parece quando você realmente quer alguém dentro de você.

Meus olhos se fecharam e sua boca estava na minha novamente, seu corpo rolando para cobrir o meu enquanto seus quadris se encaixavam entre as minhas pernas. Inrterrompendo o nosso beijo, ele deslizou seus lábios pelo meu pescoço, abaixou a cabeça para dar beijos suaves no meu peito.

— Rowan, você tem uma namorada.

Soltou as alças da minha blusa frente única e respondeu:

— Um pequeno inconveniente que posso corrigir assim que você me disser que é minha.

Ele puxou rapidamente o pedaço de pano do meu corpo para largá-lo no chão ao lado da cama, sua mão se movendo pela minha barriga para desabotoar meu short.

— Já disse mil vezes que se você me quiser, sou seu. Eu cuidarei de você, Rainey. Protegerei você. Amarei você.

Foi um erro vir ao quarto dele, mas eu sempre corria para Rowan quando precisava de apoio. Ele era a única pessoa que poderia me confortar. O único que me fazia sentir desejada e segura.

Envolvi minhas mãos sobre seus ombros quando ele puxou meu short e calcinha e as deslizou pelas pernas, as roupas se perdendo nos lençóis enquanto ele espalmava um seio e me beijava novamente, posicionando-se entre minhas coxas.

Olhos azuis encontraram os meus, sem qualquer falsidade ou crueldade.

— Se fizermos isso, Rainey, sou só eu. Você não está ganhando nada com isso, não está barganhando por drogas ou qualquer outra coisa. Trata-se apenas de estar comigo.

Acenando com a cabeça, envolvi minhas pernas em torno de seus quadris enquanto ele me penetrava, seus lábios se abrindo ligeiramente, seus olhos se tornando suaves.

— Oh, Rainey. Deus, sim.

E então ele começou a se mover, nossos olhos se encontraram, nossos corpos se movendo em um ritmo perfeito. Tentei desviar o olhar, mas ele agarrou meu queixo e direcionou meu rosto de volta para o dele.

— Não, eu quero que você fique comigo enquanto fazemos isso.

Era demais, olhar para ele, senti-lo me amar com golpes longos e lentos que aumentaram o ritmo, me empurrando cada vez mais perto de um orgasmo que eu não merecia.

Ainda assim, a onda se arrastou pelo meu corpo, minhas pernas apertando em torno de seus quadris, minhas costas arqueando enquanto ele me encarava com pura adoração em seus olhos.

Este homem me amava. Com cada pedacinho de seu corpo, seu coração e sua alma. Ele faria qualquer coisa por mim, seria qualquer coisa por mim. Ele iria cumprir todas as promessas que fez para mim porque era isso que Rowan era.

Ele puxou quando se tornou intenso demais, seu próprio clímax chegando rápido, um grunhido explodindo de seus lábios. Eu segurei suas bochechas, dei um beijo suave em sua boca.

— Você é bom demais para mim.

O sorriso infantil que ele deu me lembrou do dia em que o conheci na minha varanda.

— Isso é engraçado, eu estava pensando que ninguém jamais poderia ser bom o suficiente para você. Não na minha opinião, pelo menos.

— Eu tenho que ir. Minha mãe disse uma hora, e com David atuando como seu líder de torcida, ela virá marchando aqui apenas para provar sua opinião.

Deitado de lado, Rowan afastou uma mecha de cabelo do meu rosto.

— Você vai ficar em casa sozinha com ele esta noite?

Assenti.

— Não. Você não vai. Eu vou mais tarde. Vou me esgueirar pela sua janela para te proteger.

Quase dizendo não, mudei de ideia no último segundo.

— Okay. Tem certeza de que pode vir?

— Eu sempre irei te encontrar, Rainey.

— Promete?

— Prometo.

Vesti rapidamente minhas roupas e saí de seu quarto sem olhar para ele. A culpa estava me incomodando, só em saber que ele largaria sua namorada sempre que eu pedisse. E pedir isso a ele era aproveitar. De toda forma, acabei fazendo isso.

O dia passou devagar. Jantamos por volta das seis, David me deu um refrigerante em um copo, ao invés da lata, alegando que era mais velho.

CINCO

Revirei os olhos com a insistência dele, mas mamãe concordou com tudo o que ele estava dizendo.

Mamãe saiu para o trabalho assim que o jantar acabou, deixando a mim e David parados na pia lavando a louça juntos.

Enquanto esfregava uma panela, meus braços enfraqueceram e minha cabeça ficou zonza, a sala girando apenas um pouco. Larguei a frigideira e David olhou para mim.

— Você está se sentindo bem?

Piscando rapidamente, tentei focar as vistas.

— Sim, estou...

Tudo estava girando, mas tentei agarrar a frigideira novamente, minha mão mergulhando na água enquanto eu balançava ligeiramente para frente.

— *Rainey, você não parece bem.*

A voz de David soou como se viesse do fundo de uma caverna, ecoando ao meu redor enquanto meu corpo desacelerava, meus olhos começando a fechar antes de forçá-los a abrir novamente. Eu caí para trás, acho, e David me segurou antes que eu pudesse atingir o chão.

Pairando acima, ele olhou para mim, mas não foi preocupação que vi em seu rosto.

— *Você não vai se lembrar de nada disso. Eu prometo. E se fizer isso, você deve saber que fez isso a si mesma.*

Levantando-me do chão, David me embalou contra seu peito, seus passos lentos enquanto me levava de volta para o meu quarto. Cada som era oco, minha cabeça tão pesada que foi uma luta mantê-la contra seu peito ao invés de cair para trás sobre seu braço.

— *... Sempre ali... roupas minúsculas... todo mundo sabe... vagabunda...*

Ele estava falando comigo, mas sua voz ia e vinha. Não importava se eu ouvisse cada palavra que ele dizia, eu sabia o que ele estava fazendo. Por fora, eu estava lutando para me mover, mas por dentro, estava gritando. *De novo não. Por favor, de novo não.*

Ele me deitou na cama, agachou-se ao meu lado e afastou meu cabelo do rosto.

— *... Não vai lembrar... gostosa... queria isso...*

Minha cabeça rolou sobre o travesseiro, o estômago embrulhado. Demorou muito para respirar e tudo que eu podia ouvir era a batida firme do meu coração como um tambor em meu crânio, sincronizando com a batida da minha voz interior implorando para ele parar.

Uma brisa soprou em meu peito e eu sabia que minha blusa havia sido tirada. Mãos quentes tocando, sua voz dizendo algo. Eu apenas fechei meus olhos e senti a água escorrer pela minha bochecha em meu cabelo. Um puxão na minha cintura. Outro. Eu estava com frio quando minhas pernas foram levantadas.

— *David, não, pare* ...

Acho que disse isso, mas minha língua estava grossa na boca. Com as pernas sendo abertas, forcei meus olhos a se abrirem para ver um borrão pairando ao meu lado, me tocando, me olhando como se eu fosse livre para todos. Uma explosão de risadas. Talvez eu estivesse livre. Achei que fosse vomitar e virei a cabeça para o lado, avistando um rosto na minha janela. Familiar. Zangado como o inferno.

Na verdade, eu não tinha certeza do que vi. Tudo que eu sabia era que alguém estava me tocando, e então já não estava. Gritando, como um trovão pela casa, um *flash* de prata. Duas sombras frente a frente. O brilho prateado me assustou.

Não, Rowan. Por favor, Rowan, não.

Eu não conseguia manter meus olhos abertos por mais tempo e enquanto aqueles borrões estavam um de frente para o outro no meu quarto, fechei os olhos e adormeci em outro lugar.

Justin

Presente

Senti uma grande aversão por mim mesmo ao ouvir Rainey revelar os detalhes do que David havia feito com ela. Antes disso, todas as histórias que ela contava eram consensuais, sem esforço, um acordo mútuo de que seu corpo poderia comprar o que ela pensava que queria e precisava.

Falando de suas experiências com Paul, Jacob, Joel e Frankie, Rainey não se emocionou, muito pelo contrário, como se estivesse discutindo um acordo de negócios feito em uma sala de reuniões. Ela não viu nada de errado com o que tinha feito com eles.

Enquanto se lembrava de suas experiências com Rowan, sua voz mudava, tornando-se mais suave, os cantos de seus lábios se erguiam em uma sombra de sorriso por causa das memórias que ela apreciava. Eu não tinha dúvidas de que Rainey, em toda a sua confusão e negação, realmente amava Rowan Connor.

A voz dela mudou novamente ao falar de David. Foi cortante e áspera, raivosa e desprovida da cadência sedutora usual com que ela normalmente falava durante suas outras memórias. A repulsa emanou dela com cada lágrima, e seu ódio por ele criou em mim um ódio por mim mesmo.

Foi só um banho. Um momento sozinho. Mas o que fiz enquanto pensava nela ia contra cada fibra moral dentro de mim. Ela foi uma vítima, foi abusada por toda a vida e eu permiti que meus pensamentos – meu corpo – fossem para um lugar que a vitimou ainda mais.

Havia regulamentos profissionais em vigor para proteger os pacientes dos médicos por um motivo, sendo este o mais importante. Tirar vantagem, mesmo que apenas em pensamento, era total e completamente errado.

— Você está chorando — observei.

Ela enxugou uma lágrima, acendeu um cigarro, recusou-se a olhar para qualquer lugar que não fosse a janela da frente.

— Rainey, odeio perguntar isso, visto que você está chateada, mas David estuprou você naquela noite?

Em silêncio por alguns segundos, exceto pela inalação de fumaça seguida pela exalação de uma nuvem pesada, Rainey sorriu, a expressão amarga.

— Estupro é uma palavra pesada, doutor. Para ser sincera, não sei o que ele fez naquela noite, ou se realmente foi até o fim. Acordei com uma camisa de dormir e calcinha na manhã seguinte. Eu lembro disso. Mas depois que Rowan entrou em meu quarto, desmaiei. O que quer que David tenha colocado na minha bebida...

Ela olhou para mim então, seus olhos brilhando com lágrimas:

— Presumimos que foi isso que ele fez. Colocou algo no meu refrigerante no jantar.

Assenti.

— De qualquer forma, o que quer que ele tenha me dado, me deixou inconsciente. Não tenho mais memórias daquela noite.

A ponta da minha caneta arranhou o bloco de notas. Eu queria examinar mais a fundo a morte de David, assim como a de sua mãe.

— Rowan alguma vez lhe contou o que aconteceu naquela noite?

Outra tragada pesada de seu cigarro, a ponta brilhando em vermelho, e ela assentiu.

— Eu, humm, David não me deixou ir lá por um ou dois dias depois. Ele convenceu minha mãe de que Rowan estava me dando drogas, que eu tinha voltado para casa toda fodida e que pegou Rowan tentando fazer sexo comigo. Eu não tinha ideia do que aconteceu. Eu podia ver o carro de Rowan na garagem, o vi parado do lado de fora olhando para minha janela, mas ele nunca apareceu. Não no começo. Minha mãe teve aqueles dois dias de folga e pensei que talvez tivesse algo a ver com ela estar lá.

— O que aconteceu quando ela voltou a trabalhar?

Mais lágrimas, um lamento suave em seu peito enquanto ela se enrolava.

— Eu pedi para ir ver Rowan. E... e... — Rainey balançou a cabeça como se estivesse tentando soltar as palavras. Fiquei surpreso ao vê-la tão chateada.

— Está tudo bem, Rainey. Não tenha pressa. Diga-me quando estiver pronta.

CINCO

Respirando pesadamente, ela levou alguns minutos para se acalmar, sua expressão mudando de mortificação e dor para algo muito mais frio. Olhos distantes, lábios em uma linha fina, ela ficou tão parada que me surpreendeu. Sua voz era praticamente robótica.

— David disse que me deixaria ir até lá, que não contaria para minha mãe, mas a única maneira de manter meu segredo era se eu transasse com ele e fingisse gostar. Ele disse que pensava em mim quando estava com minha mãe. Queria que fosse eu. E desde que eu cedesse a ele primeiro, ele não se importaria se eu fosse ao lado para dar aos vizinhos.

Mantendo meu tom de voz calmo, perguntei:

— Por que você não foi até sua mãe e disse a ela o que ele estava fazendo?

— Ela não teria acreditado em mim. Mamãe era do tipo que acredita que a vida é um grande conto de fadas. Ela acreditava nos namorados mais do que em mim. Sempre acreditou.

— Então por que você não chamou a polícia?

Uma explosão de risadas ásperas sacudiu seus ombros.

— Você não chama a polícia onde eu moro, doutor. Essa é apenas uma daquelas regras não escritas. Muitas pessoas podem se meter em problemas. Arriscaria Rowan e sua família se chamasse a polícia por causa de David.

— Então, o que você fez, Rainey?

Ela bateu o cigarro para soltar as cinzas, e apoiou o braço sobre o estômago.

— O que acha que eu fiz? A mesma coisa que sempre faço. Eu dei o que ele queria. Bem aqui neste sofá. Cavalguei para cima e para baixo em cima de seu colo gritando seu nome como se eu nunca tivesse feito isso tão bem antes. Felizmente, Jacob me ensinou como fingir. Sempre exigindo que eu gritasse seu nome para sacanear Rowan. Então eu cavalguei, sabe? Bem aqui, onde estou agora. Ele estava sentado e me puxou para trás em cima dele, estendendo a mão em torno de mim para agarrar meus seios como se fossem alças ou algo assim. Eu fiz questão de que ele gostasse porque estava desesperada para ver Rowan. Estava desesperada para ficar chapada e esquecer que a coisa toda tinha acontecido. Pula, pula, pula. *Oh, sim, papai, dê-me mais forte.* Ele exigiu que eu o chamasse de papai. Mas de qualquer forma... Mesma merda, dia diferente. — Ela se encolheu. — Pelo menos não tive que olhar para ele. Ele não se importava muito com o meu rosto.

Jesus...
— Sinto muito, Rainey. Isso nunca deveria ter acontecido com você.
Ela sorriu.
— Você diz muito isso, Justin. *Eu sinto muito*. Você não fez nada de errado. Você não tem nenhum motivo para se desculpar.
Em minha mente, sim. A única diferença era que ela não sabia disso.
— Ele deixou você ir ao vizinho depois disso?
Assentindo, ela relaxou contra seu assento.
— Sim. Eu irrompi pela porta deles, meus olhos loucos, tenho certeza, e Rowan saltou do sofá imediatamente. Ele sabia apenas de olhar para mim. Agarrando meu pulso, ele me arrastou de volta para seu quarto. Me segurou enquanto eu chorava. Prometeu nunca mais deixar isso acontecer.
Rainey fez uma pausa, sorriu, deu uma tragada e soprou.
— Rowan me disse que na noite em que David me drogou, ele viu pela janela e entrou para impedir. Mas David tinha uma arma, apontou para ele e disse que se ele não fosse embora, ele atiraria e diria que Rowan foi quem me drogou. Ele mentiria e diria que o encontrou me estuprando. Que ele não tinha escolha a não ser matá-lo. E como todos na vizinhança sabiam bem o que acontecia em suas casas enquanto eu estava lá, a polícia acreditaria nele. Ele tinha uma rua inteira cheia de testemunhas.
Ela respirou fundo antes de continuar:
— Então ele disse a Rowan que ele estaria morto e não seria capaz de impedi-lo de fazer isso comigo noite após noite pelo tempo que ele quisesse. Rowan saiu. Ele era inteligente. Ele sabia que precisava esperar. Ele planejava voltar para minha casa na noite seguinte, mas minha mãe estava lá. Ele estava esperando, sabe? Apenas esperando para fazer algo a respeito. Aquela noite foi a primeira vez que minha mãe não estava lá, mas fiz o que fiz antes que ele tivesse a chance de vir. Inferno, eu provavelmente estava pulando no colo de David antes mesmo que ela tivesse a chance de se afastar pela rua. Era tudo uma questão de tempo.
— *Então, o namorado, ele estava...*
— *Ele está morto agora. Morreu nesta casa, na verdade.*
Relembrando o que Rainey havia me dito anteriormente, eu tive a sensação de que sabia para onde essa história estava indo.
— O que aconteceu depois que você falou com Rowan?
O desligamento foi imediato, sua energia drenada, suas mãos tremendo.
— Eu não posso mais falar sobre isso. Hoje não.
Meus olhos se desviaram para a janela seguindo a direção do seu olhar.

CINCO

Vizinhos estavam na calçada do outro lado da rua vigiando a casa dela. Irritou-me o fato de eles sempre a observarem. O mesmo homem de ontem estava entre eles, as mãos enfiadas nos bolsos da calça jeans, a aba de seu boné sombreando seu rosto. A poucos metros dele estava uma mulher mais velha passeando com o cachorro. Ao lado dela, um homem mais velho caminhando.

Suspirei.

— Vou te dizer uma coisa, Rainey. Por que não concluímos esta entrevista de hoje? Você precisa de algum tempo para se acalmar, para organizar seus pensamentos. Posso fazer algo por você antes de partir? Você ficará bem sozinha?

Não querendo deixá-la, tive dificuldade em chamar alguém para aconselhá-la. Ela balançou a cabeça.

— Estas são apenas memórias. Eu já vivi com elas por muito tempo. Estou bem. Só não quero falar mais. Hoje não.

Movendo-me lentamente para recolher minhas coisas, esperei até saber que ela havia se acalmado. A audiência da vizinhança se dispersou enquanto eu saía pela porta e seguia para o meu carro, minha cabeça girando apenas o suficiente para observá-los com a visão periférica. Rainey não me acompanhou até a porta como ela normalmente fazia, então não me preocupei se eles a veriam tão chateada.

O caminho até a delegacia foi lento, minhas pernas pesadas enquanto eu caminhava a passos de lesma dentro do prédio. Eu não poderia fingir ser agradável com a recepcionista, a rejeição pesada em seus olhos quando Grenshaw veio para a frente para me levar pelos corredores até a sala.

Um quadro branco foi montado, todas as minhas ideias sobre o que as cinco marcas em seu braço poderiam significar escritas em preto. Fiquei olhando para ele enquanto Grenshaw se sentava e cruzava as mãos atrás da cabeça.

— Parece que você viu um fantasma. Ela finalmente contou o que aconteceu?

Respirando fundo, coloquei a pasta e meu bloco de notas sobre a mesa, sentei-me no canto da superfície de madeira e encarei um homem que estava tão exausto quanto eu.

— Não. Não conversamos sobre a festa. Hoje não. Depois da história que ela me contou, achei melhor partir e começar de novo amanhã de manhã.

— O que ela te disse?

Fiquei quieto por um breve instante, sentindo-me desconfortável em compartilhar os segredos de Rainey, mas se de alguma forma isso levou ao que aconteceu na festa, não teria escolha a não ser divulgar a informação.

— O namorado da mãe dela pode tê-la estuprado. Ela não tem certeza, mas ele certamente a coagiu a concordar em dormir com ele em um momento.

— Filho da puta — Grenshaw rosnou, um brilho de vermelho raivoso colorindo seu rosto.

— Ela me disse que ele morreu na casa. Temos informações sobre como isso aconteceu?

Puxando um laptop sobre a mesa, Grenshaw virou a tela, digitou várias linhas de informações antes de passar a mão pelo rosto.

— Sim, nós temos. Diz aqui que David Gibbons morreu por afogamento. O relatório de toxicologia mostrou opiáceos em seu sistema, fármacos, não os de rua. Ele foi encontrado na manhã seguinte por Eleanor Day, a mãe de Rainey, quando ela voltou para casa do trabalho. Parece que ele desmaiou e se afogou na banheira.

Parece... Boa escolha de palavras, mas tive minhas dúvidas.

— E a mãe dela? Como ela morreu?

Ele digitou mais algumas linhas de informação.

— Overdose de heroína. Algumas semanas depois de David. Ela foi encontrada por Rainey com uma agulha no braço e vômito empoçado no chão perto de seu rosto.

Eu me perguntei sobre as circunstâncias disso também.

— O que você acha, Justin? É possível que Rainey tenha forças para matar? Eu reconheço a expressão em seu rosto. Você acha que ela teve algo a ver com a morte de David, não é? Possivelmente da mãe dela?

Balançando a cabeça, continuei olhando para o quadro branco. Eu precisava adicionar mais cinco:

Cinco anos no bairro.
Cinco homens mais velhos que abusaram dela quando criança.
Cinco vizinhos.
Cinco vítimas na festa.
Ela dormiu cinco vezes com Rowan.

Ela estava contando algo, simplesmente havia muitas escolhas quanto ao que poderia ser.

CINCO

— Ainda não chegamos a esse ponto da história. Assim que o fizermos, avisarei você.

Grenshaw e eu conversamos por uma hora antes de eu sair e voltar para casa. Ao contrário da noite anterior, não me toquei pensando em Rainey na minha cabeça. Em vez disso, fiquei no chuveiro odiando tudo sobre este caso.

Brincando com o pensamento de entregá-lo a outra pessoa, entendi que estava muito envolvido àquela altura. Rainey podia ver um novo psicólogo como uma rejeição e se desligar totalmente. Precisávamos que ela continuasse falando.

Depois de dormir muito pouco, dirigi até a casa dela na manhã seguinte, estacionei no meu lugar de costume e subi o caminho de terra até sua varanda. Ela abriu a porta quando eu estava cruzando, seu corpo coberto com nada além de uma longa camisa.

— Bom dia, Justin. Terminei o café da manhã cedo para não termos outro desastre em nossas mãos. — Seus olhos azuis estavam brilhantes de novo, toda a dor que contemplei ontem completamente ausente.

— Obrigado por isso, Rainey. Vamos nos sentar e voltar ao assunto. Ainda temos muitas informações a cobrir.

Levando-me de volta com um balanço de seus quadris, ela olhou por cima do ombro para ver se eu estava olhando para ela. Tive o cuidado de manter meus olhos voltados para o topo de sua cabeça, recusando-me a olhar para onde a camisa terminava logo acima da parte de trás dos joelhos.

Ela se sentou e eu tomei o meu lugar de sempre, nossos olhos se encontrando do outro lado da sala enquanto ela acendia um cigarro e eu arrumava meu bloco de notas.

— Você está se sentindo melhor hoje?

Um sorriso felino.

— Muito, na verdade. Desculpe por desmoronar ontem. Era uma memória difícil de discutir. O pior já passou.

Inclinando a cabeça, escrevi a data no topo de uma página em branco e recostei-me no assento. Não adiantava falar da festa, eu sabia que ela queria continuar com a história. Eu também estava interessado em fazer isso, pelo menos para descobrir se ela estava envolvida na morte de David.

— Você gostaria de me contar o que aconteceu depois que você falou com Rowan? Nós paramos abruptamente ontem. Há mais alguma coisa sobre o que aconteceu naquela noite?

Assentindo, Rainey coçou a parte superior da coxa, o movimento arrastando a bainha de sua blusa até o colo. Por baixo da camisa, ela usava uma calcinha azul. Desviei meu olhar para longe.

— Estou pronta para falar sobre isso agora.

Com a caneta a postos, dei um sorriso encorajador.

— A palavra é toda sua, Rainey. Diga-me o que você gostaria que eu soubesse.

CATORZE

Rainey

Passado

— Eu vou matá-lo, porra.

Rowan andou de um lado para o outro na minha frente. Eu estava sentada em sua cama, minhas mãos tremendo, o medo rastejando sobre cada centímetro do meu corpo, contemplando o garoto que mais parecia um tigre enjaulado e pronto para atacar.

Acalmá-lo era importante. Achei que um baseado pudesse servir, mas não consegui dormir com ninguém para conseguir um. Não com a maneira como Rowan estava se comportando. Não depois do que ele sabia que tinha acabado de acontecer.

— Não é grande coisa — menti. — Apenas sexo, Rowan. Estou meio acostumada, caso você não tenha notado. Não foi diferente do que Jacob ou Joel fizeram. Enquanto eu mantiver David feliz, ele me deixará vir aqui para ver você. Isso é bom, certo?

Por dentro, senti vontade de morrer, mas tinha que evitar mostrar o meu desgosto. Precisava mantê-lo calmo. Rowan estava puxando seu cabelo, todos os músculos de seu corpo tensionados. Eu não tinha dúvidas de que, se eu dissesse a palavra, ele marcharia até lá e espancaria David até a morte sem pensar. Agora que eu sabia que David tinha uma arma, não podia deixá-lo fazer isso. Se algo acontecesse com ele, isso me destruiria. Eu perderia a porra da única pessoa que já amei.

Rowan parou de repente, se virou para mim, suas pupilas tão dilatadas que seus olhos pareciam totalmente pretos. Isso me assustou.

— Você precisa tomar um banho.

— O quê? Por quê?

— Eu preciso dele fora de você, Rainey. Preciso esfregar você e descobrir o que fazer sobre isso.

Abrindo a boca para discutir, minhas palavras foram interrompidas quando Rowan me pegou da cama e me jogou por cima do ombro. Levando-me para fora de seu quarto e pelo corredor, ele nem mesmo reagiu a Jacob gritando sobre me foder direito quando passamos pelo seu quarto. Tudo o que Rowan fez foi me levar até o banheiro, me colocar de pé, bater a porta e ligar a água.

— Tire suas roupas.

— Rowan...

— Maldição, Rainey! Tire a roupa e entre no chuveiro!

Eu vacilei com o quão alto ele gritou, minhas mãos se movendo rapidamente para tirar a camisa e calça enquanto ele fazia o mesmo. Ambos nus, passamos por cima da borda da banheira e Rowan pegou uma toalhinha e sabonete, imediatamente me ensaboando para limpar cada centímetro do meu corpo. Ele demorou, sem perder uma parte. Ele não suportava pensar que qualquer resquício de David permanecesse em mim.

Ajoelhando-se, ele foi cuidadoso ao lavar entre minhas pernas, totalmente concentrado, os ombros tremendo por causa de sua irritação nítida. Eu me equilibrei segurando em seus ombros, eventualmente soltando uma das mãos para deslizar os dedos por seus cabelos.

— Ei, está tudo bem. Ele não me machucou, Rowan. Você precisa se acalmar.

Esfregando minhas pernas, ele não se preocupou em olhar para mim.

— O que eu preciso fazer é garantir que aquele filho da puta nunca toque em você novamente. Ele está morto, Rainey. Esta noite. Eu não dou a mínima para o que você pensa sobre isso. Estou cuidando de você exatamente como prometi que faria.

Rowan se levantou e tive que esticar o pescoço para ver seu rosto. Foi-se o menino doce que sempre conheci e em seu lugar estava um homem perigoso que tinha toda a intenção de matar outra pessoa. Fiquei na ponta dos pés e segurei sua bochecha.

— Por favor, acalme-se. Por mim?

Sua mandíbula cerrou, seus olhos fixos nos meus.

— Vire-se.

— Rowan...

— Vire-se e deixe-me limpar suas costas. Pare de discutir comigo sobre isso.

Virei para a parede e pressionei as palmas contra o azulejo enquanto ele tomava seu tempo me limpando. Sabendo que precisava fazer algo

CINCO

antes que tudo desse terrivelmente errado, esperei até que a toalhinha estivesse entre minhas pernas para empurrar meus quadris e gemer. Honestamente, eu não estava excitada, apenas com medo, mas sabia como fazer um homem pensar que eu o queria.

— Rowan... — eu suspirei, um tom de súplica em minha voz para ele largar a toalha e usar seus dedos. Ele deu um tapa na minha bunda – forte.

— Não é engraçado, Rainey. Eu sei quando você quer alguma coisa. Lembra? Eu não sou idiota. Pare de tentar me distrair.

— Bem, alguém precisa distraí-lo. Do jeito que você está falando, estou com medo de que você realmente planeje ir até minha casa e matar David.

— Eu quero — ele respondeu calmamente, a toalha esfregando a parte de trás da minha perna. — Ao final desta noite, ele não estará mais respirando. Eu também não dou a mínima para ir para a cadeia por isso. Não depois do que ele fez com você.

Rowan se levantou e me virou para encará-lo, esmagando meu corpo contra a parede do chuveiro com o seu. Ele olhou para mim, seu peito duro contra o meu.

Observando-me em silêncio, ele traçou a linha do meu queixo com o polegar.

— Ninguém, e quero dizer, ninguém vai te machucar desse jeito outra vez. Eu não vou deixar isso acontecer de novo. Vou matar até o último fodido deles.

— Você está falando como um maluco.

Seus olhos se fecharam e abriram de novo, os cílios lacrimejando e escuros.

— Eu não me importo.

Baixando minha voz para um sussurro, disse a ele:

— Não valho a pena, Rowan. Sério, não valho. — Lágrimas inundaram meus olhos, seu olhar rastreando uma enquanto descia pela minha bochecha. Inclinando-se, ele a beijou suavemente, seu corpo ainda me imprensando contra a parede.

— Sim, Rainey, você vale. Você sempre valeu a pena. Um dia você se verá da mesma maneira que eu vejo, e ficará tão brava consigo mesma por permitir que as pessoas a tratem como se não fosse nada. Isso acaba. Esta noite.

Balançando a cabeça, meus lábios tremeram.

— Eu não vou parar de usar meu corpo por drogas, Rowan. Eu não me importo.

— Rainey...

— Você tem Megan. Ela é boa para você. Ela pode ajudá-lo a se tornar algo para que você possa dar o fora desta vida. Eu não sou nada. Vou apenas te arrastar para baixo e parece que já estou fazendo isso. Você está falando sobre matar alguém.

Ele sorriu, a expressão dura ao invés de adorável. O garoto que eu conhecia não estava aqui. Essa pessoa era um estranho.

— Estou dizendo que vou matar alguém, porque vai acontecer.

Terror passou por mim com um arrepio profundo. Não que Rowan fosse capaz de matar alguém, mas porque eu estava preocupada que algo pudesse acontecer com ele.

— Ele tem uma arma.

— Então vou correr esse risco.

Meus olhos se fecharam, meu pulso martelando na garganta. Não havia como impedi-lo. Eu não poderia dominá-lo, e seus irmãos simplesmente iriam incitá-lo. Eu não tive outra escolha a não ser impedi-lo de morrer.

— Deixe-me ajudá-lo.

— O quê?

Meus olhos se abriram para travar com os dele.

— Deixe-me ajudá-lo. Se você for lá para espancá-lo até a morte, ele atirará em você. Ou isso ou você irá para a cadeia. Eu não posso deixar isso acontecer. Você é muito especial para mim. Isso me mataria se eu te perdesse.

Um dedo traçou meus lábios, seus olhos procurando os meus.

— O que você está sugerindo?

Dei de ombros.

— Ele gosta de comprimidos, Rowan. Eu posso ir lá e deixá-lo fodido...

— Não.

— Cale a boca e deixe-me terminar.

Ele se acalmou contra mim, seus braços me prendendo contra a parede do chuveiro.

— Posso fazer com que ele tome um ou dois comprimidos e, quando ele estiver fraco, você pode vir e enfiar a embalagem inteira em sua garganta. Vai parecer uma overdose.

A testa de Rowan recostou à minha.

— E como você planeja convencê-lo a pegar os comprimidos?

— Como você pensa? Da mesma forma que convenço todos a fazerem o que eu quero.

CINCO

— Não. — Recuando, ele balançou a cabeça. — Eu não vou deixar você foder com ele de novo.

Meus olhos se voltaram para ele.

— Eu não vou. Vou deixá-lo pensar que está acontecendo, mas não vou transar com ele.

Rowan parecia aflito, seus ombros curvados para frente, mas então seu corpo se endireitou novamente e ele socou a parede. Afastando-se de mim, ele descansou a testa contra o azulejo e ficou quieto por um minuto, até que me encarou.

— Bem. Vou confiar em você para fazer isso. Mas estarei lá fora olhando pela janela. Se eu sequer cogitar que você vai transar com ele, vou entrar.

Não gostando nem um pouco do plano, aceitei. Eu tinha que proteger Rowan.

— Okay.

Saímos do chuveiro, nos secamos e nos vestimos. Eu coloquei a mesma roupa de antes enquanto Rowan se vestia de preto da cabeça aos pés. A cor escura ficava bem nele. Fez com que o visse de forma diferente do que eu normalmente via. O menino que eu conhecia estava crescido agora.

Saí de sua casa sem ele, mas sabia que ele estava se esgueirando pelos quintais enquanto eu entrava pela porta da frente e encontrava David sentado no sofá assistindo a um filme. Ele ficou surpreso ao me ver.

— Já voltou?

Casualmente, sentei-me ao lado dele. Tive vontade de vomitar quando a mão dele deslizou pela minha perna. Felizmente, a calça o impediu de tocar minha pele.

— Sim. Eles não tinham nada lá e lembrei que você pode ter algo. Eu esperava que você pudesse me dar uma pílula ou algo assim.

David riu, sua cabeça virando para que ele pudesse olhar para mim.

— Vai custar caro.

— Eu sei — com um sorriso, acrescentei: — Papai.

Ele sorriu, seus olhos aterrissando no meu peito antes de subirem novamente.

— Fique aqui. Eu vou buscá-los.

Enquanto ele se afastava, gritei:

— Você vai tomar um comigo? Nunca é divertido fazer isso sozinha.

David não respondeu e me preocupei se meu plano não funcionasse. Rowan estava lá fora e ele perderia a paciência eventualmente. Felizmente, David voltou com o potinho na mão. Ele pegou dois na minha frente e virou a embalagem na minha direção. Estendi a mão para pegá-lo, mas ele o puxou de volta antes que eu pudesse agarrá-lo.

— Hum-hum, menina, pagamento primeiro.

A bile subiu pela minha garganta, mas forcei um sorriso.

— Sente-se. Deixe sua filhinha cuidar de você.

Seu sorriso era nojento. Nunca odiei ninguém tanto quanto ele. Empurrando para baixo a calça, ele abriu as pernas.

— Tire a camisa e se ajoelhe na minha frente. Quero ver seus peitos balançando enquanto você me masturba. Você receberá um comprimido por isso. Mas não acabe comigo. Quero esses lábios em volta do meu pau quando eu gozar.

Levou tudo o que eu tinha para não vomitar, mas de alguma forma consegui me conter enquanto tirava minha camisa. Olhando para a janela, imaginei que Rowan estava a cerca de dois segundos de entrar por aquela porta, independente de arma ou não. Com um sorriso no rosto, ajoelhei-me entre suas pernas, minha mão envolvendo seu eixo. Bombeando rapidamente, mantive os olhos fixos em seu rosto.

Ele acariciou minha bochecha.

— Do que você deveria me chamar?

— Papai — sussurrei, meus dedos segurando com mais força, porque eu queria arrancar a coisa nojenta.

Sua cabeça tombou para trás contra o sofá, quadris se movendo enquanto grunhidos nojentos saíam de seus lábios. Com os dedos no meu cabelo, ele disse:

— Sim, menina, assim mesmo.

Minha mão começou a ter cãibras ao mesmo tempo que sua cabeça se ergueu e seus olhos ficaram atordoados.

— Chupe meu pau, sua vadia. Mostre ao papai o quanto você gosta dele.

Um suspiro seco subiu pela minha garganta. Engolindo para não vomitar de verdade, lambi meus lábios e me inclinei para levá-lo em minha boca. A porta da frente se abriu antes que eu tivesse a chance. A paciência de Rowan se esgotou.

Infelizmente, David não estava tão fora de si como eu esperava que estivesse. Mas ele não tinha sua arma e, com as calças enroladas nos tornozelos, não conseguiu se mover rápido o suficiente para fugir de Rowan.

— Seu filho da puta doente!

Eu praticamente rolei para a direita assim que Rowan se lançou para frente. Agarrando David pela gola da camisa, ele o empurrou no sofá e o segurou com uma mão, usando a outra para segurar suas bochechas e forçar sua boca a abrir.

— Esvazie o pote inteiro na boca dele, Rainey!

Pegando o recipiente de plástico laranja, tive um pouco de dificuldade para abrir a tampa com a trava de segurança, mas acabei conseguindo e jogando na boca de David. Ele tentou cuspi-los, mas Rowan manteve sua boca fechada.

— Tampe o nariz para que o filho da puta engula.

Fiz o que me foi dito, meu coração batendo tão forte que pensei que poderia sair pela boca.

A voz de Rowan estava gélida.

— Vá encher a banheira.

— O quê?

— Vá encher!

Ficando de pé, corri pelo corredor e abri a torneira. Ouvi o som de uma luta atrás de mim, e observei Rowan arrastando David esperneando pelo corredor, suas mãos tentando se agarrar aos batentes das portas. Saindo do caminho, parei e observei enquanto Rowan tirava as roupas de David enquanto o segurava parado de alguma forma. Assim que o deixou pelado, ele o jogou na água e segurou sua cabeça sob a superfície.

Não me mexi, não pude, não com o choque que me paralisava. David chutou e gritou embaixo d'água. Estava espirrando na borda enquanto as bolhas vinham à superfície.

Depois de alguns minutos, ele finalmente parou e Rowan o soltou. O corpo de David flutuou inerte, seus olhos bem abertos.

— Vá buscar algumas toalhas, Rainey. Precisamos fazer com que pareça que ele adormeceu na banheira.

Correndo para fora do quarto, peguei toalhas do armário, trouxe-as de volta e as entreguei a Rowan. Ele começou a limpar o chão e as paredes, seus olhos ainda pretos e loucos e seu corpo se movendo rapidamente. Depois de tudo pronto, ele me disse para colocar as toalhas na secadora.

Levei alguns minutos para atravessar a casa e chegar à pequena lavanderia perto da cozinha. Liguei a secadora e voltei para encontrar Rowan de pé sobre o corpo de David, ainda como uma estátua olhando para ele. O vapor subiu da água do banho.

Falando baixinho, perguntei:

— O que vamos fazer agora?

Ele se virou para olhar para mim, seu olhar escuro, a boca em uma linha tensa e seus ombros de alguma forma deixando o cubículo menor ainda.

— Esperamos aqui, até que as toalhas sequem. Depois a gente dobra tudo e coloca de volta no armário. Então você pode vir ficar comigo na minha casa, para deixar sua mãe encontrá-lo quando ela chegar.

A casa estava tão silenciosa que eu podia ouvir a secadora funcionando à distância.

— Não posso ficar na sua casa, Rowan. Se eu dormir lá, mamãe saberá que tive algo a ver com isso. Eu não deveria estar lá.

Sua expressão mudou, a raiva inundando seus olhos.

— Não vou deixar você dormir na casa com um cadáver.

— Eu preciso. Fecharemos a porta e vou dormir. Além disso, minha mãe vai ficar louca quando chegar em casa. Alguém precisa estar aqui para ela.

Apesar de tudo, eu amava minha mãe. Sim, ela não sabia e, por causa dela, muitas coisas ruins aconteceram comigo, mas ela não sabia. Eu nunca contei nada. Gostava de pensar que ela teria feito algo para impedir se soubesse.

— Tudo bem, mas vou ficar aqui com você até ela chegar em casa. Vou sair furtivamente pela janela quando ela chegar. Não vou deixar você sozinha com ele.

Não era como se David pudesse me machucar novamente. Ele estava morto e não voltaria.

Pela primeira vez desde que conheci Rowan, ele me assustou. Algo nele havia mudado e eu não tinha certeza se era porque ele não conseguiu me proteger de David na primeira noite quando fui drogada, ou porque matou alguém para me proteger agora.

— Okay. Vamos ficar no meu quarto, como fazemos normalmente.

Rowan me seguiu até lá, seus passos pesados com as botas, o chão vibrando sob meus pés. Ele fechou minha porta e se encostou nela, seus olhos me estudando. Mais uma vez, e, infelizmente, como de costume, eu estava nua na parte de cima, meus seios expostos a ele.

— Você é tão linda — ele sussurrou. — Você não tem a porra da ideia de como você é linda.

O som de sua voz estava desligado, tão escuro e profundo que estremeci no lugar. Parada ali na frente dele, nunca me senti tão nua em minha vida. Levantando os braços para cobrir meu peito, parei quando ele balançou a cabeça.

CINCO

— Não, Rainey. Deixe-me olhar para você. Eu amo olhar pra você. Mesmo quando fecho os olhos, tudo que vejo é você.

Abaixei os braços, minhas pernas tremendo. Este era Rowan, o menino doce e bondoso que eu amava. No entanto, naquele momento, eu o temia. A adrenalina estava passando e, de repente, estava com muito frio.

Seus lábios se separaram enquanto ele olhava para mim, aqueles olhos azuis que eu conhecia tão bem lentamente observando meu corpo enquanto o calor os incendiava. Ele tinha crescido tanto, o dobro do meu tamanho, pelo menos, e nunca me ocorreu o quão forte ele era até agora. Ninguém iria importuná-lo mais. Não sem levar uma boa surra no processo.

— Posso tocar em você, Rainey? — Seus olhos se ergueram para os meus. — Está tudo bem? Se eu te tocar?

— Sempre — sussurrei, incapaz de dizer com mais clareza. — Você sempre pode me tocar.

Ele deu um passo à frente e recuei por instinto. Ele nunca me machucaria. Não Rowan. Mas o que vi nele agora foi o predador que sempre esteve por baixo da superfície. Ele não era um monstro como sua família ou David. Ele, não. Ele era algo totalmente diferente.

A mágoa se mostrou em seu olhar quando me movi, suas mãos em punhos ao lado.

— Eu te assusto agora?

Balançando a cabeça, obriguei-me a dizer:

— Não. É apenas...

— Apenas o quê?

— Você está diferente, Rowan. Um homem, eu acho. Você cresceu.

Olhos azuis travaram com os meus, a escuridão neles se dissipando, mas não inteiramente. Seus lábios se contraíram em um sorriso tenso.

— Você precisa de um homem. Eu me tornei exatamente o que você precisa. Você, Rainey. Para mais ninguém. Apenas para você.

Respirei ruidosamente.

— Toque-me.

Rowan avançou e mantive-me imóvel, esticando o pescoço para olhar para ele enquanto suas mãos seguravam meus seios. Ele estava tremendo, sua pele estava tão fria que eu sabia que tinha que dar um jeito naquilo de alguma forma.

— Rowan?

— Sim?

— Você vai me beijar?

Ele me direcionou contra a parede e abaixou a cabeça para pressionar sua boca contra a minha. Meus lábios se separaram imediatamente para que sua língua pudesse varrer e assumir o controle. Eu deveria tê-lo entendido apenas por seus beijos. Eles nunca foram tímidos, nunca acanhados. Ele era um homem dominante que poderia me levar a qualquer lugar que ele quisesse. Eu fui a primeira, o guiei por um momento de timidez, mas agora que algo mais nele veio à tona, ele nunca seria tímido novamente.

Suas mãos apertavam meus seios, seus polegares provocando os mamilos enquanto um gemido escapou dos meus lábios para ser abafado por sua boca na mesma hora. Arrastei meus dedos pelo seu peito forte e para baixo para que eu pudesse desabotoar sua calça. Eu o queria mais do que qualquer coisa em minha vida.

Rowan tirou suas botas sem interromper nosso beijo, seu corpo estremecendo assim que abaixei sua calça e envolvi seu pau duro em minha mão.

— Deus, Rainey — ele sussurrou. — Você tem alguma ideia do que faz comigo?

Meus olhos se abriram para encontrar os dele.

— Mostre-me.

Ele ganhou vida naquele momento, fazendo um trabalho rápido com a minha calça e calcinha enquanto as colocava em meus tornozelos e explorava entre minhas pernas com uma mão. Levantando-me com o outro braço, ele me acompanhou até a cama, me soltou no colchão, arrancou as peças dos meus tornozelos e largou tudo no chão.

Ele se despiu e desnudou o corpo forte diante dos meus olhos. Ele também era lindo. Tão lindo que não consegui desviar o olhar.

Eu disse isso a ele e ele sorriu quando se ajoelhou na minha frente.

— Abra suas pernas.

— Rowan...

— Eu disse para abri-las, Rainey. — Olhos encontrando os meus, ele inclinou a cabeça para o lado. — Não me faça dizer isso de novo.

Sorrindo timidamente, separei as pernas para ele, um arrepio me percorrendo por estar tão exposta aos seus olhos. Ele deslizou um dedo dentro de mim enquanto observava o movimento de sua mão, fascinado pelo meu corpo.

— Deite-se. Deixe-me te amar enquanto você se diverte.

Fazendo como ele disse, quase desmoronei quando ele beijou seu caminho até minha coxa, seus dedos ainda se movendo dentro de mim enquanto abocanhava meu clitóris para lamber círculos lentos antes de chupar. Minhas mãos foram para sua cabeça, meus quadris movendo-se por

CINCO

conta própria enquanto ele me trabalhava em um nó de prazer, aumentando a velocidade enquanto gemidos saíam de meus lábios e meu corpo arqueava.

Estrelas explodiram atrás de meus olhos quando cheguei ao clímax, ondas de incrível prazer rolando sobre mim novamente e novamente e novamente.

Quando terminei, ele levantou meu corpo para me deitar na cama, rastejando por cima enquanto sustentava o tronco acima do meu com a força de seus braços. Seus lábios brilhavam com o meu gozo, e o puxei para beijá-lo, enlaçando seus ombros fortes.

Sua boca se afastou e pressionou contra meu ouvido, seu hálito quente aquecendo a pele do meu pescoço.

— Eu vou te amar para sempre, Rainey. Proteger você. Cuidar de você. Não há nenhum lugar para onde você possa ir aonde eu não a encontre.

Erguendo a cabeça para olhar para mim, ele disse:

— Você e eu para sempre. Você entende isso? Foda-se todo mundo. Eles não importam. Nunca importaram. Só você e eu, okay?

Mesmo que tenha balançado a cabeça em concordância, eu sabia que isso não poderia acontecer. Esta noite iria passar. Os dias passariam e eu diria a ele para voltar para Megan enquanto voltava a ser a garota que transava por drogas.

Mas, por esta noite, eu o deixaria pensar o que quisesse. Eu daria isso a ele.

Posicionando-se entre minhas pernas, ele encaixou a ponta de seu pênis na minha entrada e empurrou seus braços enquanto eu envolvia minhas pernas ao redor de sua cintura. Antes de me penetrar, ele agarrou meu queixo e se certificou de que eu estivesse olhando para ele. Minha boca se abriu em um gemido quando seus quadris empurraram para frente, afundando profundamente.

— Para sempre — ele sussurrou, puxando apenas o suficiente para empurrar para frente novamente.

A cabeça de Rowan se inclinou para tomar um mamilo em sua boca, seu ritmo acelerando. Meus músculos travaram em torno dele enquanto nossos corpos se moviam no mesmo ritmo. Agarrando minha bunda, ele levantou meus quadris mais alto, seus golpes mais fortes, mais rápidos.

Gozei novamente enquanto ele ainda se movia, o menino virgem que conheci agora completamente desaparecido. Empurrando para trás para que ficasse de joelhos, ele me levantou para me sentar em cima dele, meu peito pressionado contra o dele enquanto suas mãos direcionavam meus quadris para se moverem no ritmo que ele queria.

Rowan me beijou com tanto desespero que me fez perder o fôlego, uma mão no meu quadril enquanto a outra se enrolava no meu cabelo. Eu me movi para ele, acima dele, levando-o tão forte e profundamente quanto ele precisava.

Ele puxou para fora para gozar, mas continuou me beijando, me deitando de volta na cama, seu peso em cima de mim. Quebrando esse beijo, ele enterrou seu rosto no meu pescoço, nossos peitos unidos, as lágrimas brotando em meus olhos mais uma vez, porque eu sabia que estava mentindo para ele quando prometi:

— Para sempre.

QUINZE

Justin

Presente

Sua mão se moveu entre as pernas quando ela falou sobre Rowan, e eu não tinha certeza se ela sabia o que estava fazendo. Ela estava perdida naquela memória, tão distante que quando ergueu a perna no sofá, sua camisa subiu e acabou deixando a calcinha à mostra. E quando ela traçou o dedo sobre a renda na curva de sua coxa, Rainey não fazia ideia de que eu estava sentado lá olhando para ela.

Sim, reagi. O profissionalismo acabou, e eu me sentei e ouvi Rainey descrever o sexo com o garoto que ela amava enquanto um cadáver boiava na banheira, no cômodo próximo a eles – observando sua mão se mover sobre seu corpo o tempo todo. Paralisado pelo trajeto que aquela mão percorria.

Minha mente tinha se ausentado aparentemente. Minha força de vontade se dissolveu. Rainey Day havia me enredado como fez com todos os homens a quem havia conhecido. Se ela sabia disso ou não, era a questão.

Assim que ela abriu os olhos, concentrei minha atenção no meu bloco de notas. A garota tinha acabado de confessar um assassinato e eu estava lutando contra tudo dentro de mim para não ficar de pau duro.

— Eu sei o que acabei de lhe dizer, doutor. Você não tem que anotar isso. Sei que confessei ter matado alguém.

Pigarreando, recusei-me a olhar na sua direção.

— Parece que Rowan matou David.

— Sim — ela respondeu —, mas eu ajudei. Existe um termo chique para isso...

— Cúmplice.

Ela estalou os dedos.

— É isso aí. Eu sabia que você era inteligente o suficiente para se lembrar disso. Eu fui cúmplice. Eu sabia que Rowan assassinou David e não disse uma palavra sobre isso. Acordei com minha mãe gritando na manhã seguinte e saí cambaleando do meu quarto, fingindo não ter ideia do que aconteceu.

Ficando quieta, ela estava completamente alheia ao show que estava me dando do outro lado da sala, sua modéstia tão ausente quanto minha força de vontade.

— Você pode me denunciar, doutor. Informe aos detetives. Tudo bem por mim. Porque se eu tivesse que fazer tudo de novo, eu faria. David mereceu o que aconteceu com ele. E, francamente, minha mãe merecia coisa melhor do que um namorado de merda que fantasiava com a filha dela enquanto transava com ela. Até você tem que admitir que isso é bizarro.

Silenciosamente, concordei com ela. Fiquei feliz por David estar morto. Teria apertado a mão de Rowan e o parabenizado pelo esforço se ele estivesse vivo. Eu tinha o dever de relatar esta informação. No mínimo, provou que Rainey tinha potencial para encobrir um assassinato. Mas, dadas as circunstâncias da morte de David, não acreditei que ela fosse capaz de espancar quatro pessoas até a morte e sem misericórdia alguma. A morte de David a chocou. Isso eu sabia.

— Não vou relatar isso. No que me diz respeito, Rowan matou David, e Rowan não está aqui para responder pelo crime cometido.

Olhando para ela, tive o cuidado de manter o olhar focado em seu rosto.

— Vou guardar o seu segredo enquanto você me prometer que não ouvirei mais nenhum relato sobre outro assassinato com participação sua.

Seus olhos escureceram, sombras perseguindo seu rosto. Com uma voz suave, ela respondeu:

— Eu não faço promessas, Justin. Não posso.

— Por que não?

— Porque Rowan me fez promessas que não poderia cumprir. Quando ele morreu, ele quebrou todas elas.

Sua postura provocativa começou a se desfazer. A Rainey sedutora se foi e deu lugar a uma mulher devastada, os braços segurando o corpo, as lágrimas escorrendo pelo rosto. Ela se curvou enquanto seus ombros tremiam com soluços silenciosos. Era de partir o coração vê-la sofrendo tanto. Enquanto chorava, ela continuou a falar, continuou a admitir todas as maneiras horríveis com que ela mesma se via.

CINCO

— Aquele menino... não, homem... Rowan não era um menino quando morreu. Então, aquele *homem* fez tudo o que podia por mim e eu continuei a machucá-lo porque não podia deixar que ele me amasse. Ele morreu pensando que eu não me importava com ele. Tudo o que ele queria era que eu me respeitasse, que desse valor à minha vida tanto quanto ele, e eu não parei de atacá-lo, afastando-o e deixando-o acreditar que não o queria.

Fechando meus olhos, sentei-me tenso em minha cadeira, lutando uma batalha interna sobre o que deveria fazer. Ela estava sofrendo muito naquele momento. Chorando copiosamente. Seu corpo tremia tanto que parecia que ela poderia quebrar.

Deixei a caneta e bloco de lado para entrar em seu banheiro e pegar lenços que ela pudesse usar. Meus olhos pousaram na banheira e um estremecimento me percorreu. Tudo o que pude ver foi o cadáver de David flutuando na água com os olhos bem abertos.

Endireitando a postura, voltei para a sala e sentei-me no sofá ao lado de Rainey, silenciosamente discutindo comigo mesmo por estar tão perto dela. Tocando seu ombro, eu a observei enrijecer, seus olhos vermelhos de tanto chorar.

— Aqui, eu trouxe um lenço de papel.

Foi estúpido da minha parte sentar-me ali com ela, mas queria consolar a pobre mulher. Ela estava tão frágil naquele momento, completamente destruída por um passado que ela nunca poderia mudar.

Como nunca havia chegado tão perto dela, não percebi antes que ela cheirava a lavanda. Talvez fosse seu xampu ou um perfume, mas o cheiro era agradável – delicado como ela.

— Obrigada — agradeceu, arrancando o lenço de papel dos meus dedos antes de enxugar os olhos. — Sinto muito, estou tentando não pensar no que aconteceu com Rowan. Mas estamos chegando naquela noite... a noite em que ele morreu e isso está me destruindo. Absolutamente me despedaçando só em pensar nisso. Ele era tão bom, sabe? Tão bom que todos não passavam de lixo quando comparados a ele.

Esfregando minha nuca, observei-a se recompor.

— Rainey, eu sei que continuo dizendo isso, mas realmente sinto muito por tudo isso que aconteceu com você. A vida não é justa. É brutal. E enquanto algumas pessoas parecem ter toda a sorte, outras, como você, lutam. Apesar de tudo, você sobreviveu. Acho que se Rowan estivesse aqui, ele ficaria feliz em saber que ainda está lutando. Que não desistiu.

Ela acenou com a cabeça e olhou para mim por baixo dos cílios molhados de lágrimas, seu rosto tão inocente que era difícil lembrar que ela ajudou um homem a matar alguém. Bem no sofá onde eu estava sentado, na verdade.

Tentei afastar o pensamento.

— Apesar do seu passado, você ainda é jovem. Você pode fazer algo com a sua vida. Existem programas para ajudá-la a ir à escola, a aprender um ofício. Para sair deste bairro que você odeia tanto. Eu sei que se sente perdida com a partida de Rowan, mas pense nele e lute mais. Faça o que ele gostaria que você fizesse com sua vida. Seja algo por ele e também por você.

— Eu sou — ela respondeu. — Exceto pela festa, aquele erro que estava cometendo com Michael, tenho tentado melhorar. Depois que todos os Connor morreram, percebi que precisava me endireitar. Do contrário, acabarei como eles. Assim como minha mãe.

Rainey estremeceu e eu coloquei minhas mãos sobre seus ombros. Quebrei tantas regras profissionais que me recusei a listá-las mentalmente em meus pensamentos.

— Você consegue fazer isso. Você é forte o suficiente para sobreviver.

Antes que eu pudesse impedi-la, Rainey se inclinou para frente e esmagou seu corpo contra o meu em um abraço apertado. O cheiro de lavanda flutuou, intenso, seu cabelo fazendo cócegas na minha bochecha de onde sua cabeça recostava no meu ombro. Congelei, meus braços flácidos ao lado, mas acabei envolvendo-os ao redor dela.

À medida que ela se acalmava, seu corpo tremia enquanto o sofrimento parecia se derramar dela. Eu estava tentando o meu melhor para não notar a sensação de seus seios pressionados contra o meu peito. Assim como qualquer outro homem em sua vida, eu era um bastardo que não podia ignorar como meu corpo reagia à sua presença.

Bem aqui neste sofá, onde o namorado de sua mãe a tinha fodido enquanto exigia que ela o chamasse de papai, e o mesmo lugar onde ela ajudou Rowan a encenar o assassinato de David.

O que diabos havia de errado comigo?

Interrompendo o contato, eu me levantei do sofá e recuei. Ela olhou para mim, confusa.

— Você está bem? Eu te chateei?

— Não, Rainey. — *Eu sou apenas um pervertido de merda que está lutando contra pensamentos seriamente inadequados.* — Acabei de me dar conta do horário e acho melhor encurtarmos por hoje. Você teve um momento emotivo

CINCO 133

e seria melhor se retomarmos isso amanhã de manhã.

— O-okay. Se você diz...

Eu praticamente corri na direção das minhas coisas, recolhendo tudo antes de disparar pela porta da frente. Saí com tanta rapidez que não me incomodei em olhar para o outro lado da rua para ver o público de Rainey. Apenas pulei no meu carro, e me afastei dali deixando uma nuvem de poeira à medida que acelerava pela rua.

Quando voltei para o meu apartamento, minhas mãos tremiam e eu estava me xingando por ter concordado com esse caso. Como eu poderia saber que seria tão difícil? Como poderia adivinhar que a mulher que entrevistaria seria tão tentadora?

Não havia como saber de nada disso, e, mesmo assim, lá estava eu, absolutamente convencido de que poderia ter feito algo para evitar essa reação.

Precisando desesperadamente de uma distração, coloquei um short e uma camiseta, prendi meu iPod no suporte no bíceps e fui correr. O vento contra o meu rosto era benéfico, o movimento poderoso do meu corpo ajudando a aliviar os músculos doloridos. Apressei o passo toda vez que Rainey Day se infiltrava em meus pensamentos, me punindo até que minhas pernas queimassem e meus pulmões estivessem em chamas. Nada disso importava. No momento em que subi as escadas e voltei para casa, aquela maldita mulher ainda dominava a minha mente, imagens de seu dedo acariciando sua coxa, do *flash* de calcinha azul que chamou minha atenção a cada movimento que ela fazia.

Rainey não tinha vergonha e parecia que eu também não.

Ainda assim, não cederia à necessidade de exorcizar o desejo do meu corpo. Tomando um banho frio para enxaguar o suor da minha pele, eu estava cuidadosamente mantendo as mãos longe do meu pau, mesmo que estivesse ereto. Era desconfortável, mas consegui e, em meia hora, eu havia cozinhado e jantado.

Normalmente, não sou o tipo de pessoa que assiste televisão, mas naquela noite precisava de algo para manter minha mente fora do caso. Infelizmente, quase todo filme e programa de televisão continha alguma cena com teor sexual. Eu mudava o canal e gemia quando uma cena compulsoriamente erótica aparecia, e por aí em diante. Fiz isso várias vezes até que me dei conta de que assistia episódios reprisados da Vila Sésamo, bem mais seguros, por sinal.

Pelo menos, pensei que seria. Aparentemente, a palavra explorada no programa era 'chuvoso[1]', o que remetia ao nome da pessoa que eu queria esquecer. As gotas de chuva batiam nas janelas em sincronia com marionetes tristes, que cantavam músicas se lamentando por não poderem sair para brincar.

— Droga! — Desliguei e fui para a cama, finalmente perdendo a batalha comigo mesmo quando minha mão empurrou meu short e eu bombeei meu pau pensando em uma morena de olhos azuis.

O calor líquido da minha porra na minha mão parecia uma traição, um lembrete de que apesar do meu profissionalismo, apesar do meu treinamento, apesar de tudo que eu pensava que me diferenciava dos homens mais fracos, eu não era melhor do que meus impulsos básicos.

Freud teria um dia cheio para analisar meu comportamento naquele instante, seu sotaque austríaco claro ressoando na minha cabeça, condenando tudo contra o qual eu lutava para abafar um desejo profundo, reprimido e sombrio de conquista sexual violenta.

Talvez Rainey fosse tentadora apenas porque ela era tão fácil de manipular e controlar. Sem mencionar o fato de que seu corpo foi moldado para o pecado.

Apertando minha mão, pulei da cama, me limpei e me arrastei de volta para debaixo das cobertas com medo de que meus sonhos naquela noite envolvessem calcinhas azuis, cadáveres boiando e uma mulher morena sussurrando *papai*.

Felizmente, não foi esse o caso. Eu não sonhei, de alguma forma conseguindo algumas horas de sono ininterrupto antes que o sol nascesse novamente e eu estivesse no meu carro, já parando em frente a casa de Rainey. Ela estava na porta esperando por mim, seu corpo coberto por um vestido rosa e branco que pendia até um pouco acima dos joelhos.

Querendo manter o assunto da conversa o mais seguro possível, eu a segui para a sala, tomando meu lugar habitual, enquanto me concentrava em qualquer coisa, exceto nela. Imediatamente comecei a fazer perguntas sobre a festa e os amigos que foram assassinados.

Não me passou despercebido que considerei a conversa a respeito de quatro jovens adultos espancados e com seus crânios rachados e caídos entre paredes salpicadas de sangue como "segura".

Seguro para mim, talvez, mas não para outras pessoas.

— Vamos voltar a conversar sobre a festa: você mencionou como

---

1 Rainey faz referência à palavra em inglês rainy, que significa chuvoso em português.

CINCO

conheceu Angel e Megan, no entanto, ainda temos que discutir como conheceu Michael e Preston. Gostaria que me dissesse onde os conheceu.

Minha voz estava fria e distante, uma abordagem clínica para uma mulher que estava rastejando sob minha pele como se fossem pequenas unhas me arranhando. Quando nossos olhos se encontraram, Rainey me encarava com os lábios um pouco curvados, e eu poderia jurar que ela estava tentando não rir.

— Algo está incomodando você, doutor?

Acenei bruscamente com a cabeça.

— Não, só quero me manter no tópico hoje. Como você conheceu aqueles dois rapazes?

Sua sobrancelha arqueou, em um olhar de dúvida, mas ela balançou a cabeça e se recostou na poltrona, pronta para divulgar a informação que eu precisava.

— Bem — ela falou, lentamente, sua voz rouca e sensual como costume —, é uma coisa boa que nós chegamos nessa parte da história, acho. Conheci Michael e Preston alguns dias depois da morte de David.

Fiz uma anotação e olhei para ela sem me preocupar com o que ela poderia dizer a seguir. Eu deveria ter pensado melhor antes de pensar que Rainey não tinha mais algumas surpresas na manga.

— Como você os conheceu, Rainey?

Ela acendeu um cigarro, sorriu e perguntou:

— Você já ouviu a expressão 'conduzir um trem[2]', doutor? Porque foi assim que conheci Michael e Preston.

Meu coração disparou e o estômago deu um nó.

Filha de uma puta...

---

2   Em inglês, a expressão Run the train (conduzir um trem) está associada à prática sexual onde vários caras em fila transam com uma garota.

DEZESSEIS

Rainey

Passado

Mamãe passou por momentos difíceis depois que David morreu. Ela estava arrasada, incapaz de agir normalmente, sua capacidade de se levantar à tarde estava praticamente ausente e ela perdeu um de seus empregos por causa disso. A vida estava piorando rapidamente para ela e havia muito pouco que eu pudesse fazer para ajudá-la.

Não que eu não tenha tentado. Eu preparei o jantar e a abracei quando ela chorou. Fiquei mais em casa porque tinha muito medo de deixá-la sozinha. Algo dentro dela morreu junto com David e eu não era especial o suficiente – importante o suficiente – para ela continuar.

Depois de uma semana, ela começou a se trancar em seu quarto à noite, sem se importar se eu estava lá ou não. As regras que havia estabelecido para mim enquanto David estava vivo se foram. Eu era livre para vagar novamente. Inferno, eu provavelmente poderia ter trazido toda a família Connor e feito sexo com eles na sala de estar e ela não teria se importado. Foi ruim desse jeito.

Mesmo assim, tentei, e por duas semanas menti para Rowan, alegando que ela não me deixava ir até a casa dele e que o proibira de vir até a minha. Essa mentira não era tanto para minha mãe, e, sim, para ele. Continuei dizendo a ele para voltar para Megan, para buscar uma nova vida, para sair de Clayton Heights e se tornar algo porque eu me recusava a ser a garota que o arruinou.

Rowan tinha potencial, mais do que qualquer um de nós. E por eu poder ver a verdade do que estava dentro dele, não pude suportar o peso de impedi-lo de ver por si mesmo.

Na primeira semana, ele resistiu. Ele continuou batendo na minha janela e vindo à porta da frente. Eu o mandava embora todas as vezes, chorando depois de vê-lo atravessar o quintal e voltar para sua casa.

Rowan voltou para sua namorada no final da segunda semana. Seu carro sumia na maior parte do tempo e depois de alguns dias, me senti confortável para ir à casa dos meus vizinhos novamente.

Mamãe não era a única pessoa com dificuldades. Tive pesadelos com a morte de David, acordava suando frio depois de ver seus olhos mortos olhando por baixo da superfície da água. De vez em quando, eu sonhava que a polícia ia à casa de Rowan e o prendia pelo que tínhamos feito.

Obviamente, isso nunca aconteceu, mas eu ainda temia que pudesse acontecer. Foi por isso que tive que afastá-lo. Por minha causa, ele cometeu um crime que o levaria preso pelo resto da vida, e seria tudo culpa minha.

Durante a terceira semana, tentei ficar em casa o máximo possível, mas me pegava olhando pela janela, esperando que Rowan saísse, e só depois eu corria para a casa ao lado para me drogar. Àquela altura, eu ficava principalmente com Joel e Jacob.

Paul estava lidando com drogas pesadas que nem eu tinha vontade de experimentar. De certa forma, estava começando a ter um pouco mais de respeito por mim mesma. Eu não tinha certeza do que havia mudado ou porque estava evitando Paul daquela forma, mas havia algo de errado em estar com ele. Principalmente, tinha a ver com Rowan. Sempre que via seu pai, parecia mais uma traição, como se eu estivesse enfiando uma faca nas costas dele e torcendo-a só para ficar perto de Paul.

Um mês se passou e, exceto pela piora do estado da minha mãe, a vida voltara ao normal. Rowan estava feliz com Megan, ainda nos cumprimentávamos de passagem, mas ele não estava constantemente tentando me encurralar e implorar para que eu me tornasse a sua garota. Magoou um pouco, ver o distanciamento em seu olhar, mas me lembrei que era melhor para ele.

Eu amava Rowan. Com tudo dentro de mim, eu amava o menino inocente que ele era e o homem que estava se tornando. E, por isso, eu sabia que a única coisa que podia fazer para mostrar a ele esse amor era ficar longe dele para que ele pudesse buscar uma vida melhor.

— Ei, Rainey. Você vai estar por aqui esta noite?

Sentado no sofá da sala de estar dos Connor, me virei e deparei com Joel de pé atrás da poltrona. Com o passar dos anos, ele, de alguma forma, se tornou ainda mais bonito, seu cabelo loiro escuro mais longo e emoldurando o rosto, seus olhos castanhos salpicados de verde e dourado. Ele tinha uma estrutura óssea perfeita se trabalhasse como modelo. Mas Joel não era esse tipo de cara. Por baixo de toda aquela beleza, ele era tão rude e áspero quanto o resto dos homens nesta casa.

— Acho que sim. Por quê?

— Vamos dar uma festinha e convidei alguns amigos. Só pensei em te convidar também.

Com minhas pernas cruzadas à frente, brinquei com a bainha desfiada da minha calça jeans. Era o início da tarde, todos na casa acordando ainda. Todo mundo menos Rowan, claro. Ele havia saído há uma hora, e foi por isso que vim até aqui.

Na porta ao lado, o carro da minha mãe ainda estava na garagem, o que significava que ela faltou ao trabalho novamente. Eu teria que começar a trabalhar para compensar o dinheiro que ela deixou de ganhar. Eu não me importava. Eu tinha vinte anos. Era hora de fazer algo com a minha vida além de dormir por aí e ficar chapada.

— Parece divertido. Eu vou ficar por aqui.

Joel sorriu.

— Acordei de pau duro esta manhã. Quer voltar para o meu quarto, fumar um baseado e cuidar disso para mim?

Dando de ombros, me levantei do sofá e o segui de volta. Não era como se eu estivesse ali para assistir televisão. Eu poderia fazer isso em casa.

Enquanto caminhávamos pelo corredor, alguém bateu na porta da frente. Joel me deu um olhar divertido e passou por mim para atender, mas Paul saiu do quarto e disse que a visita era para ele. Não pensamos muito nisso, então seguimos de volta ao quarto de Joel, fechando a porta atrás de nós.

Sentado em sua cama, ele começou a enrolar um baseado enquanto eu me recostei à parede para olhar os pôsteres de mulheres seminuas.

— Gostou do que está vendo?

— Hã? — Desviei o olhar de uma mulher loira segurando sua blusa como se estivesse impedindo que caísse, e o encarei.

— Essas mulheres — respondeu ele. — Você gosta de olhar para elas?

— Elas são bonitas, acho.

Ele parou de torcer o papel em sua mão e sorriu para mim.

— Você já esteve com uma mulher, Rainey?

Neguei com um aceno de cabeça.

— Não. Nunca tive razão para isso.

CINCO   139

Joel voltou ao que estava fazendo.

— Eu estava pensando que talvez pudesse juntar você e Angel algum dia. Eu não me importaria de ver vocês duas transando enquanto eu fumo um baseado ou algo assim. Seria muito sexy.

Ele levantou a cabeça e me encarou.

— Seria apenas eu assistindo, é claro, porque não vou deixar nenhum outro cara ver a Angel pelada. Falando nisso — ele levou o baseado aos lábios e acendeu a ponta —, por que você ainda está de roupa? Você não voltou aqui por um motivo?

— Eu não sabia o que você queria que eu fizesse. Se vou apenas te chupar, não vejo razão para tirar a minha calça.

Sua voz estava tensa por segurar uma tragada.

— Eu gostaria de te foder esta manhã. Enterrar meu rosto nessas tetas. — Ele soprou uma baforada. — Eu gostaria de ver Angel brincando com elas. Embora ela provavelmente ficasse com ciúmes. Os peitos dela não são tão legais.

Tirando minhas roupas enquanto ele observava, fui até sua cama.

— Deite-se de costas. — Entregando-me o baseado, ele disse: — Fume isso.

Segurei o baseado entre os dedos e dei algumas tragadas enquanto ele se despia e se acomodava entre as minhas pernas. Era mecânico agora, nossa trepada, de uma forma bem triste. Um meio para um fim, realmente. Para ele, não para mim. Eu não gozava, a menos que fosse com Rowan. Ele foi a única pessoa que me fez sentir algo.

Joel segurou meus quadris enquanto estocava para dentro, grunhidos caindo de seus lábios enquanto eu tragava um pouco mais do baseado e ficava ali, imóvel. Como de costume, ele brincou com meus seios, esfregando o rosto contra eles, lambendo e sugando. Eu estava começando a pensar que ele tinha problemas maternos e que ainda não haviam sido resolvidos.

Seus quadris ainda se moviam, as mãos travadas no meu corpo quando olhou para mim e perguntou:

— O que está acontecendo entre você e Rowan?

A pergunta me surpreendeu, e virei a cabeça no travesseiro, nossos olhos travando.

— Por que você pergunta?

Com os quadris se movendo mais rápido, a mandíbula de Joel cerrou quando ele terminou de puxar para fora e gozar no meu peito. Olhando para a bagunça como se fosse uma exposição de arte, ele sorriu.

Sim, problemas com a mamãe...

— Por nada. Bem, sim, há uma razão. O garoto está chateado ultimamente. Sempre que seu nome é mencionado, ele age como se quisesse bater em todos nós. Você não transou com ele já?

Joel se levantou da cama, pegou uma toalha para se limpar e jogou para mim para fazer o mesmo. Limpando sua bagunça, mordi o interior da minha bochecha. Por que ele teve que mencionar Rowan? Eu estava fazendo um ótimo trabalho fingindo que estava feliz e que as coisas tinham voltado a ser como antes.

— Sim, transei. Algumas vezes, na verdade. Além disso, ele está com Megan. Não sei por que ele se irrita quando você menciona meu nome.

A verdade era que eu sabia exatamente por que Rowan ficava chateado, mas não contaria a Joel. Ele acabaria contando para Jacob e Frankie e eles usariam essa informação para tornar a vida de Rowan um inferno.

Enrolando outro baseado para me dar, Joel balançou a cabeça.

— Não faz sentido para mim. Megan é gostosa, sua família é rica e ela não é uma vagabunda como você. Não sei por que Rowan fica todo putinho quando a gente toca no seu nome.

Doeu, cada maldita palavra que ele disse me atingiu como uma bala. Mas era tudo verdade.

— Eu sempre falo para ele ficar com ela. Ela é boa para ele.

— Como eu disse: não consigo entender. — Ele me jogou o baseado e apontou o queixo para a porta, um recado claro para que eu desse o fora dali. Depois de vestir minhas roupas, eu estava com a mão já na maçaneta, pronta para sair, quando ele disse: — Certifique-se de ficar por aqui para a festa esta noite. Eu falei de você para os meus amigos.

Suspirando pesadamente, eu sabia em minhas entranhas o que ele pretendia.

— Quantos?

— Dois.

— E o que eu ganho com isso?

— Não se preocupe, Rainey. Eu cuidarei de você. Eu sempre cuido. Prometi uma festa para esses caras e é o que pretendo dar.

Pisando no corredor, fechei a porta e me inclinei contra ela, meus olhos se voltando para a esquerda para encarar a porta do quarto de Rowan. Eu sentia tanto a falta dele que doía, mas sabia que era melhor não fazer nada sobre isso. Manter nossa distância era a melhor coisa para ele. Megan era a melhor coisa para ele. No entanto, saber disso não tornava a dor mais fácil

CINCO

de suportar.

Eu me joguei no sofá da sala e liguei a televisão. O ruído não mascarou o som de Paul fodendo alguém em seu quarto. Agora eu entendia como Rowan se sentia ao sentar aqui enquanto eu estava lá. Dava para ouvir tudo. Os grunhidos e gemidos, as peles se chocando, Paul dizendo à sua convidada para se vestir e sair enquanto ele separava para ela o que estava vendendo.

A porta do quarto se abriu às minhas costas e quando me virei para ver a mulher que ele levava até a porta, meu coração quase parou. Depois voltou a bater tão forte que achei que ia vomitar.

— Mãe?

A aparência dela era horrível; o cabelo estava uma bagunça, olhos cansados e com olheiras profundas, bochechas cavadas por se recusar a comer desde que David morreu. Recusando-se a encontrar meu olhar, ela saiu correndo da casa, e Paul fechou a porta silenciosamente atrás dela. Da janela, eu a observei caminhar pelos dois metros e entrar na nossa casa, ainda boquiaberta, mas já sentindo a raiva me dominar.

— Que porra é essa, Paul? Essa era minha mãe!

Ele olhou para mim, seu peito nu, barriga meio estufada por conta do peso que ganhou nos dois, quase três anos que o conheci. Paul arqueou uma sobrancelha. O bastardo nem se preocupou em afivelar o cinto.

— Somos todos adultos, Rainey. Supere isso, porra. Eu nem sei por que você está reclamando. Você não acabou de foder meu filho? Não é minha culpa que esses delinquentes não durem tanto quanto eu.

— Não é por isso que estou chateada. Ela é minha mãe!

— Escute, garota. Se Joel não te fez gozar e você precisa de algum alívio, não tenho problemas em te comer. Basta levar essa bundinha gostosa para o meu quarto e eu cuidarei de você. Caso contrário, cale a boca. Sua mãe precisava de algo e eu dei a ela. Nada demais.

Ficando de pé, eu o encarei.

— Isso é doentio!

Ele encolheu os ombros.

— Como é diferente do que você tem feito? O mundo está doente, garota. É o que é. Agora fume um maldito baseado e se acalme. Se isso não ajudar, há um pouco de álcool na cozinha. Você precisa superar essa porra.

E deu um chute para abrir a porta e desapareceu em seu quarto, fechando-a atrás de si com uma batida forte. Eu estava na sala de estar, minhas mãos em punhos. Não querendo estar em casa, mas também não querendo ir para casa, eu fui até a cozinha e peguei uma garrafa de vodca, o copo frio contra minha palma enquanto eu me retirava para o único lugar que mais me confortava.

O quarto de Rowan estava silencioso. Tinha o cheiro dele. Subi em sua cama e entrei debaixo das cobertas, me enrolando com elas. Devo ter acabado com pelo menos um terço da garrafa antes de adormecer. Foi estúpido ficar lá. Perigoso. Mas eu estava sofrendo tanto que não pensei nas consequências. Eu só queria me esconder.

Acordei com os nós dos dedos de Rowan roçando suavemente ao longo do meu queixo, seus olhos azuis me encarnado com toda a mágoa que poderia haver neles. Lá fora, o sol estava se pondo. Eu dormi a maior parte do dia.

— Você tem me evitado.

Minha voz saiu preguiçosa, mais profunda porque não estava totalmente acordada:

— Por uma boa razão.

— Isso é impossível. Não há nenhuma razão boa o suficiente para você me afastar assim.

Eu ainda estava tão cansada, meu coração doía, algo martelava dentro do meu crânio ao lembrar o que me fez fugir para o quarto dele em primeiro lugar.

— Paul está fodendo a minha mãe.

Fechando os olhos, Rowan suspirou.

— Sim, eu sei. Ele já está fazendo isso há uma semana. Por isso eu sei que todas as mentiras que você me contou sobre não ter permissão para vir aqui, não passam de besteiras. Chega pra lá.

— Por quê?

— Anda logo, Rainey. Não me faça te arrastar para o lado por conta própria.

Rowan rastejou sobre o colchão para me acariciar por trás, seus braços fortes me envolvendo, segurando-me com força contra seu corpo quente. Enterrando o rosto no meu pescoço, ele deu um beijo suave na minha pele.

— Eu diria que sinto muito por sua mãe, mas não sinto. O que você está sentindo agora é o que me fez sentir por anos.

A raiva cresceu profundamente no meu âmago.

— O que isso deveria significar? Ela é minha mãe.

— E você é minha garota, mas tive que observar você foder meu pai e meus irmãos. — A voz profunda e rouca no meu ouvido não se parecia à dele. Rowan estava chateado, ferido, frio como na noite em que matou David. Eu tentei me afastar, mas ele me puxou de volta, seus braços tão apertados como se fossem faixas de aço puro.

— Você não vai a lugar nenhum, Rainey. Você vai ouvir o que tenho a dizer pela primeira vez. — Ele riu, um som suave, mas amargo. — Você sempre faz isso. Menciono como me sinto e você foge o mais rápido que pode. Você não tem nenhum problema em me machucar, ficando sentada e testemunhando essa porra. Apenas feche os olhos, Rainey. Finja que não arrancou meu coração do meu peito e o esmagou entre seus dedos. Isso é o que você sempre faz.

— Rowan...

Sua mão pressionou minha boca, seu hálito quente contra meu pescoço. Ele tremia contra mim, tão cheio de mágoa e raiva no coração, que não havia como dizer o que ele faria.

— Não diga meu nome. Basta fazer o que você faz melhor e fingir que sou Jacob, ou Frankie, ou Joel.

Abaixando-se, ele desabotoou a minha calça. Tentei me afastar dele novamente, mas ele soltou minha boca para travar um braço em volta do meu peito.

— O que há de errado, Rainey? Você não gosta quando eu te uso para a única coisa para a qual você *pensa* que é boa?

Empurrando a calça e calcinha até minhas coxas, ele teve um pouco de dificuldade para se livrar da dele. Eu ainda me debatendo para fugir, mas ele não me deixou ir.

— Eu não vejo qual é o problema, caralho. Vou te dar uma porra de vinte contos por isso, okay? Essa é a taxa atual?

— Rowan, pare. — Lágrimas inundaram meus olhos. Eu não entendia o que estava errado, mas não era *ele*. Não Rowan. Ele não faria isso.

Sua mão agarrou meu seio por cima da minha camisa, apertando com tanta força que cheguei a gritar contra o travesseiro.

— Engraçado, esse é o som que você faz quando fode meu pai. — Ele colocou a ponta de seu pau no meu corpo. — Diga-me não, Rainey. Vá em frente e me diga que você não quer isso. Que você é melhor do que isso.

Ele estava me desafiando a dizer. A ponta empurrou dentro de mim como uma ameaça. Como se isso bastasse para me fazer admitir que ele sempre estava certo. Mesmo que ainda estivesse chorando, balancei a cabeça, e disse com a voz débil:

— Eu não sou. Vinte está bom, Rowan.

— Droga, me diga que você é melhor do que isso, Rainey!

Mordi meu lábio, recusando-me totalmente.

Sua testa pousou na minha nuca, seus quadris empurrando para frente e para trás, uma e outra vez enquanto estávamos ali tremendo, nossos corações quebrando juntos porque não havia como voltar atrás. Rowan estava me usando. Assim como Jacob. Assim como Joel. Assim como Paul e Frankie. Ele estava pegando o que eu estava oferecendo sem nenhum de nós alegar que era amor.

Eu o tinha destruído. Para ele fazer isso, para Rowan, entre todas as pessoas, fazer comigo o que os homens sempre fizeram, significava que finalmente esmaguei o que antes era inocente e doce dentro dele.

Enquanto ele me fodia, ele falava. Não pensei que ele esperava resposta alguma, suas palavras eram simplesmente uma confissão que ele precisava que eu ouvisse enquanto ele destruía o que sempre fomos, apesar de todas as complicações e circunstâncias fodidas.

— Eu não dormi com Megan ainda. Não fui capaz. Tudo o que consigo pensar é com quem você está e o que está fazendo com eles. Ela me quer, Rainey. Praticamente me implorou para fazer com ela o que estou fazendo com você agora.

Apertando seus braços em volta de mim, seus quadris aumentaram o ritmo, seu hálito soprando contra o meu pescoço, porque mesmo que ele me odiasse naquele momento, ele ainda amava a sensação de estar dentro de mim. Eu fiz isso com ele. Eu e mais ninguém.

— Talvez... foda-se... — Ele empurrou mais fundo, suas palavras interrompidas pelo clímax se aproximando. — Talvez eu deva finalmente parar de esperar que você deixe de ser uma vagabunda de merda...

Meus olhos se fecharam, lágrimas deslizando pelo meu rosto.

—... E apenas ficar com uma garota que pode manter suas malditas pernas fechadas.

Mais forte e mais rápido, ele se moveu. Seu orgasmo estava perto. Eu sabia. Estive com tantos homens, posso dizer quantos minutos ou mesmo quantos segundos eles durariam. Sua respiração aumentava, o suor escorria em suas têmporas e no peito, seus músculos flexionavam enquanto perseguiam o orgasmo como se ele estivesse correndo deles em alta velocidade. E era o que Rowan estava fazendo agora.

— Talvez eu tenha sido uma criança estúpida esse tempo todo pensando que você poderia ser qualquer coisa mais do que é: um brinquedo para os homens foderem.

CINCO

Ele gozou sem se retirar. Tentei me afastar dele, tentei me mover para que ele não despejasse a última gota dentro de mim, mas ele travou seu braço no último segundo, empurrando tão fundo que não pude escapar.

— Rowan, o que você fez?

Liberando-me de repente, ele se sentou ao lado da cama, o rosto enterrado nas mãos. Sem saber o que dizer, esperei que ele falasse alguma coisa primeiro. Rowan ficou em silêncio pelo que pareceram horas, seu corpo imóvel, seus ombros largos tensos.

Sentei-me na cama e o toquei, mas ele se levantou, puxou a calça e a abotoou.

— Rowan?

Ele se virou para mim e enfiou a mão no bolso de trás para tirar a carteira. A nota de vinte dólares flutuou até o colchão aos meus pés, o rosto da cédula me encarando com acusação.

— É assim que funciona, certo? Eu pego o meu e pago por ele? — Com os olhos vermelhos, ele me encarou, uma lágrima deslizando pela sua bochecha, brilhando sob a luz do sol suave que se infiltrava através de suas cortinas. — O que eu faço agora? Mando você sair? Seu trabalho aqui está feito?

Puxei minhas pernas para o meu peito e as envolvi com meus braços, minha calça e calcinha ainda enganchadas em volta dos meus tornozelos.

— É assim que funciona, Rainey?

Meu lábio inferior tremia, mas balancei a cabeça.

— Sim, Rowan. É assim que funciona. É assim que sempre funcionará. Você não entende? Olha o que fiz com você! Este não é você. Você é melhor do que isso. Peguei algo bom e destruí. Sim, você deveria estar com Megan. Ela é uma garota decente que te ama.

— Você me ama! — gritou ele, sem dúvida alto o suficiente para que todos na casa ouvissem.

Eu gritei de volta:

— Estou arruinando você. Esta vida... esta vida bagunçada, complicada e nojenta não é a que você deveria viver. Eu só quero que você se torne outra pessoa. Que possa ir embora para fazer todas as coisas maravilhosas que sei que é capaz de fazer. Vá para escola. Faça algo de você mesmo. Case-se com Megan e tenha muitos bebês lindos. Pare de olhar para mim como se eu fosse a pessoa que você deseja. Vá encontrar outra vida, Rowan, e não faça isso por mim. Faça por você.

Passando os dedos pelo cabelo, ele cruzou o quarto e abriu a porta.

— Saia.

— Rowan...

— Dê o fora! Eu terminei com você.

Com os olhos embaçados e o rosto encharcado de lágrimas, me levantei e puxei a roupa. Passando pela cama, quase alcancei a porta quando ele rosnou:

— Você esqueceu seu pagamento.

Minha alma sangrou no tapete aos meus pés, deixando-me vazia e oca.

— Era por conta da casa... — sussurrei, passando por ele para sair pelo corredor. Jacob e Joel olharam para fora de seus quartos, provavelmente atraídos pela discussão que tinham ouvido através das paredes finas. Para crédito deles, nenhum deles disse uma palavra quando passei a caminho da sala de estar.

Rowan saiu de casa dez minutos depois, o carro ligando pouco antes de os pneus arrancarem na estrada.

Não achei que o dia pudesse piorar muito.

Joel se abaixou ao meu lado, a almofada do sofá afundando, e me passou um baseado.

Enquanto eu dava uma tragada, ele comentou:

— Eu disse que ele tem estado irritado recentemente. Pensei que talvez ele estivesse com raiva de nós por estarmos te pegando, e ele, não.

Olhando para mim, ele pegou o baseado de volta e deu uma tragada, prendendo a respiração enquanto dizia:

— Se você quer saber, Rowan é estúpido por se apaixonar. Todos nós sabíamos o que você era no minuto em que a conhecemos.

Uma nuvem rolou sobre seus lábios e ele o devolveu.

— Não estou dizendo isso como se fosse algo ruim. É apenas a verdade, sabe?

Estranhamente, achei meio fofo que Joel tivesse me seguido até aqui para conversar. Doce por ser ele, pelo menos.

— Sim, eu sei.

— Você ainda está pronta para a festa esta noite? Parece que você precisa de um pouco de diversão.

Assentindo, relaxei contra o sofá.

— Sim, provavelmente vou precisar tomar um banho primeiro. Rowan, ele...

— Faça o que você tiver que fazer.

O dia foi se transformando em noite lentamente. Depois de tomar

CINCO

banho e chorar mais um pouco, passei as horas alternando entre assistir televisão e cochilar. Jacob e Joel me deixaram sozinha na maior parte do tempo. Paul foi embora algumas horas depois de Rowan, e Frankie estava ausente, provavelmente na prisão por outra briga. Eu nunca perguntei por ele, já que não estava nem aí.

Por volta das sete, as pessoas apareceram na casa. Joel colocou música para tocar, começou a distribuir bebidas, acendeu alguns baseados enquanto homens e mulheres circulavam pela cozinha, sala e quartos. Eu fiquei no sofá a maior parte do tempo, observando a festa acontecer ao meu redor, sem conversar realmente com ninguém além de algumas pessoas que se apresentaram.

Devia ser quase nove horas quando Joel se abaixou de um lado, Jacob do outro, e dois outros caras que eu não conhecia ficaram desajeitadamente na nossa frente. Eu estava bêbada a esta altura, todos os eventos do dia me esmagando enquanto eu bebia direto de uma garrafa de vodca que Joel tinha me entregado mais cedo.

— Como você está se sentindo, Rainey?

Inclinando-me contra o peito de Joel, eu sorri.

— Acho que estou entorpecida.

Ele massageou meus ombros.

— Esperançosamente não muito entorpecida. Estes são meus amigos a quem gostaria de apresentar, Michael e Preston. Eles estão com pouca sorte no departamento feminino recentemente e eu disse a eles que você poderia ajudá-los.

Os dois caras sorriram para mim, um mais alto que o outro. Michael tinha cabelo e olhos castanhos, ombros largos e musculosos, cintura estreita. Pelo tamanho, ele bem poderia ser um jogador de futebol.

Preston, por outro lado, era baixo e rechonchudo. Pensei tê-lo reconhecido da escola, mas não tinha certeza. Ele tinha cabelo loiro-avermelhado e sua pele pálida era quase do mesmo tom. Ele não era o que a maioria das pessoas consideraria atraente, mas quando eu liguei para isso?

— Você já ouviu falar em dirigir um trem, Rainey?

Balançando a cabeça, bebi da minha garrafa e respondi:

— Não.

— É quando um monte de caras se reveza em uma garota. Eu estava pensando que nós cinco poderíamos nos divertir um pouco. Jacob e eu vamos pagar por isso. Podemos te dar dinheiro e drogas. O que você acha?

O que eu sempre disse? Esta era a minha vida agora, a garota da vizinhança que se divertia muito mantendo as calças abaixadas. Minha vida nunca mudaria.

— Quanto de dinheiro?

— Cem dólares, mas nós vamos acrescentar uns trinta gramas de maconha. Isso deve mantê-la bem chapado pela próxima semana ou mais.

Os dois garotos olharam para mim, os ombros de Michael tremendo com uma risada silenciosa.

Dei de ombros, indiferente.

— Por que não? O que você precisa que eu faça?

— Apenas vá para o meu quarto, tire as roupas e se deite na cama. Então vamos entrar um de cada vez para conseguir o que queremos. Quando terminarmos, você pode ir embora.

Vendo em dobro por causa da maconha e da bebida, precisei de várias tentativas para me levantar do sofá. Joel se levantou para me ajudar a me firmar, andando com o braço em volta da minha cintura para me levar ao seu quarto. Jacob, Michael e Preston vieram logo atrás.

Joel me ajudou a tirar a roupa, e alguém no quarto assobiou quando ele tirou minha blusa. *O que eu falei sobre ela? Claro que sim, cara, é disso que estou falando.*

A conversa deles flutuava dentro e fora da minha consciência. Eu estava tão confusa, mas sabia que teria feito isso sóbria. Minha reputação e minha autoestima já eram as mais baixas possíveis. Rowan me odiava. Minha mãe estava perdendo a cabeça. Meu mundo inteiro estava desmoronando. Melhor aceitar deitada de costas.

Levando-me para sua cama, Joel sussurrou em meu ouvido:

— Você está bem o suficiente para ficar de quatro?

Balancei a cabeça e ele me ajudou a ficar em uma posição onde eu estava de frente para os três homens perto da porta. Eles estavam todos embaçados, o que ajudou de certa forma.

— *Quem monta primeiro?*

— *Deixe Preston ir até ela. Este pobre coitado não transa há mais de um ano.*

— *E esses peitos, hein? Puta merda.*

Nada disso parecia real, o que estava bom para mim. Eu não queria que fosse real. Eu só queria voltar a uma época em que Rowan me amava, onde ele me olhava como se pudesse me dar a lua.

Quão egoísta era isso? Ele finalmente seguiu em frente como eu disse para ele fazer, mas tudo o que eu queria era que ele voltasse correndo.

Os borrões se moveram, um se aproximando de mim enquanto os

CINCO

outros três ficaram perto da porta aberta. Ele se postou às minhas costas e abaixou a calça, mãos agarrando meus quadris enquanto me penetrava, grunhindo com cada golpe rápido. Ele não era muito bom nisso, seu ritmo era irregular e descoordenado. Ele não duraria muito.

— *Uau! Vai lá, cara! Olhe os peitos dela balançando. Faça mais forte, Preston. Ela aguenta.*

Este era o lugar onde eu estava na vida. Exatamente como Rowan havia dito. Um brinquedo que os homens fodem. Uma lembrancinha da festa. Um entretenimento e nada mais. Preston terminou bem rápido. Na verdade, eu mal o senti, já que ele era bem pequeno. Pobre rapaz. Não admira que nunca tenha comido ninguém.

Uma toalha voou pela sala e pousou ao meu lado.

— Limpe sua bagunça quando terminar.

Enquanto Preston fazia isso, os outros três ficaram conversando, outras pessoas passando pela porta aberta, parando, balançando a cabeça e rindo. Alguém cumprimentou outro e continuou seguindo pelo corredor.

— *Michael, é a sua vez.*

Assim como o primeiro, Michael ficou atrás de mim. Ele realmente tentou brincar com meu clitóris como se isso fosse me excitar. Era uma pena que a única pessoa que poderia me fazer gozar, estava passeando com sua namorada, transando com ela pela primeira vez. Eu esperava que ele a amasse. Esperava estar certa de que ela o amava também. Esperava tê-lo ensinado bem o suficiente para que ele agitasse o mundo dela entre os lençóis.

Meu corpo estava saltando novamente. Mais vaias e gritos, exceto que desta vez, uma voz feminina se ergueu acima de tudo, duas pessoas paradas na porta olhando para além dos rapazes esperando sua vez.

— Puta merda! Que vagabunda! — Sua risada estridente chamou minha atenção ainda mais e eu pisquei várias vezes para clarear minha visão.

Rowan e uma garota, que deduzi ser Megan, estavam na porta me observando, Michael ainda segurando meus quadris e chocando os quadris contra os meus.

Meus olhos encontraram os de Rowan, implorando para ele não concordar com ela. A raiva passou por trás de seu olhar, tão pura que pude sentir o calor ardente do outro lado da sala.

— Sim — ele comentou, envolvendo o braço sobre seu ombro —, Rainey não é nada além de uma prostituta estúpida que meus irmãos contratam. Não se preocupe com ela. Devíamos apenas ficar no meu quarto.

Eu tive que abaixar a cabeça para impedir que todos me vissem chorar.

As lágrimas não paravam de cair.

Algo estalou dentro de mim, se foi meu orgulho, meu coração, minha alma, eu não tinha certeza, mas ouvi-lo dizer aquilo foi a gota d'água.

— Saia de cima de mim.

Minha voz estava tão baixa que Michael não me ouviu a princípio.

— Sai de cima de mim, porra!

— Ei! O que há de errado?

Nem sei bem como consegui empurrá-lo, de tão bêbada que estava, mas depois de fazer isso, tropecei para fora da cama e tentei pegar minhas roupas.

— Rainey, gata, o que há de errado? Achei que estávamos nos divertindo. — A voz de Joel encheu o quarto, mas eu o ignorei. Depois de me vestir, passei por eles no corredor, tropeçando no meu caminho para fora de casa e através do meu quintal.

Abrindo a porta, tudo que eu queria fazer era abraçar minha mãe para que ela pudesse mentir para mim e dizer que tudo ficaria bem.

— Mãe?

Devo ter batido em todas as paredes ao passar tropeçando. Mamãe não estava na sala de estar ou na cozinha, então fui até o quarto dela. Assim que entrei, não a vi na cama, mas quando olhei além do colchão, vi seu cabelo espalhado no piso.

— Mãe?

Eu desabei no chão e rastejei ao redor do pé de sua cama para encontrá-la esparramada sobre o tapete, uma pilha de vômito em sua boca, seus olhos abertos e uma agulha espetada em seu braço.

— Mãe! — Engatinhei para mais perto, sacudi seu ombro, senti o pulso, mas estava muito confusa para saber o que estava fazendo. — Mãe, acorde.

O pânico se instalou por dentro, uma descarga de adrenalina que me acalmou o suficiente para entender o que estava à minha frente.

— Ai, meu Deus. Mãe!

Ela não respondeu, seu corpo estava tão imóvel que eu já sabia a verdade, mas não queria acreditar.

— Não. Ah, não, não, não.

Ficando de pé, saí correndo da minha casa. Foi um instinto correr para Rowan, irromper pela porta da frente de sua casa, passar por todas as pessoas e percorrer o trajeto até o seu quarto. Eu estava aos prantos, mas ignorei todos que tentaram falar comigo. Eu precisava encontrar Rowan.

CINCO

Abrindo a porta, quase caí de joelhos ao vê-lo na cama com Megan. Ela estava deitada de costas e ele em cima dela, o cobertor cobrindo seus corpos. Rowan olhou para mim, a raiva franzindo suas sobrancelhas.

— Que porra é essa, Rainey? Saia daqui!

— Rowan, preciso de ajuda.

Foi um sussurro, acho que ele não me ouviu.

— Saia!

Eu forcei a força em minha voz.

— Rowan, preciso de sua ajuda. Por favor.

— Qual é o problema dela? — Megan olhou para mim embaixo dele.

— Rowan, acho que minha mãe está morta.

Tudo parou por uma fração de segundo. O barulho da festa desapareceu. Megan desapareceu. Tudo desapareceu no fundo, exceto Rowan e eu nos encarando sem falar nada.

Rowan e Rainey, para sempre.

O pensamento me atingiu com tanta força quanto um trem em alta velocidade enquanto o mundo ao nosso redor retrocedia e minha mão apertava a maçaneta da porta.

Ele saltou da cama, agarrou sua calça e ignorou a torrente de palavrões e perguntas de Megan. Deixando-a para trás, ele correu em minha direção, segurando meu ombro para me levar para fora de casa e pelo meu quintal. Sua voz era suave enquanto falava comigo, mas não consegui ouvir uma maldita palavra do que ele dizia. Nada estava fazendo sentido naquele ponto.

Eu mostrei onde ficava o quarto da minha mãe e me inclinei contra a parede enquanto ele se ajoelhava para ver como ela estava. Quando ergueu os olhos para mim, eu sabia que estava certa.

Ela se foi.

Por tudo o que Paul tinha dado a ela, minha mãe tinha simplesmente sumido.

— Rainey. — Levantando-se, Rowan me agarrou e me puxou para um abraço apertado, seu corpo inteiro de alguma forma protegendo o meu. Enterrei meu rosto em seu ombro e chorei tanto que estava quase sufocando com os soluços.

— Rainey, precisamos chamar a polícia. Precisamos relatar isso.

— Eu sei.

— Vamos.

O que aconteceu depois disso foi um borrão. Tudo que eu lembrava, enquanto esperávamos que a polícia e os médicos documentassem a cena e retirassem o corpo de casa, era de Rowan sentado ao meu lado.

Ele não voltou para Megan e nem me deixou em momento algum. Respondi inúmeras perguntas, mas não consegui me lembrar de nenhuma quando a casa esvaziou e ficamos sozinhos.

Ainda me segurando, ele sussurrou:

— Está tudo bem, Rainey. Estou com você. Sempre estarei contigo.

Rowan me levou ao banheiro e tirou minhas roupas. Eu não disse nada – não pude dizer nada – enquanto ele me preparava um banho quente e me ajudava a entrar na água. Enquanto ele usava uma toalha para limpar minha pele, eu olhava, impotente, para a parede. Meu mundo inteiro implodiu.

Minha mãe se foi.

Eu estava sozinha.

Depois de me limpar, Rowan me envolveu em uma toalha, me carregou para o meu quarto e me ajudou a vestir a camisola e a calcinha. Ele se deitou ao meu lado naquela noite, me segurando e sussurrando todas as coisas que faria para me deixar melhor.

Ocorreu-me que eu tinha arruinado a primeira vez que ele transou com Megan, provavelmente tinha criado uma divisão entre eles porque o deixei sem escolha a não ser me escolher ao invés dela.

Aquele dia foi um dos piores da minha vida, a coisa mais horrível que já experimentei, e enquanto eu estava deitada nos braços quentes de uma pessoa que aprendi a amar, não fazia ideia de que em algumas semanas, tudo só iria piorar.

DEZESSETE

Justin

Presente

Enquanto Rainey descrevia para mim um dos piores dias de sua vida, uma música tocava na minha cabeça, o tema da Vila Sésamo para ser exato, a dicotomia de uma melodia tão feliz contra o pano de fundo de suas memórias horríveis me congelando no lugar, confundindo meus pensamentos enquanto tentava me recompor o suficiente para aconselhá-la sobre o trauma que ela teve que suportar.

Este não era um momento em que um médico perguntaria à sua paciente como aquela memória a fazia se sentir. Era mais profundo do que isso, um precipício sobre o qual a sessão poderia tombar, fazendo-nos deslizar para uma caverna depressiva sem possibilidade de subir de volta.

Aquele dia por si só teria arrasado qualquer um. Não importava o quão fortes ou o quão emocionalmente equilibrados fossem. Ao sobreviver à angústia, à humilhação, ao trauma de encontrar sua mãe morta no chão, Rainey provou o quão feroz sua força realmente era.

Francamente, se eu tivesse experimentado pelo menos uma semana de sua vida, teria me encontrado amarrado a uma cama em uma névoa de Thorazine[3] depois que os médicos e enfermeiras me colocassem em um manicômio.

Esta mulher tinha vivido a duras penas.

Tornou-se mais forte.

Havia lutado com afinco para seguir em frente enquanto tudo ao seu redor estava desmoronando.

Com base no que ela me disse, as coisas só piorariam. Eu não tinha certeza se estava preparado para isso.

---

3 Medicamento antipsicótico que no Brasil recebe o nome de Amplictil, usado muito no tratamento de Esquizofrenia.

De forma alguma o comportamento de Rainey era desculpável, ou como suas ações e decisões desempenharam um papel no que foi feito a ela, mas ela era jovem, desastrosamente, seu intelecto questionável, e seus motivos ainda não eram claros o suficiente para eu compreender para onde sua história seguiria.

Batendo a caneta no meu bloco de notas, eu a observei deitada no sofá. Ela assumiu aquela pose nos momentos em que estava revivendo uma memória que a perseguia.

— Como você agiu com Paul depois que sua mãe morreu? Você continuou indo para a casa dele?

Não era a melhor pergunta, nada que cavaria em sua psique para trazer todos os seus segredos à superfície, mas foi o que perguntei enquanto tentava organizar meus pensamentos.

Não fiquei excitado outra vez, pelo menos. Okay, talvez só um pouco quando ela descreveu a cena do 'trem' sexual. *Droga*. Eu não iria apenas para o Inferno, eu condiziria meu próprio transporte para lá, sozinho.

— Não com tanta frequência, mas não por causa do que aconteceu com minha mãe.

— Você estava evitando Rowan de novo, não estava?

As pernas de Rainey estavam dobradas com os pés no sofá, as pontas dos dedos acariciando suavemente suas coxas enquanto a saia de seu vestido de verão caía. Ela tocou a marca em seu braço novamente, distraída, tão perdida em pensamentos que eu me perguntei se ela se lembrava de que eu estava sentado na sala.

— Isso e porque eu precisava de um emprego. Minha mãe estava morta. As contas precisavam ser pagas. Então, tive que fazer algo. Eles me contrataram na loja de conveniência da esquina. Eu não era muito boa no trabalho, mas eu me virava.

— Rowan voltou para Megan? O que aconteceu com vocês dois depois da noite em que sua mãe morreu?

— Sim — ela suspirou —, ele voltou para ela. Acho que ela entendeu por que ele a deixou daquele jeito. Ela é uma garota meiga, como eu disse. E ela o amava.

Assentindo, eu a observei de perto, me perguntando quando ela voltaria a esta conversa. Rainey tinha um jeito de se conectar intimamente com uma pessoa apenas pelo jeito de falar e pelo contato visual. Mas em momentos como este, eu sabia que ela estava divagando, perdida nas memórias que a atormentavam.

CINCO 155

— Estamos chegando perto da noite da festa, Rainey? Aquela que ocorreu há uma semana?

Suas mãos apertaram as coxas com tanta força que a pele ao redor de seus dedos ficou branca.

— Não. Chegamos à parte que eu gostaria de evitar. A noite em que Rowan morreu.

— Nós podemos pular esta parte, se você quiser. Se não tem nada a ver com a morte de seus amigos, então não precisamos discutir isso.

— Tem tudo a ver com suas mortes.

Curioso sobre o comentário dela, fiz uma pausa para permitir que ela preenchesse as lacunas. Ela se sentou, seus olhos finalmente encontrando os meus enquanto sua cabeça se inclinava ligeiramente para a esquerda. Eu nunca a tinha visto tão composta e calma.

Incapaz de suportar o silêncio por mais tempo, perguntei:

— O que você está tentando me dizer, Rainey? Você se lembrou um pouco mais da noite em que morreram? Você sabe quem os matou?

— Eu causei a morte dele. Eu já te disse isso? Eu acho que sim.

Ela esfregou as coxas, seu vestido embolado em seus quadris, a frente desabotoada. Eu nem tinha notado ela fazendo isso. Tão perdido em sua história, eu não estava prestando atenção em seus movimentos o tempo todo.

Com a frente aberta, apenas o colo de seus seios estava exposto à minha visão. No entanto, foi seu rosto que chamou minha atenção. Lábios ligeiramente entreabertos, olhos voltados para a direita, o rosto de Rainey era quase angelical, sua pele pálida brilhando sob a luz fraca da sala. Além dos hematomas que marcavam sua mandíbula e ao redor do olho, ela era verdadeiramente primorosa em sua beleza.

— Você me disse, embora eu não tenha certeza se concordo que você carregue a culpa. Você não estava dirigindo o carro que o matou.

Olhos azuis me encararam, a cor aparecendo por baixo dos cílios escuros, e então Rainey sorriu, uma expressão mais solene do que feliz.

— Eu te disse o que estava fazendo quando ele morreu?

Não, mas suponho que vai ser ruim...

— Você não me contou sobre aquela noite, não.

— Eu estava vendo sua namorada fazer um boquete em Jacob enquanto Joel estava me comendo por trás.

Eu respirei, prendi o fôlego e soltei lentamente.

— Megan, a namorada dele?

Rainey concordou.

— Você não disse que ela era uma garota meiga?

— Ela era. Mas algo aconteceu naquela noite. Acho que ela estava com raiva. Tentando se vingar dele ou algo assim. Megan tinha bebido e não estava tão confusa a ponto de não saber o que estava fazendo, mas deixei acontecer. Eu não tentei dissuadi-la. Não tentei impedi-la. Acho que queria que ela fizesse algo que a arrastasse até a lama, como eu.

Rainey piscou.

— Por que eu iria querer isso?

Infelizmente, a resposta era simples e óbvia. Ela pairou entre nós como se Rainey pudesse estender a mão e arrancá-la do ar. Ela não podia enfrentar isso, então fiz uma sugestão que abriria seus olhos para ver o que estava bem na sua frente o tempo todo.

— Talvez porque, no fundo, você estivesse apaixonada por Rowan. Sei que você dizia que ele devia encontrar uma nova vida, para seguir em frente sem você, por assim dizer, mas não acho que você realmente queria isso. Você estava dizendo o que achava ser certo dizer, mas não necessariamente verdade.

— Rowan e Rainey para sempre. — Ela sorriu, a expressão não alcançando seus olhos. — Ainda assim, enquanto ele estava morrendo, enquanto carbonizava em um carro a não mais do que alguns quarteirões daqui, eu via sua namorada o trair enquanto eu transava com seu irmão. Ele estava queimando e eu estava gozando.

O comentário me surpreendeu, e arqueei as sobrancelhas, confuso.

— Achei que tivesse dito que só chegava ao orgasmo quando estava com Rowan.

Território perigoso, Justin...

Uma gargalhada sacudiu seus ombros, seus olhos fixos nos meus.

— Não gozei por causa de qualquer coisa que Jacob estava fazendo, doutor. Eu gozei porque sabia que quando Rowan descobrisse o que Megan tinha feito, o namoro dos dois acabaria.

Eeeeee... nós definimos um novo padrão de vida fodida.

Aquilo era uma constância para Rainey. Um ciclo vicioso e eterno.

Esfregando a ponta do meu nariz, cruzei o tornozelo sobre o joelho e suspirei audivelmente.

— Você está pronta para falar sobre aquela noite, Rainey?

Presumi que, depois de ultrapassar esse obstáculo, poderíamos finalmente chegar aos detalhes da noite em que seus amigos morreram.

Assentindo, ela respondeu:

— Sim, acho que estou.

Rainey

Passado

Foi difícil depois que minha mãe morreu. Ela já estava com dificuldades de pagar as contas pouco antes de morrer, embora eu não soubesse do que se tratava a maioria das contas. Colocar em dia e manter tudo quitado era quase impossível.

Rowan tentou me ajudar a resolver tudo. Ele era inteligente assim, era responsável com dinheiro. Ele tinha uma cabeça boa, o que o diferenciava do resto das pessoas fodidas com quem convivíamos.

Essa era uma de suas qualidades mais impressionantes: Rowan, apesar de todas as drogas, as festas, o sexo e o crime, nunca se tornou uma vítima disso. Claro, ele experimentou e, sim, ele matou alguém, mas nunca se tornou como todos ao seu redor. De alguma forma, ele conseguiu se misturar enquanto permanecia separado, como uma borboleta se misturando entre mariposas; mais bonito, mais poderoso, mas de alguma forma ainda mais delicado.

Demorou algumas semanas para descobrirmos onde estava tudo. Eu não tinha nem dinheiro para enterrar minha mãe, então liberei o corpo para o necrotério. Eles me disseram que ela seria cremada e seus restos mortais seriam espalhados em um túmulo público. Não parecia certo que ela não teria uma lápide qualquer que dissesse ao mundo que ela existiu. Eu gostava de pensar que quando espalharam suas cinzas, algumas delas escaparam ao vento, que pedaços dela alcançaram o céu, rasgaram a atmosfera e se restabeleceram entre as estrelas.

Ela merecia um conto de fadas e tudo o que recebeu foi um pesadelo. Agora que ela se fora, eu tinha que continuar a história, apenas continuar caminhando com a esperança de que um dia, eu não acabasse morrendo sozinha como ela morreu.

As pessoas não deveriam morrer sozinhas. Deviam estar rodeadas pelos familiares e entes queridos, deviam ser abraçadas e lembradas de que suas vidas têm significado. O universo raramente é tão bom assim.

— Você termina em quinze minutos, Rainey. Você precisa de um de nós para levá-la para casa?

Virei-me para ver o Sr. Crews avançar. O homem mais velho, provavelmente na casa dos oitenta, era dono da loja de conveniência há mais de quarenta anos. Até recentemente, ele sempre foi o rosto amigável atrás do balcão, mas ele havia se tornado mais lento com a idade, e sua esposa exigiu que ele dedicasse um pouco mais do tempo que lhe restava para a família.

Para substituí-lo, ele contratou quatro moradores de Clayton Heights, eu inclusive, e me designou o turno da manhã por medo de que se eu ficasse até mais tarde, poderia correr algum risco na hora de voltar para casa. Tecnicamente, eu poderia usar o carro da minha mãe, mas com a carteira de motorista vencida, temia dirigir e acabar sendo parada pela polícia.

— São apenas duas horas e está um dia lindo e brilhante lá fora. Acho que posso dar um jeito, Sr. Crews. Obrigada pela oferta, no entanto.

Ele deu um sorriso desdentado, seu queixo duplo balançando, as bochechas manchadas em um tom vermelho cheio de sardas.

— Uma garota bonita como você precisa ter cuidado nesta área. Não há como dizer o que os homens por aqui vão pensar. Eles vão tentar tirar vantagem de você. Sempre tome cuidado, Rainey. Nem todos os homens são maus, mas há muitos desagradáveis por aí tentando machucar garotas legais.

Legal... Se ele soubesse a verdade. A maioria dos caras realmente maus nesta área morava bem ao lado e cada um tinha tocado, lambido, chupado ou fodido cada parte do meu corpo. Eu estava a salvo do que ele temia que pudesse acontecer.

— Eu vou tomar cuidado. Eu prometo.

Dez minutos depois, Jeff entrou, um garoto mais novo, de talvez dezesseis ou dezessete anos. Fiquei imaginando se ele estava na mesma série que Rowan, mas nunca tive coragem de perguntar. O horário de aulas tinha acabado há pouco tempo, o que significava que Rowan estaria a caminho de casa para correr, tomar um banho e pegar Megan para o encontro de toda sexta à noite, como um relógio.

— Ei, Rainey.

Jeff era muito fofo, mas embora tivesse quase a mesma idade de

CINCO

Rowan, ele não parecia tão velho. Talvez as circunstâncias nos envelheçam mais do que os anos. Quanto mais áspera a vida, mais rápido você cresce.

Depois de trocar a caixa registradora, eu bati o ponto enquanto Jeff assumia. Acenando ao sair, saí para a luz do dia. Era um dia frio, a neve estava chegando, mas não seria tão em breve, tanto que o sol ainda era capaz de aquecer minha pele. Eu deveria ter trazido um casaco, deveria ter vestido uma calça em vez de short. As temperaturas estavam caindo rapidamente.

Acima da minha cabeça, as árvores balançavam com uma brisa suave, os pássaros cantavam nos galhos. Eu me senti em paz ao passar pelas fileiras de cercas de arame, meus dedos arrastando sobre o metal, minha mente perdida em uma névoa do que planejava fazer com o resto da minha vida.

Eu me perguntei se era verdade, para todo mundo, que a gente só se sentia um adulto mesmo quando seus pais morriam. Várias semanas atrás, eu ainda era uma criança com um milhão de anos pela frente para descobrir as coisas. Mas agora, eu era tudo que tinha, uma mulher que precisava crescer e bolar um plano. A loja pagava bem o suficiente para me manter, mas eventualmente eu teria que encontrar algo melhor.

— Rainey! Ei! — Um assovio agudo seguiu o som do meu nome e me virei para ver Joel correndo pela estrada em minha direção. Ele me alcançou em longas passadas, seu cabelo desgrenhado ao redor de seu rosto. Jogando um braço por cima do meu ombro, ele me puxou contra o seu corpo, em um abraço.

Eu tinha que admitir que, embora Joel sempre tivesse segundas intenções, ele me tratava bem, nunca me rebaixando apenas pelo prazer de agir como um idiota.

— Vamos dar uma festa esta noite, linda, você está dentro?

Eu havia evitado a casa deles tanto quanto possível nas últimas semanas – exceto naqueles momentos em que eu precisava tanto de uma fuga, eu estava disposta a evitar cruzar com Paul ou Rowan –, então não tinha certeza se ir a uma festa era uma boa ideia.

— Eu não sei...

— Escute, o que aconteceu com sua mãe foi chato pra caralho. Entendi. E eu me sinto realmente um merda que papai tenha vendido a ela o lixo que a matou, mas você não pode parar de viver sua vida porque coisas ruins acontecem.

— Não é só isso, Joel. É Rowan. Ele tem um lance legal com a Megan e toda vez que vou lá, acabo bagunçando as coisas para ele.

— Ele te ama — Joel comentou. — E daí? Isso é problema dele, não seu. Mulher, eu também teria me apaixonado se não tivesse Angel para me distrair. Você dá um bom rabo. Sabe o que eu quero dizer? Devíamos ter pensado melhor antes de deixar você ser a primeira vez dele. Agora ele fica com aquela cara de cachorrinho perdido quando olha pra você, mas, como eu disse, não é seu problema.

— Joel...

— É por isso que eu te quero nesta festa hoje à noite. Tenho um negócio a acertar com você. Um passarinho me disse que você está sem dinheiro. E eu e alguns amigos simplesmente estamos meio necessitados. Acho que a gente poderia chegar a um acordo em que todos saiam felizes. Bem, *nós* ficaremos felizes. Você provavelmente vai mancar um pouco, mas, ei, você ficará duzentos dólares mais rica por isso.

Quando estávamos nos aproximando de nossas casas, Rowan passou, diminuindo a velocidade ao se aproximar, abaixando a cabeça para que pudesse nos encarar pela janela do lado do passageiro. Joel sorriu e acenou, o que só irritou seu irmão mais ainda. Ele cantou os pneus no asfalto quando acelerou para percorrer o restante do caminho até sua casa.

— Viu? É por isso que não é uma boa ideia.

— Dane-se ele. Ele tem Megan. Ele tem que ficar feliz por estar pegando aquela lá e não se preocupar com você. A garota tem um corpinho enxuto e faz esses barulhos estridentes quando transam. *Oh, Rowan, sim, mais forte. Oh! Oh! Oh!* Tem hora que eu acho até que ela vai começar a cantar ópera quando gozar. Mas enfim, isso é coisa dele e não tem nada a ver com a gente.

Olhando para ele, tentei ignorar a maneira como meu coração doía por saber que a vida sexual de Rowan e Megan havia decolado. Acho que mesmo ele tendo saído antes da hora, na primeira vez deles, não foi o suficiente para impedir uma nova tentativa. O pensamento me embrulhou o estômago.

Ele estava certo, no entanto. Eu precisava do dinheiro.

— A que horas você me quer aí?

— Vem cedo. Tome umas biritas. Você é bem mais divertida quando está bebaça. Vou até te dar uns baseados de graça.

— Que horas, Joel?

— Sete.

Exalei um longo suspiro.

— Vejo você então.

CINCO

Ele me deu um sorriso radiante.

— É por isso que eu te amo. — Ele estendeu as mãos e apertou meu peito, e eu dei um tapa para afastá-lo, me soltando de seu abraço para ir até a minha garagem.

— Vejo você esta noite, Rainey. Não se preocupe com roupas. A menos, claro, que seja alguma peça de couro sexy com buracos nos lugares certos.

Balançando a cabeça, entrei em casa e deparei com Rowan sentado no meu sofá, à minha espera. Eu nem tinha percebido que ele tinha vindo pra cá, ao invés de seguir para a casa dele.

— Sobre o que vocês estavam conversando?

Coloquei as chaves em uma mesa lateral e me sentei na cadeira de frente para ele.

— Como assim?

— Não banque a estúpida, Rainey. Pode funcionar com outras pessoas, mas não funciona comigo. Sobre o que você estava falando com Joel?

Rowan deixou o cabelo crescer, as pontas cobrindo os ombros, a parte da frente penteada para trás. Eu queria enfiar meus dedos pelos fios sedosos.

— Ele me convidou para uma festa hoje à noite.

Praguejando baixinho, ele desviou o olhar para a janela, o azul ficando mais intenso e brilhante pela luz suave do sol.

— Quanto eles vão te pagar?

— Eu não acho que isso seja da su...

— Quanto? — Seu olhar encontrou o meu, a mandíbula cerrada, a barba escura fazendo com que suas bochechas parecessem mais encovadas do que realmente eram.

— Duzentos.

— Vou te dar esse valor para ficar em casa.

Rowan tinha estado no limite por semanas ao meu redor, mas essa agressividade, de repente, me surpreendeu.

— Por que você tem tanto dinheiro com você?

— Não se preocupe com isso. Basta pegar e ficar em casa.

— Não vou aceitar o seu dinheiro.

Seu sorriso era selvagem, raivoso.

— Por quê? Meu dinheiro não é tão bom quanto o de Joel?

— Não, mas eu não ganhei...

— Então transe comigo para merecer! Eu não me importo com o que tenho que fazer para que você aceite essa porra. Eu não quero você naquela festa esta noite. Duzentos? Ou suas taxas aumentaram ou Joel está planejando que você durma com vários caras. Eu não suporto assistir essa merda, Rainey!

Eu não responderia o seu ataque de raiva. Aprendi minha lição sobre isso. Mantendo a voz calma, eu o lembrei:

— Não estamos juntos, Rowan. Você está com Megan. Já disse isso mil vezes. O que escolho fazer com meu corpo é decisão minha.

Ele se levantou como se planejasse avançar para cima de mim, parando de repente, cerrando a mão em punho e relaxando em seguida. Virando-se, ele caminhou até a janela da frente para olhar para o mato alto no quintal, sua voz muito calma para o que ele devia estar sentindo.

— Já te ocorreu que eu não quero você na minha casa?

Algo que Joel disse veio à mente e, como a idiota que eu era, repeti:

— Não é minha culpa que você se apaixonou por mim, Rowan. Eu te avisei para não fazer isso.

— Me avisou? — Ele riu. — Sim, você me avisou direitinho com seu maldito corpo sobre o meu e sem esperar nada em troca por isso. Você percebe que eu sou o único?

— O quê?

Virando-se apenas o suficiente para olhar para mim, a boca de Rowan se contraiu em um sorriso malicioso, seus olhos brilhando.

— Eu sou o único que você fodeu sem ser pago por isso. Seja com drogas ou dinheiro, não importa. Não. Você *me* queria, só a mim.

Silencioso por um momento, ele desviou o olhar.

— Eu faço dezoito em dois dias. Podemos sair daqui, Rainey. Tenho um plano e dinheiro para nos manter por um tempo.

— Como?

— Como não é importante. Posso cuidar de você, como prometi. Eu posso te amar e te proteger. E é como eu sempre disse, Rainey, vou te encontrar.

Rowan e Rainey para sempre...

Todas essas promessas, como se estivessem gravadas em seu coração no dia em que as fez, no dia em que o levei ao seu quarto pela primeira vez para mostrar o que significava amar uma mulher...

— Rowan, venha aqui.

Sua mão cerrou em um punho contra a janela, os olhos agora fechados. Ele estava resistindo tanto quanto me implorando retribuir tudo o que oferecia em suas promessas.

— Venha aqui — insisti, minha voz suave, tão reconfortante quanto eu poderia fazer. Ele gostava quando eu falava baixinho. *Como uma canção de ninar*, ele disse uma vez.

Praguejando baixinho, ele se afastou da janela e veio até onde eu estava, ajoelhando-se aos meus pés. Cabisbaixo, ele não conseguia olhar para mim, sua postura remetendo à de um homem que havia perdido a vontade de lutar.

Destruído...

Não havia outra maneira de descrever o que fiz com ele. Como um touro em uma loja de porcelana, eu o atropelei, meus chifres apunhalando seu coração enquanto meus cascos pisavam e esmagavam cada pedaço de força e bondade que ele possuía. E aqui estava eu, fazendo isso de novo, minha debandada ainda não havia sido suficiente.

Deslizei meus dedos pelo seu cabelo. Como seda, ele se enroscou na minha pele, tão macio. Seus ombros tremeram no exato instante em que o toquei.

Era como domar um animal selvagem. A gente sabe que ele tem a capacidade de nos rasgar em pedaços com garras afiadas e dentes à mostra, mas nos sentimos poderosos pelo seu amor e obediência.

Rowan me fez sentir poderosa. Ele me fez acreditar que eu valia mais do que aquilo em que me tornei.

Era uma pena que minha história nunca tenha valido o papel em que foi escrita. Ninguém se preocupa com garotas como eu. Estamos perdidas nas sombras, jogadas de lado e esquecidas por um mundo que só deseja ver beleza, inteligência e fortuna.

— Olhe para mim.

O mundo pode não se importar em me ver, mas Rowan, sim. Ele inclina a cabeça para trás e nossos olhares se encontram. Azul cintilante, aqueles olhos me enxergaram desde o dia em que nos conhecemos. Só a mim, sua Rainey Summer Day, a garota que o arruinou no minuto em que se mudou para a casa vizinha.

— Eu quero te amar — eu disse —, e de muitas maneiras, eu amo. Mas é porque te amo que tenho que te afastar. Você não vai conseguir entender isso agora. Algum dia, você vai. Eu só vou te machucar. Vou arrastar você para a lama comigo porque minhas escolhas são as piores possíveis. Eu escolho fazer o que faço na sua casa. Eu escolho transar com homens pelo que posso obter deles. Essa sempre foi minha escolha. Vou fazer de novo esta noite. Bem ali na sua frente. E vou cobrar meu dinheiro enquanto seu coração se parte, se você decidir chafurdar na lama comigo ao assistir tudo.

— Eu estarei lá esta noite — disse ele, entredentes. — Assim como Megan. E Angel também.

Arqueei as sobrancelhas, em total surpresa.

Rowan sorriu, a expressão amarga.

— Aaah... Joel não te contou essa parte? Ele não pretende ficar com você, ele está agindo como seu cafetão, porra.

— Não sei o que dizer sobre isso.

— Diga não.

Balançando a cabeça, afastei o cabelo que havia caído sobre seu rosto.

— Mesmo assim, eu vou. Ainda estarei lá esta noite.

As pontas de seus dedos roçaram a parte de trás das minhas panturrilhas. Um arrepio percorreu meu corpo com seu toque. Cada vez que prometia a mim mesma que seria a última vez com ele, eu era atraída novamente.

— Rowan, me tocar é perigoso.

Com as mãos travadas logo abaixo dos meus joelhos, Rowan abriu as minhas pernas o suficiente para beijar a parte interna da minha coxa.

— Eu não me importo — ele disse, contra minha pele.

Em um sussurro, admiti:

— Você sabe que não vou te recusar. Vou fazer amor com você aqui e agora, mas hoje à noite, vou transar com aqueles homens para ganhar o dinheiro que Joel me prometeu. Você pode lidar com isso?

— Não.

— Então pare de me tocar.

— Não.

Suas mãos subiram pelo topo das minhas coxas, mais alto até que ele estava abrindo o botão do meu short.

— Eu preciso disso, Rainey. Preciso de você.

De certa forma, eu também precisava dele.

— Vá se sentar no sofá, baby, deixe-me te agradar então.

Olhos azuis se conectaram aos meus quando ele segurou minha bochecha com carinho. Eu o encarei de volta, completamente rendida a ele. Não havia mentiras entre nós, nenhum engano. Só nós.

Levantando-se, Rowan agarrou minha mão e me conduziu pela sala até o sofá. Ele se sentou e tirou a camisa, desabotoou a calça e empurrou o jeans e a cueca até os tornozelos. Ele já estava duro. Sempre pronto quando era para mim.

Seguindo seu exemplo, tirei a blusa, deslizei minha calcinha e short pelas pernas e chutei tudo para longe, amando o jeito com que ele me adorava com o olhar, como se jurassem que nunca haviam visto algo mais bonito do que eu.

Segurando minha bunda enquanto eu o montava, Rowan observou o ponto em que nossos corpos se juntaram, uma das minhas mãos em seu ombro enquanto a outra o segurava no lugar enquanto eu afundava, tomando cada centímetro dele lentamente.

Sua cabeça tombou para trás, meu nome rolando em seus lábios em uma prece. Inclinando-me para frente, dei um beijo em seu coração, arrastei meus lábios por seu pescoço e ao longo da linha de sua mandíbula forte. Ele virou o rosto no último segundo, pegando minha boca com a dele. Nossas línguas dançaram quando comecei a me mover. Nossos hálitos se misturaram. Nossos corpos sempre se encaixavam com perfeição.

Agarrando as bochechas da minha bunda, ele me guiou no ritmo que queria, completamente perdido no ato.

Passei meus braços sobre seus ombros e esmaguei meu peito contra o dele, enterrando meu rosto em seu pescoço enquanto nossos corpos se moviam juntos.

— Rainey — ele sussurrou, as mãos firmes em meus quadris, ainda me movendo do jeito que queria. — Eu nunca vou me cansar disso. De você.

Disse a mim mesma que seria a última vez, sem entender que estava zombando do destino com o pensamento.

Nós dois gozamos naquele sofá, nossos orgasmos cronometrados, corpos em sintonia. E quando terminamos, agarrei-me a ele por vários minutos, sabendo que o esmagaria no decorrer de várias horas, sabendo que assim que o deixasse ir, voltaria a ser a vagabunda que sempre fui.

Rowan sabia disso também, implorando-me pela última vez para ficar em casa antes de ir embora.

O sol se pôs enquanto eu me vestia para poder ir até a casa vizinha, a música já se infiltrando em meu quintal à medida que as pessoas chegavam na tal festa. Olhando no espelho, passei as mãos pelo vestido preto apertado que peguei emprestado do armário da minha mãe. As costas ficavam expostas quase até a minha bunda, a frente aberta entre meus seios para revelar as curvas.

Calçando um par de saltos, deixei o cabelo solto, as pontas roçando minha cintura. Eu estava pronta para ganhar algum dinheiro.

A temperatura lá fora despencou rapidamente. O gelo já cobria a grama e me arrependi de não ter pegado um casaco. Acelerei meus passos e escorreguei, quase caindo de bunda na garagem deles.

Assim que entrei na casa de Rowan, a tensão me envolveu. Assim como Rowan havia dito, Megan e Angel estavam sentadas em um dos sofás, ambas me encarando ao mesmo tempo.

— Ah, que ótimo, a prostituta está aqui. — Os olhos de Angel se estreitaram, seus lábios se curvando em um sorriso de escárnio. — Ou você é uma stripper esta noite, Rainey? De qualquer forma, acho que a festa pode começar agora. Todos façam fila.

Enrijeci a postura e a ignorei. Mas então foi a vez de Megan me surpreender:

— A última vez que a vi, todo mundo estava encarrilhado num trenzinho pra comer a vadia. Daí ela veio atrás de Rowan, chorando, porque a mãe tinha morrido.

— Ei! Que porra é essa, Megan?

Rowan estava no final do corredor. Ele entrou bem a tempo de ouvir o comentário de sua namorada.

— Está tudo bem, Rowan...

— Não, não está. — Olhando para Megan, a raiva de Rowan foi ofuscada por alguns homens parados na cozinha, suas vozes se elevando em vaias e gritos quando notaram minha presença. Imaginei que Joel tenha contado qual era o motivo de eu estar lá.

— Inferno, puta que pariu, gata. Vá em frente e tire tudo isso.

Eu precisava de uma bebida... ou dez. Esta noite já estava sendo uma merda.

Passando por Rowan, não ousei encará-lo. Eu estava lá com um propósito, que eu cumpriria porque precisava do dinheiro. Sorrindo docemente enquanto entrava na cozinha, peguei a garrafa de bebida que Joel me entregou e tomei um longo gole, os caras ao meu redor observando e sussurrando elogios aos meus peitos e bunda. Eu não reconheci nenhum deles. Além de Joel e Jacob, havia quatro parados ao redor.

Atrás de mim, Rowan estava discutindo com Megan e Angel. Tentei não prestar atenção. Eu tinha um trabalho a fazer.

A batida pesada da música ajudou a abafar suas palavras, e eu me aproximei de Jacob.

— Vamos fazer isso.

Ele sorriu e me entregou um baseado.

— Cuidado com isso — ele avisou. Está misturado com algo especial.

— *Sério, Rowan, olhe para ela. Ela é uma puta, porra...*

Ainda assim, eles discutiram, e eu apenas provaria que as duas mulheres estavam certas. Jacob não estava mentindo sobre a erva estar mesclada com alguma coisa. Instantaneamente, me senti solta, meus olhos ligeiramente desfocados, a batida do meu coração ressoando como um tambor na minha cabeça.

Jacob se inclinou.

— Você já está sentindo isso?

— Sim... — Acenei, pelo menos achava que tinha acenado com a cabeça. Eu me senti quente por toda a parte, o corpo formigando.

— Dê outra tragada, Rainey. Enrolei isso especialmente pra você. Você vai precisar.

— *Diga outra palavra sobre ela e eu juro que vou...*

— Calem a boca aí, beleza? — Joel foi até a sala para interromper a discussão. A voz de Rowan estava agitada, nervosa. Todos nós sabíamos que ele era capaz de acabar com esta festa se ficasse com raiva o suficiente.

— *Ei, ei, ei, senhoras e senhores. Não há razão para brigar...*

A sala girou enquanto Joel tentava acalmar a todos.

— Está pronta? — Jacob sussurrou em meu ouvido.

— Sim. — Olhando para cima, vi os quatro homens estranhos me observando, seus olhos cheios de necessidade.

— Quem é o primeiro? — Jacob chamou. — Você, seja qual for o seu nome, leve-a para os fundos. Segunda porta à direita.

Jacob nem mesmo sabia quem eram esses caras. Isso me preocupou. Mas dinheiro era dinheiro, e eu estaria muito ocupada para ouvir Rowan e Joel discutindo na sala de estar. Isso tinha que contar para alguma coisa.

Uma mão quente agarrou a minha, me puxou pelo corredor e para o quarto de Jacob.

Foi aqui que tudo começou para mim, há três anos. Eu concordei em transar com um cara em troca de um baseado e, com o passar do tempo, me vi neste momento em que estava transando com estranhos por dinheiro.

Eu não tinha certeza de como tudo tinha acontecido.

O cara estava falando comigo, mas eu não estava prestando muita atenção no que ele dizia. Eu estava muito preocupada com a discussão na sala de estar. Muito preocupada com o que Rowan faria.

Ele me empurrou na cama, tirou meu vestido e começou a brincar com meus seios. Fechei os olhos, incapaz de olhar para ele. Ele continuou falando, mas eu não estava nem aí. Tudo acabaria em breve e eu poderia ir para casa.

O homem nem ao menos se incomodou em tirar meus saltos. Acho que ele preferiu que eu continuasse usando. Ele abriu minhas pernas, puxou-me para a beira da cama e me penetrou, me segurando pelos quadris. Minha cabeça tombou para trás, meus olhos fechados enquanto eu flutuava com o vento. O que quer que Jacob tenha me dado era forte.

— *Pega essa vadia, tudo isso...*

Seus quadris continuaram se movendo e eu flutuei de volta ao dia em que conheci Rowan. Seus olhos eram tão grandes e azuis, seu sorriso amigável. Ele queria tanto parecer mais velho do que era.

— *... Posso fazer o que eu quiser. Não posso?*

O homem me virou, se enfiando na minha bunda. Ele não foi nem um pouco gentil. Não tão cuidadoso quanto Paul, mas não tão rude quanto Frankie. Eu seria capaz de andar.

— *Porra, sim...*

Eu me odiaria pela manhã. Meus dedos se enrolaram no cobertor de Jacob, meu corpo balançando para frente, a cama rangendo embaixo de mim. Dez segundos. Este homem terminaria em dez.

— *Porra!*

Ele terminou. Eu poderia ter usado um cronômetro para comprovar que estava certa.

Próximo. Outro estranho.

Usando uma toalha, ele me limpou. Afinal, essa era a regra. Ouvi o homem fechar o zíper da calça e sair, ouvi outro entrar no quarto e fechar a porta. Rolando sobre o colchão, me sentei e olhei para ele com os olhos turvos.

— Brinque com seus seios enquanto você me chupa.

O que quer que o cliente queira, certo? Eu o levei em minha boca enquanto ele bombeava o eixo, minhas mãos moldando e apertando meus seios.

Do lado de fora, as vozes se tornaram mais altas. Vidro quebrando, um baque pesado seguido de gritos. O homem parou o que estava fazendo e se virou para a porta.

Joel entrou.

— A festa acabou, cara.

— O quê? Eu não terminei.

— Enfie esse pau de merda na calça e dê o fora. Meu irmão quase matou seu amigo por se gabar do que está acontecendo aqui como um idiota. Dê o fora daqui.

CINCO

Rowan...

O estranho saiu do quarto e Joel pegou meu vestido do chão.

— Rainey, gata, você causou alguns problemas esta noite. Angel acabou de sair. Acho que ela terminou comigo, e Rowan está perdendo a cabeça por você. Seu cachorrinho não aguenta isso. Está me ouvindo?

Minha cabeça pendeu, eu estava muito chapada.

— Filho da puta. O que Jacob deu a você?

Joel levantou meus braços, um de cada vez, para me ajudar a colocar o vestido. Depois que eu estava decente, ele passou meu braço por cima do ombro e me levantou. Meus tornozelos cederam na mesma hora.

— Rainey, tire os sapatos. Você não consegue andar com eles agora.

Fiz o que ele disse e fui levada para fora do quarto e até a sala de estar. Foi uma péssima idéia. Rowan olhou para mim e isso só o deixou mais puto da vida. Todos tinham saído, exceto Megan, que estava chorando no sofá.

Colocando-me na poltrona reclinável, Joel se afastou para que Rowan pudesse olhar para mim. Os nós dos dedos dele estavam ensanguentados, seu dedo pressionou sob meu queixo para que ele pudesse inclinar minha cabeça para cima.

— O que vocês dois deram a ela?

— Cara, está tudo bem.

Megan continuou a chorar.

Outro homem saiu do corredor. Eu me virei para olhar para ele. Não o reconheci como um dos quatro.

— Rowan, você pode me dar uma carona para casa? Alguém acabou de me ligar do trabalho. Esqueci que deveria entrar hoje à noite.

Afastando-se de mim, Rowan pegou suas chaves. Ele estava zangado demais para dirigir. Eu sabia.

— *Eles vão sentir o cheiro de álcool em mim...*

— *Eu tenho uma escova de dente extra...*

Rowan e o cara se afastaram para ir embora. Eu precisava detê-los. Precisava impedir Rowan.

— Joel... — acho que disse o nome dele.

— Você é uma vadia, sabia disso?

Minha cabeça tombou para a direita. Megan estava olhando para mim, com lágrimas escorrendo pelo rosto.

— Nada disso teria acontecido se você pudesse manter suas malditas pernas fechadas.

— O que aconteceu?

A porta da frente se fechou e Megan começou a chorar ainda mais, enterrando o rosto entre as mãos.

Fechei os olhos, desejando que a sala parasse de girar por apenas um segundo, apenas o tempo suficiente para eu me levantar. Quando um instante depois eu consegui sentir minhas mãos novamente, bem como os dedos dos pés, abri os olhos.

— Joel!

— Rainey...

Ele estava na cozinha, às minhas costas. Consegui me levantar da cadeira e tropecei.

— Você tem que evitar que Rowan dirija.

As sobrancelhas de Joel franziram.

— Droga, você apagou geral. Ele saiu há quase uma hora.

— Quem era o cara com ele?

Ele deu de ombros.

— E eu lá sei, porra? Um de seus amigos. Nunca conheci o garoto antes. — Ele fez uma pausa e olhou para mim. — Você está se sentindo bem?

Eu estava preocupada, mas fora isso, estava voltando a mim.

— A festa não acabou, Rainey. Venha comigo.

Não tenho certeza de como não notei o que estava acontecendo no sofá quando acordei, mas quando Joel voltou comigo para a sala de estar, vi Megan montada no colo de Jacob, as mãos dele em sua bunda enquanto ela beijava seu pescoço.

— O que...

— Shhhh... — Joel passou os braços ao meu redor, por trás, nós dois de pé e próximos da poltrona. — Megan tem estado em cima de Jacob nos últimos vinte minutos. Acho que ela terminou com o seu filhotinho.

Eu deveria ter dito a ela para parar, deveria ter dito algo, mas sabia que esse seria o fim do relacionamento dela com Rowan.

Eu faço dezoito em dois dias. Podemos sair daqui, Rainey. Eu tenho um plano e tenho dinheiro para nos manter por um tempo...

Seria possível? Rowan realmente seria capaz de me tirar daqui?

As mãos de Joel se moveram sobre o meu vestido, e se enfiaram por dentro do decote, para segurar meus seios.

— Você ainda quer aquele dinheiro?

Assentindo, observei Megan deslizar do colo de Jacob para se ajoelhar entre suas pernas. Ela desabotoou a calça dele, puxou-o para fora, um sorriso desleixado em seu rosto antes de sua boca se enrolar sobre o pau dele

CINCO

e sua cabeça balançar sobre seu colo.

Jacob sorriu e deu uma tragada, a mão livre segurando um punhado do cabelo da garota.

Eu deveria ter tentado impedi-la.

Meu vestido foi levantado até o quadril.

— Segure-se nas costas da cadeira, Rainey.

Joel estava dentro de mim então, seus quadris se movendo contra mim em um ritmo quase perfeito e sincronizado com o movimento da cabeça de Megan.

Cinco minutos podem ter se passado, a sala silenciosa, exceto pelo som úmido da boca de Megan e minha pele colindo com a de Jeol que me comia por trás.

Um barulho alto ocorreu do lado de fora, como um tiro ou uma bomba. Dentro de um minuto, o horizonte ao longe se iluminou com um brilho vermelho, como fogo subindo no céu.

Todas as nossas cabeças se voltaram para a janela.

Foi Joel quem falou primeiro:

— Que porra foi essa?

Ele continuou se impulsionando dentro de mim enquanto eu observava o brilho. Jacob fez com que Megan voltasse a chupá-lo.

— Este bairro nunca tem um momento tedioso.

Mais vinte segundos...

Eu sabia que Joel estaria terminando então.

Como um cronômetro, eu poderia marcar certinho o tempo que ele levaria para terminar.

Justin

Presente

Foi nesse momento que entendi a máscara que Rainey usava. Ao conhecê-la pela primeira vez, você acreditaria que ela é fraca, teria pena de sua falta de inteligência, sentiria vontade de abrigá-la sob sua proteção, porque certamente uma mulher tão vitimizada como ela só seria varrida pelas crueldades deste mundo se alguém não estivesse lá para salvá-la.

No entanto, ouvindo-a contar sua história, observando sua linguagem corporal enquanto contava todos os detalhes horríveis, você podia ver, sob a superfície delicada, o aço residindo logo abaixo de sua pele.

Ela era bonita. Total e assustadoramente bela. Sedutora, tão sinuosa que Rainey me dava voltas com seu relato, sua consciência vagando por trilhas e meandros que levavam a um lugar desconhecido. Mesmo assim, acompanhei cada uma de suas palavras, catando-as enquanto a seguia, como se fossem migalhas de pão que ela deixava cair em seu caminho.

Rowan estava certo ao comparar sua voz a uma canção de ninar. O tom profundo e reconfortante, a rouquidão sedutora, o fluxo suave de palavras, todas se misturando até hipnotizarem o ouvinte. Era como ficar preso, sendo levado ao estado de estupor, como se estivesse fora do corpo, distante, enquanto os olhos apenas viam sem enxergar verdadeiramente.

Quando ela acabou de me contar sua lembrança da noite em que Rowan morreu, eu encarava, pelo outro lado da sala, um par de olhos azuis hipnóticos, lábios carnudos movendo-se sobre cada palavra de partir o coração e que trouxe suas memórias à tona.

Eu queria confortá-la. Protegê-la. Arrancá-la de um mundo que a tratou mal, para que suas escolhas estúpidas não a punissem mais.

— Como está aí, doutor? Parece que você quer chorar.

Chorar ou bater em alguém, eu não tinha certeza. Era uma pena que cada um daqueles bastardos estivesse morto. Eu mesmo teria adorado colocá-los abaixo de sete palmos do chão.

— Como consegue conviver com si mesma, Rainey? Como segue em frente depois de tudo o que aconteceu?

Perguntas horríveis vindas de um psicólogo. Era meu trabalho lembrá-la de que ela poderia continuar. Meu trabalho era ensiná-la a lidar com o passado e olhar para um futuro que poderia ser mais brilhante. Nisso, eu estava falhando.

Seu dedo traçou um caminho em seu pescoço, seus olhos encontraram os meus enquanto seus lábios se curvavam nos cantos.

— Acho que tenho que pensar que as coisas não podem piorar mais, não é? O fundo do poço é o mais baixo que uma pessoa pode ir, certo? Bem, eu nasci lá.

Suavemente, ela acrescentou:

— Não há outro lugar para ir, exceto para cima.

Sua mão tremia quando ela ergueu um copo d'água, seus lábios envolvendo a borda. Ela não era tão forte quanto eu pensava. O copo escorregou e a água salpicou a frente do vestido, a saia e a almofada abaixo dela.

— Merda.

— Vou pegar algo para limpar isso.

Coloquei a caneta e o bloco de notas de lado, peguei algumas toalhas de papel da cozinha e as entreguei a Rainey. Enquanto ela enxugava o vestido e a almofada, sentei-me ao seu lado.

— Não é sua culpa que Rowan morreu. Eu sei que você pensa isso, mas depois de ouvir o que aconteceu naquela noite, eu não concordo.

Abanando a parte de cima do vestido, Rainey não conseguiu conter as lágrimas que escorreram pelo rosto.

— Se eu tivesse apenas ficado em casa, se apenas tivesse ouvido o que ele disse e não tivesse concordado com Joel, Rowan não estaria na estrada naquela noite.

— Era o amigo dele, Rainey. Parecia que o homem que ele levou para casa era alguém que o conhecia e havia sido convidado a estar lá. Independente do que você estava fazendo, Rowan poderia tê-lo levado para casa de qualquer maneira. Teria batido o carro de qualquer maneira.

— Sim, mas ele não teria ficado tão bravo. As pessoas dirigem como maníacas quando estão loucas.

Inclinando-me, afastei o cabelo de seu rosto que tinha grudado na pele por causa de suas lágrimas. Não pensei no que estava fazendo; foi simplesmente um instinto de tocá-la, para confortar uma mulher que se culpava por uma circunstância que estava fora de seu controle.

Ela se inclinou para o meu toque, seu olhar brilhante erguendo para me encarar.

— Eu causei isso, Justin. Você não entende? Você não vê?

Sua pele era tão macia contra minha palma, quente e convidativa. Ela era um pequeno pássaro que havia caído do ninho, tão insanamente vulnerável e perdida que me perguntei se ela algum dia voltaria a encontrar o seu caminho.

Eu não estava pensando. Estava agindo por impulso que fechou o mundo e me trancou em um momento a sós com essa linda garota.

— Justin?

Meu nome em seus lábios era cativante, cílios escuros abanando a pele pálida quando ela fechou os olhos e os abriu novamente.

Outra piscada, a inocência mascarando cada osso promíscuo dentro dela. Se eu não afastasse minha mão agora, estaria quebrando todos os limites profissionais projetados para evitar que erros como esse acontecessem.

— Você acha que é possível mudar? Para me tornar alguém melhor?

Minha palma ainda estava colada cm sua bochccha, o polegar acariciando a pele enquanto ela se inclinava ainda mais para o meu toque. A frente de seu vestido grudou em sua pele não deixando nada para a imaginação, a saia embolou na curva de seus quadris. Um pouco mais alto e eu seria capaz de ver...

— Justin?

Meu olhar se arrastou para cima, um aceno de cabeça.

— Sim, acho que você pode.

Era tarde demais. Ela percebeu, seus lábios se separaram apenas o suficiente para que eu pudesse ver o brilho de seus dentes. Então, ela sussurrou:

— Você acha que eu poderia ser o tipo de garota que você gostaria?

A pergunta deveria ter me feito sair daquele sofá, deveria ter me levado para o canto oposto, deveria ter me enviado correndo para a porta. Muito fundo. Eu estava profundamente enfiado naquilo tudo.

Ela se inclinou para frente e meus olhos pousaram em seus seios novamente. Eu não estava pensando, não estava respondendo da maneira que deveria. Era inebriante, este momento, por quão errado realmente era.

Os lábios de Rainey roçaram os meus, e eu abaixei a mão, meus braços sem vida ao lado do corpo. Eu deveria tê-la empurrado, deveria tê-la impedido. Em vez disso, meu corpo ficou imóvel quando ela mordeu meu lábio inferior e colocou sua boca cheia sobre a minha.

— Rainey... — adverti, mas sem nenhuma força de vontade. Eu mal conseguia respirar, enquanto ela pressionava seu peito contra o meu e montava no meu colo.

Suas mãos seguraram meu rosto, os lábios se separando, a língua traçando ao longo da minha boca com toques vibrantes e sedutores. Ainda assim, não movi minhas mãos, porque no instante em que fizesse isso...

Meus lábios se separaram e sua língua deslizou sobre a minha, seus quadris rebolando tão lentamente que cada músculo do meu corpo tensionou.

Limites profissionais que se danem.

A frente da minha camisa estava úmida por causa de seus seios pressionados contra o meu peito. Não queria pensar no que estava acontecendo na minha calça. Ela sabia, porém, seu corpo se esfregando contra o meu pau, uma foda lenta por cima das minhas roupas.

Afaste-a...

O pensamento estava lá, bem ali, bem na frente da minte. Finalmente, levantei as mãos para fazer exatamente isso e agarrei sua cintura. Ela gemeu em minha boca, o som inebriante.

No instante em que seus lábios se afastaram dos meus para que ela pudesse pressionar beijos ao longo do meu queixo, consegui falar alguma coisa, mesmo que minha voz estivesse rouca, áspera e vacilante:

— Não deveríamos estar fazendo isso.

Ela colou a boca contra o meu ouvido.

— Eu não deveria ter feito muitas coisas. — Pura maldade, esse som. Ofegante, rouco, primal.

Suas mãos deslizaram para baixo, meus dedos agora cravados em seus quadris se contorcendo. Ela se movia lento, tão incrivelmente lento...

— Rainey...

Deslizando minhas mãos por suas coxas, eu me sentia à beira de um precipício. Eu poderia parar com isso agora. Ir embora. Pegar minhas coisas e dar o fora dali.

Ela enfiou os dedos no meu cabelo, sua boca encontrando a minha novamente, minhas mãos apertando sua pele, em uma tentativa débil de impedir o movimento de seus quadris.

Nosso beijo se aprofundou, as mãos subindo por suas coxas até que travaram na dobra de seus quadris. Ela se moveu acima de mim, dançando uma música lenta que eu não conseguia ouvir. Meus dedos roçaram sob sua saia, a tentação a poucos centímetros de onde a segurava, as bordas recortadas de sua calcinha guiando para o caminho da perdição. Acompanhei a costura, desejando parar, desejando...

Seu gemido foi o chamado de uma sereia, puro prazer naquele som, antecipando o momento de prazer quando meus dedos explorassem entre suas pernas, apenas alguns centímetros. Porra... ela está encharcada...

Afastei as mãos, agarrei-a pela cintura e a fiz sentar-se de volta contra o sofá, meu próprio corpo se erguendo e colocando vários metros de distância entre nós. Com os olhos fechados, tentei ignorar as batidas do meu coração, o desconforto na minha calça, minha respiração ofegante.

— Justin?

— Não podemos fazer isso, Rainey. Sinto muito, mas não podemos. — Minha voz soou agoniada, o sangue fluindo rápido na minha cabeça como um trovão.

Ela ficou em silêncio por um minuto. Recusei-me a olhar para ela. Incapaz de controlar as lágrimas ou uma expressão rejeitada, mantive os olhos fechados, desejando que meu corpo se acalmasse. Isso não poderia acontecer. O pensamento só me fez querer mais.

— Sou eu, não é? Por causa de tudo que fiz? Não há como desfazer minhas escolhas, não é?

Embora isso devesse ser verdade, embora seu estilo de vida devesse ter me incomodado, esse não era o problema que circulava em minha mente.

— Estou entrevistando você como uma possível testemunha em uma investigação de assassinato. Não podemos ter relações sexuais.

Abrindo os olhos, deparei com seu olhar, confusão franzindo sua testa.

— Mesmo se eu fosse uma vítima?

— Mesmo assim. Principalmente por isso. Eu me recuso a vitimizá-la ainda mais.

Ela deu um sorriso tímido.

— Não sei o que você considera vitimizar uma pessoa, mas não foi isso que acabamos de fazer. Pelo menos, não vejo dessa forma. Eu gosto de você.

Era por isso que eu precisava dar o fora dali. Tomar um banho frio. Rever minhas anotações e bolar um plano para encerrar esta entrevista.

— Devíamos parar por hoje, Rainey. Podemos começar de novo amanhã.

CINCO

A exaustão me perseguiu, um medo profundo fungando no meu cangote, se esgueirando por todos os cantos da minha mente, sussurrando que *algo não está certo, as peças não estão se encaixando.* Coloquei a culpa na história, uma série de eventos que não deveriam ter sido reais.

De muitas maneiras, Rainey estourou a bolha da minha vida normal e protegida, levantou o véu e me revelou um mundo que era cruel e assustador. Talvez fosse este o motivo do meu fascínio. Talvez tenha sido desse jeito que essa garota se enredou em meus pensamentos, um vírus infectando cada momento de vigília, me perseguindo em um sono agitado.

Algo não estava combinando.

— Eu preciso ir embora, Rainey. Vejo você amanhã.

O silêncio se prolongou enquanto eu recolhia minhas coisas, e quando estava quase alcançando a porta, Rainey gritou:

— Ei, doutor?

Com a cabeça baixa, debati internamente se continuava andando e fingia não tê-la ouvido, ou se parava. Respirei profundamente. Então me virei e deparei com seu olhar. Lamentei tanto o fato de tê-la afastado quanto o de não ter feito isso rápido o suficiente. Sua teia havia sido tecida e eu era a mosca pendurada no último fio delicado.

— Será que o fato de eu ser uma vítima continuará a me tornar uma para o resto da vida?

— Não entendi o que quis dizer com isso...

Pela primeira vez desde que a conheci, o rosto de Rainey era uma máscara em branco, indecifrável, seus pensamentos pertenciam somente a ela.

— Você disse que não podíamos fazer o que estávamos fazendo porque sou uma vítima. Mas isso não me vitimiza ainda mais? Não é apenas mais um bloqueio na estrada me impedindo de seguir em frente?

Exalei lentamente um suspiro.

— Eu estaria me aproveitando de você se permitisse que isso fosse além.

Seus lábios se curvaram nos cantos.

— Ninguém se aproveitou de mim, Dr. Redding. Isso eu posso te garantir.

Franzi o cenho e inclinei a cabeça.

— Boa noite, Rainey.

Foi um alívio escapar daquela casa, o ar fresco da tarde passando por mim, clareando minha mente em relação às últimas horas nubladas. Querendo correr, controlei meu ritmo entre a porta da frente e o carro. Com a porta aberta, joguei o bloco de notas no banco do passageiro quando uma mão bateu no capô ao lado da minha cabeça.

Uma arma poderia ter sido disparada perto da minha orelha e o ruído não teria sido tão alto.

— Jesus! — Eu me assustei e me virei, coração acelerado, meus pés imediatamente se afastando.

O homem do outro lado da rua, o mesmo que estava observando Rainey por dois dias, ficou me encarando com um sorriso malicioso no rosto.

— Ela está aberta para negócios de novo? — Ele inclinou o queixo em direção à casa.

— Como é...? — Muito abalado por sua proximidade e a maneira como chamou minha atenção, eu não entendi bem o que ele disse.

— Rainey. Dizem que ela cede por um pouco de dinheiro. Imaginei que, como os vizinhos se foram, ela poderia precisar de grana. Não é por isso que você vem aqui todos os dias?

Ele sorriu, com a cabeça inclinada para o lado.

— Quer dizer, o dia todo? Ela deixa você ficar por tanto tempo? Normalmente é umazinha e pronto, como a maioria das garotas, mas se ela está disposta a dar gostoso por algumas horas, parece que vale a pena para mim. Posso sentar e assistir um filme enquanto ela me masturba, saca? Assistir a algum jogo de futebol enquanto pego ela por trás.

Seu sorriso era lascivo, um esgar arrogante nos cantos que revirou meu estômago tanto quanto me fez ficar revoltado.

Tomando um segundo para olhar para ele, notei o jeans sujo, a camiseta preta esfarrapada, a barba por fazer sombreando as bochechas e queixo. Além de sua boca, não pude ver muito de seu rosto; a aba do boné puxada para baixo cobria sua expressão.

— Quanto você está pagando a ela? Acha que com vinte consigo molhar meu pau?

Com um golpe de um polegar sobre o lábio inferior, ele se encostou no meu carro, me impedindo de fechar a porta.

Minha mandíbula estava tensa de fúria, não apenas pelo que ele disse sobre Rainey, mas também por me bloquear para ir embora.

— Não é por isso que estou aqui. E, não, ela não está fazendo nada por dinheiro, que eu saiba.

— Ah, é? — Outro sorriso malicioso. — Isso é engraçado, porque qualquer pessoa pode ver tudo o que se passa naquela casa através das cortinas abertas. E, por acaso, eu estava passando e a vi se esfregando no seu

CINCO 179

pau, a boca dela na sua.

    Olhei para trás. O homem não estava mentindo. Dava para ver toda a sala de estar.

    — Ela parecia estar empolgadaça. Sabe o que quero dizer? Só pensei que ela poderia estar a fim de mim também.

    Ele me examinou de cima a baixo e riu baixinho.

    — Posso abalar o mundo dela, na verdade. Se é com você que tenho que competir... — Ele agarrou a virilha, e cerrei minha mão.

    Medi-lo da cabeça aos pés não foi assim tão agradável. Ele era pelo menos uns cinco centímetros mais alto que eu, os ombros eram largos e fortes, seus bíceps avantajados quase arrebentavam a manga curta da camiseta. Ele estava em tão boa forma quanto eu, isso se não estivesse melhor.

    Em voz baixa, ele acrescentou:

    — Você deveria vir tarde da noite. Ela nunca fecha as cortinas e, quando escurece, fica com as luzes acesas, e é isso aí. A mulher adora andar pra lá e pra cá peladona, mas quem pode culpá-la, né? Com um corpo daqueles, até eu ficaria pelado o tempo todo.

    Sua admissão chamou minha atenção, embora eu não tenha certeza se ele tinha noção do que dizia.

    — Você deve observá-la bastante.

    A questão era: ele a observava o suficiente para segui-la em outros lugares?

    Ocorreu-me que poderia estar conversando com um assassino, um cara que parecia forte o suficiente para ter espancado quatro jovens até a morte. Adicione a isso sua mentalidade nojenta, e achei que espancar quatro pessoas não seria nenhum incômodo para ele. Não se pudesse chegar até Rainey. Sexo com ela seria o prêmio final, e por que matá-la se havia uma chance de ele conseguir de novo?

    — É difícil não olhar para ela. Você a viu. Sabe que estou certo. — Sua voz se tornou mais profunda enquanto ele falava, a curiosidade ociosa mudando para um tom que pouco fazia para disfarçar a familiaridade com a violência. A advertência não passou despercebida por mim.

    Cada instinto me dizia para dar o fora dali, mas eu tinha Rainey para me preocupar. Sem falar no caso que precisava ajudar a solucionar.

    — Você não me disse seu nome.

    — De propósito — disse ele com uma risada. — Meu nome não é importante. Tudo que eu quero saber é quais são as minhas chances de entrar por aquela porta com algum dinheiro na mão e ser admitido ali dentro para torrar a grana de um jeito gostoso?

Nenhuma, se dependesse de mim.

— Na verdade, eu estava apenas deixando algumas coisas no meu carro e voltando. Esta noite não será uma boa para dar uma passada. — Dando um passo à frente, fechei a porta. — Você se importa?

Ele encarou a porta que seguia bloqueando com seu corpo, sorriu e deu um passo para o lado apenas o suficiente para me permitir fechá-la.

— Você não precisa ficar todo chateado, irmão. Eu só achei que você estaria disposto a me ajudar.

Fechando a porta, acionei as travas. Não me agradava deixar minhas anotações e o arquivo à vista, no banco do passageiro, com ele tão próximo, mas estava mais preocupado em cuidar de Rainey até que ele se mandasse dali.

— Tenha um bom-dia — eu disse, dando a ele um aceno curto com a cabeça, antes de cruzar o caminho de terra até a sua varanda. Rainey não devia estar olhando, já que não abriu a porta quando subi as escadas. Batendo à porta, esperei, e vi o olhar arregalado, em total surpresa, quando viu que retornei.

— Você esqueceu algo?

— Deixe-me entrar, por favor, e vou lhe dizer por que estou aqui em um minuto.

Ela deu um passo para o lado e me permitiu entrar, fechando a porta silenciosamente.

— Está tudo bem?

Sem respondê-la, entrei imediatamente na sala para fechar as cortinas. O homem não estava mais encostado no meu carro, as passadas longas eram fluidas enquanto ele atravessava a rua para a calçada oposta. Dando uma última olhada na casa, ele saiu, virou uma esquina e desapareceu de vista.

— Rainey, você precisa manter as cortinas fechadas. — Virei-me para encontrá-la a centímetros de mim, o olhar confuso.

— O que aconteceu?

— Havia um homem perto do meu carro, que me perguntou se você fazia sexo por dinheiro. Ele disse que te vigiava à noite. Alguém bateu na sua porta ultimamente? Alguém desconhecido? Ou você o conhece? É o mesmo homem do outro dia.

Ela deu de ombros, a frente do vestido ainda desabotoada no centro dos seios.

CINCO 181

— Muita gente observa minha casa, Justin. Eu te falei isso. Eles são curiosos.

— Você conhece aquele homem em particular?

Outro encolher de ombros.

— Possivelmente o conhecia da casa ao lado, mas conheci muita gente lá. A família era traficante. As pessoas entravam e saíam o tempo todo.

Apertei a ponte do meu nariz e respirei profundamente.

— Rainey, você estava em uma casa onde quatro de seus amigos foram assassinados, recentemente. Alguém pode achar que você seria capaz de identificá-lo. Você precisa ter mais cuidado. Aquele homem me disse que vigia suas janelas à noite porque você anda nua.

— E daí?

Fechei os olhos e os abri novamente, tentando me acalmar.

— E daí que isso pode fazer uma pessoa querer te machucar. Você entende isso?

Ela piscou, a expressão inalterada depois de ouvir que alguém poderia lhe fazer mal.

— Ouça, vou pedir ao detetive que envie um carro da polícia para vigiar sua casa...

— Essa não é uma boa ideia, doutor. Não em Clayton Heights.

A frustração tomou conta de mim.

— Você precisa...

— O que eu preciso é sair deste lugar. Mas não porque estou em perigo. Mandar os policiais não vai adiantar nada, exceto me tornar um alvo para as pessoas que não os querem aqui. Você não entende?

— Rainey...

— Ei. — Aproximando-se, ela pressionou a palma da mão no meu peito, esticando o pescoço para olhar para mim. — Obrigada por se preocupar comigo. Isso significa muito, porque muitas pessoas não se importaram comigo durante a minha vida inteira. Mas sei como sobreviver neste bairro, Justin, você tem que acreditar em mim. Estou segura aqui. Nunca foram pessoas estranhas que me machucaram. Foram sempre as pessoas que eu já conhecia. Então, enquanto estamos terminando isso, vou manter as cortinas fechadas e as portas trancadas, mas não mande a polícia até aqui. Eles não são bem-vindos aqui a menos que haja um corpo para ser arrastado para fora.

Sua mão quente se enfiou por baixo da minha camisa, e meus músculos tensionaram em reação à sua proximidade. Fiquei surpreso com o quão protetor eu me sentia em relação a ela; como essa mulher, em apenas alguns dias, de alguma forma violou todos os protocolos que eu tinha em vigor. Ela era perigosa de muitas maneiras.

— Tudo bem, mas não vou embora imediatamente, não com aquele homem por perto.

Um sorriso malicioso curvou seus lábios.

— O que você gostaria de fazer enquanto esperamos?

Suspirei, agarrei a mão dela e afastei-a do meu peito.

— Por que não conversamos sobre o que aconteceu depois que Rowan morreu?

Sombras rolaram atrás de seus olhos.

— Nós podemos fazer isso.

Peguei meu lugar de costume e esperei que ela tomasse o dela no sofá. Com as pernas dobradas à frente, ela brincou com a bainha de seu vestido.

Era estranho não ter minha caneta e bloco de notas, mas depois que saísse dali eu poderia anotar as informações mais relevantes.

— Você continuou indo à casa de seus vizinhos depois que Rowan morreu?

Balançando a cabeça, ela passou os dedos sobre a marca novamente. Fiquei pensando se ela me contaria a respeito daqueles sinais em sua pele, caso perguntasse agora. O que significavam aquelas cinco marcas?

— Sim, Doc, eu fui lá. Sem Rowan, tudo começou a cair em uma espiral.

— E por que isso?

Ela sorriu, a expressão tensa.

— Porque pensei que não havia mais ninguém para cuidar de mim.

Rainey

Passado

A vida é cruel. Eu sabia disso desde quando me entendia por gente, sabia que havia nascido num momento em que minha mãe passava dificuldades e que meu pai nem se dignou a ficar por perto quando ela deu à luz.

Frequentemente, quando criança, eu observava as outras crianças na escola correndo em suas roupas bonitas e respondendo a todas as perguntas que o professor poderia fazer ao chamá-las. Elas levantariam as mãos, orgulhosas em estarem ali para aprender.

Enquanto isso, eu era a garota do fundo da sala. Minhas roupas geralmente eram apertadas demais para mim, mas minha mãe não podia comprar roupas novas. Quando ela podia comprar, sempre escolhia alguns números acima no tamanho, para que durassem mais tempo. Assim que elas se encaixavam direito, os tecidos já estavam puídos e manchados.

Nunca fui a criança que levantava a mão, acenando freneticamente, para se exibir com tudo que aprendi. Eu não tinha uma mãe em casa à noite para me ajudar com o dever de casa, e na maior parte do tempo eu me mantinha ocupada evitando os péssimos namorados que ela arranjava. A vida para mim começou de baixo, e de alguma forma conseguiu descer mais ainda até o fundo do poço.

Era como areia movediça. Não importava o quanto eu lutasse para sair, a situação só piorava. Eu não tinha escolha a não ser permanecer quieta e concordar com tudo, permitindo que as circunstâncias me arrastassem para baixo, tanto quanto pudessem me levar. Fiquei pensando que do fundo eu não passaria, pois já estava lá.

Sempre foi assim.

Os restos mortais de Rowan foram espalhados em uma sepultura pública muito parecida com a da minha mãe. Eu não tinha como visitá-lo, exceto em meus pensamentos. Pensando em histórias insanas na minha cabeça, fingi que de alguma forma ele ainda estava lá cuidando de mim, e que embora não pudesse sentir seus braços fisicamente, ainda assim, eles estavam me envolvendo com o mesmo amor avassalador que ele havia demonstrado por mim em vida.

Na verdade, eu não tinha ideia do que fiz nos primeiros meses depois de saber que ele havia morrido. Eu me odiava – disso eu tinha certeza –, e o ódio me deixou presa em uma névoa da qual não fazia ideia de como poderia rastejar para fora.

Drogas. Álcool. Sexo. Eu me perdi nisso, a cada dia deixando o trabalho para perseguir a liberdade do esquecimento, para me punir, finalmente, cedendo à certeza de que eu não valia o ar que respirava.

Ninguém me culpou pela morte de Rowan, mas eu, sim. Ninguém queria pensar que se não tivéssemos nos comportado tão mal naquela noite, ele ainda poderia estar vivo. Ninguém queria falar sobre isso, principalmente seus irmãos. Eles só queriam continuar seguindo com suas vidas, como se Rowan nunca tivesse existido.

— Você está pensando em se mudar para este quarto ou algo assim? Você passa todo o seu tempo aqui.

Meus olhos se abriram ao ouvir a voz de Joel, minha visão embaçada pelas lágrimas secas, o travesseiro amassado embaixo da cabeça pela maneira como o abracei.

Todos os dias eu rastejava para a cama de Rowan para que pudesse respirá-lo, o cheiro ainda forte, apesar dos oito meses que se passaram.

Era reconfortante estar ali, mesmo que uma camada de poeira tivesse se acomodado nas superfícies das mesas de cabeceira e da cômoda, mesmo que nada tivesse saído do lugar desde a noite em que ele morreu. Acho que estava fingindo que um dia iria acordar para sentir seus dedos acariciando meu rosto; para abrir meus olhos e descobrir que tudo tinha sido um pesadelo.

— Estou apenas dormindo. Não consegui dormir muito ontem à noite e tive que trabalhar cedo esta manhã.

Joel entrou no quarto, fechou a porta atrás de si e sentou-se na beira da cama. De toda a família, ele foi o que teve mais dificuldade em lidar com a morte de Rowan. Nós dois procuramos consolo em ficar totalmente chapados. Era mais fácil do que lembrar o som da colisão do carro, de lembrar o que estávamos fazendo quando o fogo iluminou o céu.

CINCO

— Você precisa começar a superar isso, Rainey. Ele não vai voltar. O que aconteceu com ele... bem, não foi justo. Ele era um bom garoto. Melhor do que o resto dos idiotas neste lugar, mas se torturar desse jeito não vai consertar as coisas.

Enroscando-me mais no cobertor, respirei o cheiro de Rowan. Estava sumindo mais a cada dia, sendo substituído pelo meu.

— Faz-me sentir melhor estar aqui. Ainda estou perto dele, sabe?

— Você se apaixonou por ele também. — Joel balançou a cabeça, um sorriso triste esticando seus lábios. — Eu não teria adivinhado alguns meses atrás, mas agora vejo isso. Você gostava dele muito mais do que deixou transparecer.

Para me provocar, ele sacudiu minha perna de cima do cobertor.

— Talvez você não seja tão vadia como todos nós pensávamos.

Minha voz era um resmungo.

— Muito engraçado, Joel. Você não deveria sair com Angel, já que os dois estão se pegando de novo?

Ele sorriu, os olhos se iluminando com uma ideia que, provavelmente, eu não queria ouvir.

— Na verdade, é por isso que vim aqui te procurar. Angel vem hoje à noite. Temos a casa só para nós. Papai vai sair para uma corrida com sua turma de motoqueiros. Jacob vai pegar uma garota em Chicago no fim de semana e Frankie está saindo com amigos à noite.

— Hum? Você precisa que eu saia? Eu posso ir para casa.

Balançando a cabeça, seu sorriso se alargou.

— Não era isso que eu tinha em mente. Eu quero que você fique por aqui... para festejar com a gente.

Franzi o cenho na mesma hora.

— Angel me odeia.

— Isso é porque ela não te conhece. Exceto pelo fato de ela saber que você trepa com quase todo mundo aqui em casa, vocês nunca tiveram chance de realmente se conhecer. Você é uma garota legal, Rainey, e acho que você e Angel poderiam ser amigas.

Duvidando muito, eu o lembrei:

— Você chifra a garota quase todos os dias comigo, Joel. Ela suspeita disso, e é por isso que me odeia.

— Provavelmente porque ela não está incluída na transa...

Revirando os olhos, enterrei o rosto no travesseiro, sabendo exatamente o que ele estava sugerindo.

— Joel... — Minha voz estava abafada. — Ela nunca vai aceitar.
Subindo na cama, ele se deitou de frente para mim.
— Estou achando que ela vai aceitar, hein.
Levantei a cabeça e o encarei.
— O que eu ganho com isso?
Fingindo decepção, ele balançou a cabeça.
— Não pode ser apenas pela experiência?
Apenas uma vez fiz algo apenas pela experiênca. E só com Rowan.
— O que eu ganho com isso?
— Cem dólares e trinta gramas? Está bom pra você?

Eu não tinha o menor interesse em transar com uma mulher, e a quantia que ele ofereceu não foi nem um pouco atrativa. Eu não tinha certeza do que ele queria que eu fizesse com ela e sabia que ele pagaria muito mais para cumprir uma de suas fantasias ridículas.

— Trezentos.
Ele arqueou as sobrancelhas, chocado.
— Isso é roubo!
— Trezentos ou não vou fazer isso. Essa garota provavelmente vai tentar arrancar meus olhos. Vamos dizer que esse valor cobriria os riscos que vou correr.

Ele começou a rir. Trezentos não era pedir muito. Joel e eu sabíamos disso. Ele ganhava muita grana com o tráfico de drogas.

— Beleza. Trezentos. Mas nada daquela merda tranquila que você sempre faz. Eu quero gemidos e puxões de cabelo e saber que você realmente está envolvida.

Gemendo, afundei a cabeça no travesseiro novamente.
— Tá bom. Dá o fora daqui. Avise-me quando ela chegar e você quiser que eu faça o que for.

Joel saiu do quarto, o silêncio me embalando em um sono tranquilo por mais algumas horas.

Estava escuro quando ele voltou e abriu a porta, sua voz suave quando ele chamou meu nome:

— Psiu... Ei, Rainey. Acorde.

Lá fora, um trovão cruzou o céu, a tempestade sacudindo a casa enquanto a chuva batia nas janelas. O relâmpago caiu, o céu iluminou-se por alguns segundos e o brilho iluminou o rosto de Joel.

Meu primeiro pensamento foi que ele parecia engraçado. Seus olhos estavam muito redondos, a mandíbula tensa, as mãos em punhos, abrindo

CINCO

e fechando repetidas vezes antes que ele as esfregasse nas coxas.

— Você está bem, Joel?

— Sim. Vamos para o meu quarto. — Até sua voz soava engraçada, áspera e cortante. Normalmente ele parecia amigável, mas não essa noite. Seus bíceps contraíam continuamente e ele mal conseguia se manter parado.

— Joel, o que há de errado com você?

— Nada, apenas se manda para o meu quarto!

Eu me levantei da cama e quase desisti daquela merda.

— O que você usou?

— Isso importa? Angel quer foder e você disse que toparia. Trezentos, lembra?

— Eu não sei...

— Puta que pariu, Rainey. — Ele avançou e agarrou o meu braço, me arrastando para fora da cama. Seu aperto era brutal, a força dele me fazendo estremecer. Ele me levou para seu quarto. Angel estava nua da cintura para cima, seu corpo balançando ao ritmo da música estrondosa dos alto-falantes. Ela parecia tão confusa quanto ele.

— Pegue isso — disse Joel, cutucando meu cotovelo com o dele. Eu olhei para baixo e deparei com um comprimido branco em sua palma. Ele mal conseguia manter a mão parada.

— O que é isso?

— Apenas tome essa porra.

Neguei veementemente com a cabeça.

— Não, a menos que eu saiba o que é. — Dando de ombros, ele embolsou a pílula.

— Como quiser.

Angel não nos notou parados ali, já que ela estava muito fora de si.

— Gata! Ei! — Joel atravessou o quarto e a abraçou, seus corpos balançando juntos. Sussurrando contra o ouvido dela, ele se abaixou para segurar sua bunda. Não pude ouvir o que dizia, mas ela sorriu sem abrir os olhos.

Joel a conduziu até a cama, e a fez se deitar no colchão, beijando-a em seguida. Ela começou a se esfregar contra ele, já com tesão. Eu ainda achava que ela não tinha notado a minha presença.

Ele olhou para cima e acenou.

— Tire seu top.

— Ela ao menos sabe que estou aqui?

Ao olhar para mim, percebi que suas pupilas estavam gigantes. A íris

188

LILY WHITE

estava praticamente coberta, os olhos totalmente pretos.

— Quem liga? Tire seu top.

— Eu não sei, Joel...

— Anda logo, caralho!

Recuando por causa de sua resposta brusca, suspirei e tirei a blusa. Ele se levantou da cama e me empurrou para que eu me sentasse perto dela. Em seguida ele se ajeitou ao lado dela e a acomodou em seu colo, embalando-a contra o peito.

— Angel, gatinha... Rainey está aqui para se divertir conosco. Abra os olhos.

Com as pálpebras tremulando, ela mal conseguia mantê-las abertas, as pupilas tão grandes quanto as de Joel. Ela sorriu, a expressão relaxada.

— Raineeey... — ela arrastou meu nome. — Minha melhor amiga de todos os tempos.

Minha sobrancelha arqueou. Algo estava definitivamente errado com ela.

— Gata, incline-se para frente e brinque com os peitos dela. Rainey gosta disso.

Ele meio que a empurrou, meio que a segurou, os olhos de Angel se fecharam novamente enquanto suas mãos seguravam meus seios. Joel a empurrou ainda mais.

— Chupe um.

Com o rosto colidindo contra meu peito, Angel girou a cabeça para tentar colocar meu mamilo em sua boca. Ela não conseguia ver direito para encontrar.

Eu estava disposta a fazer muitas coisas por dinheiro. Sexo era sexo e há muito tempo havia me separado da ideia de que significava mais do que dois corpos se movendo juntos, mas isso não estava certo. Não importava quanto Joel estava me pagando, ou o pouco que eu valorizava estar com outra pessoa, eu não iria tirar vantagem de alguém que não sabia o que estava fazendo.

Olhando para Joel, percebi que ele já se masturbava furiosamente. Se ele queria fazer sexo com ela assim, o problema era dele, mas eu não queria ter nada a ver com isso.

— O negócio foi cancelado, Joel.

Levantei-me da cama, peguei a blusa e me vesti. Enquanto eu saía do quarto, o ouvi gritar atrás de mim:

— Que porra é essa, Rainey? Volte aqui!

— Não vou fazer isso. Está errado.

CINCO

Não. Não vai acontecer. Angel já me odiava o suficiente. Eu não daria a ela mais um motivo. Era estranho pensar que até eu tinha limites. Normalmente, eu estava pronta para qualquer coisa se o valor fosse justo, mas o que Joel queria era muito errado. Ele estava com tanto tesão para me ver junto com Angel, que foi capaz de drogá-la para ver a merda acontecer.

Ele gritou meu nome novamente. Eu continuei andando, sem dar a mínima para o que ele queria. Baixei meu nível muitas vezes nessa vida, mas não iria àquele ponto.

Abri a porta da frente, e rosnei quando saí na chuva, a parte de baixo da minha calça jeans encharcando com as enormes poças; afundei os pés na lama, lembrando que deixei as sandálias no quarto de Rowan.

Eu estava na metade do caminho, no meu quintal, quando um raio cruzou o céu, seguido pelo barulho do trovão, o estrondo tão alto que pareceu como se um trem estivesse vindo na minha direção, em um baque constante...

Isso não foi um trovão. Olhei por cima do ombro para ver Joel correndo a toda velocidade, seu rosto contorcido de raiva, o corpo se chocando contra o meu antes que eu tivesse a chance de reagir.

— Sua vadia do caralho! Você acha que é boa demais para mim ou algo assim? — O tapa contra minha bochecha fez minha cabeça virar para a direita, o som competindo com o estalo de um raio acima de nós.

— Joel! — Ele era grande demais para que eu conseguisse empurrá-lo, e estava loucaço com a droga que ingeriu, totalmente irracional. Lágrimas saltaram dos meus olhos e se mesclaram à chuva, minha cabeça virando para a esquerda quando ele me estapeou de novo.

— Prostitutazinha idiota!

Virando-me, ele empurrou meu rosto na lama, seus dedos agarrando meu cabelo com tanta força que os fios se soltaram do meu couro cabeludo. Tentei abrir a boca para gritar, mas a lama começou a me sufocar.

Ele abaixou a minha calça, ainda gritando sobre como eu era apenas uma puta biruta, que não melhor do que ele, nem melhor do que ninguém. Eu mal conseguia respirar, a lama muito espessa; a chuva caía com tanta força sobre nós que duvidava que alguém nas casas vizinhas pudesse nos ouvir.

Quando ele empurrou dentro de mim, segurou minha cabeça para baixo, me fodendo por trás como se eu estivesse sendo punida por ter apenas um indício de moral ou integridade. Eu o odiei naquele momento, outro interruptor sendo acionado que me fez odiar todos os homens Connor.

Cada um deles, exceto Rowan.

Por que as pessoas boas sempre morrem jovens? Eu não entendia por que este mundo parecia punir as luzes brilhantes enquanto permitia que as sombras permanecessem eternamente. Eu me perguntei se talvez a alma dos bons seria tão radiante e ardente quanto as estrelas, o mundo incapaz de conter tal fogo, então ele dava um jeito de maneiras diferentes de extingui-los.

E eu ficava deprimida ao pensar que, por pior que fosse, viveria minha existência horrível para sempre. Eu não era uma estrela, não iria irradiar como Rowan.

Assim que terminou, Joel continuou gritando às minhas costas, mas soltou meu cabelo. Virei a cabeça na mesma hora, cuspindo lama e louca para respirar normalmente. Como se o que fez não fosse ruim o suficiente, ele se levantou e me chutou entre as pernas.

— Sua vadia burra! Fique longe da minha casa!

A dor daquele chute me deixou esparramada no chão, minha boca escancarada em um grito silencioso enquanto o trovão retumbava acima.

Ele me deixou lá no meu jardim, com a minha roupa arriada até as coxas, sem pouco se importar se eu conseguiria andar ou não depois do que ele fez.

Arrastei-me até a varanda usando a força dos braços. Deslizando pelos degraus de cimento, ignorei os arranhões na minha pele, ignorei a dor que ainda irradiava pelo meu corpo enquanto me erguia apenas o suficiente para alcançar a maçaneta da porta.

Depois que consegui entrar, trazendo um rastro de lama, fiquei ali no chão, deitada em posição fetal, chorando copiosamente.

CINCO

Justin

Presente

Se Rainey me dissesse que ela continuou frequentando aquela casa, e que transou novamente com Joel, depois do que ele fez, eu tinha toda a intenção de recomendar que fosse internada. Não que a história me chocasse – eu tinha ouvido coisas piores, sabia que a violência vinha em todas as formas –, mas voltar para um homem que a tratou tão mal indicava que Rainey tinha problemas tão destrutivos que não a habilitavam a cuidar de si mesma.

— Joel morreu naquela noite — ela admitiu, os olhos encontrando os meus sem remorso algum. — Ele foi encontrado pelado em um beco, na entrada do bairro, com mais de vinte facadas. O homem que o encontrou disse que sua morte foi brutal. Havia sangue por toda parte, apesar da chuva forte.

Ele mereceu...

Mordi a bochecha para evitar externar o pensamento.

— Acho que você sabe o que estou prestes a dizer.

— Que você sente muito? — Ela sorriu e balançou a cabeça. — Sim, eu também. Isso não deveria ter acontecido. Joel não era um cara tão ruim, mas o que quer que eles tenham usado naquela noite era mais do que ele poderia suportar. Angel ficou de luto por muito tempo depois da morte dele. Eu nunca revelei a ninguém o que ele fez naquela noite, comigo ou com ela. Eu não queria que fosse a última lembrança que ela tivesse dele.

Dois já foram. Os homens Connor estavam caindo como moscas.

— Você tem alguma ideia do que pode ter acontecido com ele?

Seus dedos tremularam sobre a cicatriz em seu braço, chamando minha atenção.

— Eu não faço ideia. Na manhã seguinte, acordei com um monte de carros de polícia do lado de fora da casa dele. Achei que Joel tivesse sido preso por traficar ou algo assim. Eles vieram à minha casa também, depois que Angel disse a eles que achava que eu tinha algo a ver com isso. Acho que ela sabia que eu estava dormindo no quarto de Rowan, mas não se lembrava de Joel me levando até o quarto dele para transar com ela. Não contei aos policiais o que ele fez comigo. Não importava mais.

Meu olhar se concentrou nas cinco marcas em seu antebraço, e não pude deixar de pensar no que ela tentava esconder.

— Você não respondeu minha pergunta. Não inteiramente. Você consegue pensar em alguém que teria matado Joel? Você não acha estranho que ele tenha morrido poucas horas depois de ter feito aquilo com você?

Rainey deu de ombros, seus olhos se recusando a encontrar os meus.

— Quem sabe o quão fodido ele estava? Achei que talvez ele tivesse saído para o bairro, pelado... quem diabos sabe o que ele havia usado? Ele pode ter chegado até a rua da frente e começado uma briga com alguém. Nem Angel sabia o que os dois tinham usado para se drogar naquela noite.

Estava ficando tarde e eu queria relatar tudo aquilo a Grenshaw antes de ir para casa.

— Eu preciso ir, Rainey, mas estarei de volta pela manhã. Faça-me um favor e certifique-se de trancar as portas e manter as cortinas fechadas.

Assentindo, ela não se incomodou em me acompanhar até a porta. Fiz uma pausa antes de sair e olhei para ela. Ela levantou a cabeça e os olhos azuis me encararam de volta.

— O que foi?

— É um pouco difícil trancar a porta atrás de mim se você continuar sentada aí.

— Oh! — Ela deu um sorriso e veio na minha direção. — Desculpa... Eu estava pensando...

— Sobre?

— Nada importante. — Ela abriu a porta. — Tenha uma boa-noite, Justin. Vejo você de manhã.

Fez-me sentir um pouco melhor ver as ruas e calçadas desertas quando saí, ouvindo o clique da fechadura à medida que eu descia os degraus. Pelo menos ela foi sensata o suficiente para levar meu aviso a sério e se proteger daqueles que poderiam fazer mal a ela.

Devido à hora tardia, cheguei à delegacia depois que o sol se pôs, as estrelas me trazendo à mente o que Rainey dissera sobre as pessoas boas.

Era triste pensar que ela não se incluía entre elas, que acreditava que suas circunstâncias nunca mudariam.

Ela temia que ser uma vítima apenas a impedisse de seguir em frente na vida para experimentar algo mais do que o que a vida já havia lhe dado.

A recepcionista de sempre não estava mais lá, e o substituto do turno lia uma revista, sequer reparando em minha presença. O homem mais jovem e com cabelo castanho se assustou quando falei:

— Boa noite. O detetive Grenshaw está disponível?

Sem responder, ele pegou o telefone, apertou um botão com um dedo relutante e disse:

— O terapeuta está aqui para ver você.

Parecia que todo mundo sabia quem eu era, independente se eu os conhecia ou não.

Depois que ele desligou o telefone, olhou para mim com olhos castanhos curiosos.

— É sobre a menina Day?

Arqueei uma sobrancelha. *Por que mais eu estaria aqui?*

— Ouvi dizer que ela pode estar envolvida na morte dos outros quatro, pelo menos é o que estão dizendo por aqui.

Acenando com a cabeça, recusei-me a comentar. Fiquei preocupado que Grenshaw pudesse ter descoberto informações adicionais sem me contar. Eu não acreditava que Rainey fosse uma assassina, mas também não podia descartá-la. Ainda havia muito para saber.

Grenshaw abriu a porta da frente, a gravata azul solta, a frente da calça mal conseguindo conter a barriga volumosa. Acenando de volta, ele não disse uma palavra. Assim que nos acomodamos na sala, sentei-me e o encarei.

— Você descobriu algo novo?

— Sempre direto ao ponto, não é? — Ele desabou na cadeira, a postura encurvada em exaustão. — Por que acha que tenho algo adicional para contar?

— Seu recepcionista mencionou que você acha que Rainey pode estar envolvida.

Grenshaw passou a mão pelo rosto.

— Então, sobre isso.... Preciso lembrar os caras de manterem suas bocas fechadas quando estão lanchando na sala de descanso.

Fazendo uma pausa, ele balançou a cabeça.

— Não, não encontrei mais nada. São apenas as circunstâncias, sabe?

Suas perguntas sobre a família Connor me deram um estalo na cabeça e comecei a investigar um pouco mais suas mortes. A linha do tempo é estranha. Todos eles morreram muito próximos uns dos outros. É como se a cada dois meses outro fosse abatido. Em seguida, esses jovens. Sem mencionar a mãe de Rainey e o namorado. Ou essa garota tem um azar da porra, ou alguma outra coisa está acontecendo.

Eu não trairia Rainey, a respeito de seu envolvimento na morte de David, mas poderia contar a Grenshaw pelo menos um pequeno detalhe.

— Rowan matou David, o namorado da mãe. Rainey admitiu para mim durante a entrevista.

As sobrancelhas dele se ergueram.

— E ela não nos contou isso? O que mais ela está escondendo?

— Ela não sabia disso, até que Rowan confessasse. — Era mentira, mas eu estava disposto a engolir. — E depois do que David fez com ela, não estou inclinado a culpá-lo pelo que Rowan fez. Você teria feito o mesmo se ela fosse alguém de quem gostasse.

Ele assentiu.

— Sim, isso é bem verdade.

Relaxando contra a cadeira, pensei no homem do lado de fora da casa dela, minha mente articulando a possibilidade de que Rainey tivesse um admirador violento assim tão perto.

— Fui abordado hoje, quando saía da casa dela, por um homem que estava um pouco interessado no que ela tinha a oferecer.

— O que você quer dizer?

— Ele queria saber se ela era prostituta, quanto cobrava. O cara não quis me dar um nome, mas mencionou que vigia a casa dela. Aparentemente, ela tem o péssimo hábito de andar sem roupa enquanto as cortinas estão abertas.

Grenshaw agarrou um elástico largado da mesa e começou a esticá-lo entre os dedos.

— Não me surpreende com a história dela naquele bairro.

— Você está ciente de que na noite em que Joel Connor morreu, ele atacou Rainey no jardim da frente? Ele a estuprou e a machucou tanto que ela teve que rastejar para conseguir voltar para dentro de sua casa.

— Filho da puta. — Seus olhos encontraram os meus. — O que não foi feito com aquela mulher?

Ele não estava errado em fazer a pergunta, mas não era esse o meu ponto.

CINCO

— E se esse cara estiver observando ela há mais tempo? Será que ele viu o que aconteceu naquela noite e resolveu o problema?

Ele enrolou o elástico ao redor dos dedos, a pele ficando branca com a pressão.

— Você está sugerindo que ela tem um admirador secreto que está matando as pessoas que a machucaram?

Foi um lampejo de pensamento, que apareceu e desapareceu novamente. Uma impossibilidade. Ou não? Rowan matou David por tocá-la, e prometeu matar todos eles por a terem machucado. Seria possível?

— Deixe-me perguntar uma coisa: eu sei que os restos mortais de Rowan foram cremados e espalhados em uma vala comum, mas qual era o estado de seu corpo após o acidente de carro que o matou? Estava irreconhecível?

Grenshaw parou, seus olhos fixos nos meus enquanto seus pensamentos se atropelavam para compreender o que eu estava insinuando.

— Você não acha que o garoto forjou sua própria morte...

— Qualquer coisa é possível.

— Como isso faz sentido? Por que fingir sua morte, evitá-la por alguns meses e então agir como um vingador invisível matando todos que a machucam? Por que não apenas ficar na vida dela e afastá-la dessa merda?

Tamborilando os dedos na mesa, olhei para o quadro branco, onde as cinco possíveis razões para suas cicatrizes me encaravam. Ela tocou aquela marca quando falou sobre a morte de Joel. Ela estava contabilizando suas mortes?

— Rowan tentou tirá-la dali. Prometeu cuidar dela, mas ela recusou. Ela o afastava e dizia para ele seguir em frente sem ela.

Suspirando, enfiei a mão no cabelo, a frustração me dominando.

— É uma loucura, eu sei. Mas é possível?

Soltando o elástico, Grenshaw pegou o laptop da mesa, abriu a tela e digitou, seus dedos gorduchos voando sobre as teclas.

— De acordo com o relatório do médico legista, o corpo de Rowan estava gravemente carbonizado, suas características físicas irreconhecíveis, o corpo em uma postura pugilística.

Ele levantou a cabeça.

— Isso é mais bem descrito como a pose do boxeador, mãos em punhos, braços e joelhos dobrados. É causado pela contração dos músculos devido ao fogo.

Acenei para que ele continuasse.

— Diz aqui que o impacto do rosto com o volante arrancou a maioria dos dentes e houve queimadura interna nos pulmões. O examinador opinou que ele sobreviveu ao impacto inicial, e que levou cerca de três a cinco minutos até morrer no incêndio.

Seus olhos continuaram explorando.

— Por falta de registro odontológico, a identificação não pôde ser feita pelos dentes encontrados no carro. Ah... Eles o identificaram pelo DNA. Definitivamente era Rowan.

Minha palma pressionou contra a mesa.

— Valeu a pena.

— Um tiro no escuro — ele concordou —, mas não foi um pensamento de todo ruim. Coisas muito mais estranhas já aconteceram.

— Eu ainda me pergunto sobre esse cara que mora por ali perto. Eu disse a ela que você poderia mandar um carro de polícia de vez em quando, para dar uma olhada, mas ela me alertou que não o fizesse. Disse que isso a tornaria um alvo naquele bairro.

— Ela não está mentindo. Clayton Heights é difícil e eles não apreciam nossa presença. Se ela se tornasse a causa disso, seus vizinhos não ficariam muito satisfeitos.

Nada disso era fácil.

— Então, ficamos com uma garota que potencialmente sabe algo sobre um assassino ainda à solta e não temos como ficar de olho nela enquanto um homem estranho espreita sua casa... Excelente.

Grenshaw olhou para mim em silêncio, seu olhar agora avaliativo.

— Você se importa com ela.

— Eu me *preocupo* com ela — corrigi, embora sua declaração estivesse desconfortavelmente perto da verdade.

Ele ficou em silêncio por um instante, até dizer:

— Cuidado, Justin. Ainda não sabemos a extensão do envolvimento dela no crime. Ela não foi descartada.

Minha mente continuava girando sobre a ideia de que alguém a observava, e, de alguma forma fodida, a estava protegendo.

— Você me disse que Paul e Jacob foram mortos a tiros em uma transação de drogas que não deu certo. Temos detalhes sobre esse caso? Algo além das drogas? Rainey estava lá na noite em que aconteceu?

Outra rajada de teclas, os olhos de Grenshaw examinando as informações. Eu podia ver as letras azuis refletidas em seu olhar.

— Paul e Jacob Connor foram baleados dentro de casa. De acordo com algumas testemunhas, eles deram uma festa naquela noite. — Ele ficou quieto, os olhos movendo-se furiosamente sobre os detalhes. — Ah, merda, uma testemunha admitiu que havia uma garota lá e que eles alegaram ter sequestrado naquela noite. Ela foi amarrada em um quarto dos fundos. Eles estavam permitindo que os caras fizessem o que queriam com ela pelo preço certo. Porra, você não acha...

— Que poderia ter sido Rainey? É altamente provável. Se ela estava permitindo ou não, é questionável. — Com ela, poderia acontecer de qualquer maneira. — Onde estava a garota quando seus corpos foram encontrados?

— Nenhuma pista. Frankie os encontrou quando chegou em casa e disse que não havia mais ninguém lá.

Pensando em sua cicatriz novamente, bati a mão na mesa e me levantei.

— Eu tenho que ir. Eu continuo sua entrevista no início da manhã.

Passei o resto da noite pensando sobre o caso, sobre a possibilidade de Rainey ter atraído uma ameaça muito pior do que a família que morava ao lado dela, sobre a possibilidade de Rainey ser capaz de participar dos assassinatos de seus amigos, mas, principalmente, sobre o momento em que ela me beijou e montou no meu colo.

Eu me importava com ela. Grenshaw não estava errado. Ainda mais perigoso, eu a desejava, embora minha atração por ela não fizesse sentido. Era físico, é claro, esse fato não podia ser negado, mas havia outra coisa. Um desejo de abrigá-la, talvez? Para tirá-la daquela vida e vê-la florescer no que ela poderia se tornar sem o peso de Clayton Heights a segurando.

Rainey não poderia estar envolvida... ou poderia? Sim, ela participou do assassinato de David, mas depois do que ele fez com ela naquele sofá...

O mesmo sofá onde eles deram início ao assassinato. O mesmo sofá onde ela fez sexo pela última vez com Rowan...

Eu estava começando a odiar aquele sofá. Queria arrastá-lo para fora, despedaçá-lo e queimá-lo até não sobrar nada.

Foi a primeira coisa que vi quando entrei na sala dela na manhã seguinte, seguindo nossa mesma rotina: ela me esperando à porta enquanto eu percorria o caminho até sua varanda.

Tomando um momento para organizar meu bloco de notas e arquivo, cliquei a caneta e olhei para Rainey.

— Você teve uma boa-noite?

Ela acenou com a cabeça, sorriu, as mãos se torcendo no colo. Hoje ela vestia uma camiseta simples com short de algodão. Nada provocante ou revelador. Fiquei igualmente desapontado e aliviado.

— Você parece nervosa. Aconteceu algo ontem à noite que eu deveria saber? Esse homem não apareceu...

— Não. Nada disso — ela respondeu, sem olhar para mim. — Eu só queria me desculpar por ter te beijado. Eu sei que foi inapropriado.

Eu não queria discutir esse assunto, nem mesmo começar a pensar sobre o que quase aconteceu entre nós. O caso era muito mais importante. Depois que ele acabasse...

— Esqueça o que aconteceu, Rainey. Eu esqueci.

Fechando os olhos, perecebi que ela ficou magoada com o comentário, sem entender que o fiz para não jogar meu bloco de notas de lado e cruzar a sala para cometer o mesmo erro novamente. Cliquei a caneta uma segunda vez.

— Paramos na noite em que Joel morreu. De acordo com minha linha do tempo, isso foi apenas um ano, mais ou menos, antes dos assassinatos mais recentes. Pelo que sei, Jacob e Paul foram os próximos a morrer. Você quer pular no tempo e falar sobre eles, ou há algo que eu deveria saber que ocorreu antes disso?

Ela balançou a cabeça.

— Não. Tudo continuou normal até aquela noite.

— Você continuou dormindo com Jacob por causa das drogas? Mesmo depois do que Joel fez?

Era cativante, sua lógica. Mas foi a vida que ela viveu. Nada mudaria seu passado. A única mudança possível que poderia ocorrer agora era seu futuro.

— Sim... — Sua voz se tornou um sussurro. — E com Paul.

Droga, Rainey...

— Mesmo depois do que aconteceu com sua mãe?

— Mesmo depois — ela admitiu. — Sem Rowan, e depois de tudo o que aconteceu, não sei... Eu estava perdida, eu acho. Devastada.

— Você se sentiu derrotada?

Seu olhar encontrou o meu.

— Sim.

Era compreensível. Perdoável, até.

— Okay, Rainey. Conte-me sobre a noite em que Paul e Jacob morreram.

Rainey

Passado

Durante nossa vida inteira, dizem que devemos subir. Alcançar os céus. Subir as escadas. Escalar paredes. Saltar obstáculos.

Era o tema que eu via em todos os pôsteres na escola. Em todo filme inspirador, ou mesmo em comerciais edificantes que não têm muito a ver com o produto que está sendo vendido. Como se devêssemos criar asas ou algo assim. Como se fosse fácil. Como se, com um pouco de fé, força ou um golpe de sorte, todos pudéssemos nos elevar e nos tornar alguma coisa.

Mas e aqueles que não podem? Aqueles sobrecarregados pelas circunstâncias? Aqueles que foram derrotados pelo infortúnio, acorrentados pela pobreza, pisoteados pelos pés de todos os que tentam realizar seus feitos ou simplesmente enterrados sob a sujeira dos afortunados que não têm problema em tirar vantagem?

E aqueles de nós que desistiram?

Não podemos voar, nossas asas estão muito destroçadas. Não podemos subir, cada degrau da nossa escada foi dividido em dois. Não podemos escalar as paredes, porque as cordas que recebemos estão gastas ou cortadas. Não podemos pular obstáculos quando não há distância suficiente à nossa frente para correr.

O que podemos fazer é diminuir o ritmo, encontrar novas maneiras de continuar, equilibrar um pouco as probabilidades, descobrindo como contornar as barreiras, e de jeito nenhum darei ouvidos a qualquer um que me julgue pelas escolhas que fiz para sobreviver.

Em vez de voar, vou rastejar.

Em vez de subir a escada, vou me espremer pelos degraus mais baixos.

Em vez de escalar paredes, pode acreditar que cavarei um túnel sob elas.

E em vez de pular um obstáculo, vou simplesmente derrubar a maldita coisa.

Esse era o único jeito de continuar, porque essas eram as únicas opções que me deram quando já nasci raspando o fundo do poço.

As pessoas podiam até sentir pena de mim. Rir de mim. Podiam me chamar de burra ou vagabunda. Eu não dava a mínima, porque ainda estava respirando. Ainda estava caminhando, apesar de saber que não havia luz no fim do meu túnel. Continuei em frente, mesmo que o tempo todo estivesse cega.

Eu nunca deixaria Clayton Heights. Isso era óbvio. Então, em vez de lutar contra isso, com a ideia de ficar melhor, mergulhei na água e me acomodei na lama. Em vez de lutar contra o que estava acontecendo, eu joguei minhas mãos em sinal de rendição e desfrutei da sensação de desistência.

— Rainey! Traga sua bela bunda para cá, mulher. Jacob e eu queremos conversar com você sobre uma coisa.

Atravessei o caminho até a minha varanda, e virei a cabeça para ver Paul agachado ao lado de sua moto, ferramentas em punho enquanto a ajustava após uma corrida recente. Eu estava exausta do trabalho, faltavam trinta dólares na minha caixa registradora, de novo, e o Sr. Crews estava perdendo o juízo com minha incapacidade de contar dinheiro.

Cada vez que isso acontecia, o dinheiro era descontado do meu salário. Depois de um tempo, acumulou. Eu estava com o aluguel e a conta de luz atrasados. Além de só ter comida suficiente para mais um dia em casa. Não havia nada que eu pudesse fazer para manter as coisas em dia, se não concordasse com quaisquer favores que Jacob e Paul pedissem pelo pouco dinheiro que estavam dispostos a me dar por isso.

Odiando que não pudesse dizer a ele para ir se foder e me deixar em paz, eu me virei, passei por cima das ervas daninhas que quase alcançavam meus joelhos e dei a volta pela cerca de arame em seu quintal.

— Ei, Paul. Você quer ir para o seu quarto ou algo assim?

Dormir com ele, e deixar que fizesse comigo as mesmas coisas que eu sabia muito bem que ele fez com a minha mãe, deixou um gosto amargo na minha boca. De muitas maneiras, ele tomou o que quis de mim, e nem ao menos se sentiu mal por isso, e então esfregou na minha cara que eu sempre ficaria de quatro em troca de algum dinheiro.

Jacob era igualzinho. Os dois sempre faziam questão de afirmar que eu nunca seria capaz de sair dessa bagunça, então eu poderia muito bem me deitar e aproveitar.

— Eu tenho alguns amigos vindo de fora da cidade esta noite. Achei que você gostaria de entretê-los para mim.

Paul entrecerrou os olhos contra o sol às minhas costas, as mãos sujas de graxa e a camiseta revelando o peso adicional que ganhou. Eu odiava quando ele me comia por trás. O suor escorria pelas minhas costas enquanto ele pegava o que queria. Ele não estava mais nem aí para garantir que eu gostasse da transa também. Havíamos cruzado aquela ponte há muito tempo, antes que ele a mergulhasse em gasolina e acendesse um fósforo.

— O que você quer que eu faça? Quer que eu dance para eles? Ande pelada como um maldito bufê? Quer um maldito trem?

Infelizmente, eu já tinha feito todas essas coisas, já havia sucumbido à certeza de que não passava de uma lembrancinha de foda.

— Tenho uma ideia diferente em mente — ele respondeu, puxando a chave inglesa por cima de um ferrolho antes de largá-la no chão e limpar as mãos em um pano.

— Alguns dos caras aqui esta noite saberão quem você é, alguns pela vizinhança, mas muitos, não. Achei que poderíamos ludibriá-los, fazê-los acreditar que estão recebendo algo que não estão. — Ele olhou para mim novamente. — Você não será enganada, nem nada, se estiver preocupada com isso. Tudo o que precisa fazer é ficar deitadadinha e dar gostoso como de costume. O que você acha?

— Quantos?

— Isso realmente importa, Rainey?

Não gostando do jeito que ele esbravejou a pergunta, tentei relaxar os ombros e cerrei os dentes.

— Por quanto?

— Quinhentos. E nós lhe daremos algo para que você não dê a mínima para o que está acontecendo enquanto estiver lá. Você estará voando e pode realmente se divertir pela primeira vez.

Eu nunca mais tinha gostado de alguma coisa desde Rowan. Nada. Nem um único dia maldito. Mas quinhentos dólares poderiam, pelo menos, pagar as contas.

— Tudo bem. A que horas você precisa de mim aí?

— Por volta das seis, para que possamos te ajeitar.

— E tudo o que tenho a fazer é ficar em um quarto?

Seus olhos castanhos fixaram-se nos meus.

— Você sabe o que fazer, Rainey. A única diferença é que desta vez você estará amarrada.

— O quê?

— É pegar ou largar, garota. Haverá um capuz sobre o seu rosto também. Portanto, não reclame disso. É tudo parte do esquema.

— Por que não posso simplesmente dar para esses caras, como de costume?

— Porque é mais divertido quando eles pensam que você não tem como dizer não. Homens são doentes pervertidos, entendeu? Alguns piores que outros. Você sabe disso. Inferno, você está morando aqui ao lado há anos. Pare de fingir estar surpresa.

— Paul!

Na calçada oposta, um homem veio correndo, com a mão balançando no ar e um boné de beisebol puxado para baixo e que cobria seu rosto. Ele diminuiu a velocidade ao se aproximar de nós, certificando-se de me dar uma olhada antes de voltar sua atenção para o homem ajoelhado ao meu lado.

— Ei, eu esperava conseguir um papelote contigo.

Paul se levantou e acenou para o cara. Antes de ir embora, ele me lembrou:

Esteja aqui às seis. Vamos continuar a partir daí.

Os dois desapareceram dentro de casa e voltei para a minha para tomar um longo banho, sentindo as lágrimas descendo pelo meu rosto ao pensar em quão longe eu tinha caído.

As horas passaram depressa, e às seis entrei na casa de Connor para encontrar todo mundo parado na cozinha conversando com o mesmo cara que vi mais cedo. Ele acenou com a cabeça em minha direção, o corpo curvado e apoiado nos cotovelos, sobre a bancada central, enquanto conversava com Paul e Jacob. Apesar de estar lá dentro, ele não se preocupou em tirar o boné.

Paul gritou para mim:

— Vá para o meu quarto, Rainey. Estarei aí em um segundo.

Fazendo o que me foi dito, virei à esquerda para entrar em seu quarto, e me sentei na cama para esperar. Eu podia ouvir as risadas vindo da cozinha, o cumprimento de mãos enquanto eles se despediam de seu convidado; e então a porta se abriu quando Paul e Jacob entraram no quarto.

— Tire isso, mulher, então coloque essa bundinha gostosa em cima da cama. Jacob vai amarrar suas mãos na cabeceira antes de te ajudar a entrar

CINCO

no clima. É como eu disse, tudo que precisa fazer é ficar deitadinha aí, bem lindinha... Entendeu?

Franzi o cenho, em confusão.

— Achei que você tivesse dito que eu colocaria um capuz na cabeça.

— Ninguém está interessado no seu rosto. Pelo menos não esta noite. Seu corpo é bonito o suficiente. Agora tire a roupa e chegue mais pra cima.

Balançando a cabeça, tirei as roupas, e me ajeitei contra a cabeceira da cama, observando Jacob amarrar minhas mãos.

Enquanto fazíamos isso, Paul enrolou alguns baseados e os deixou em cima da cômoda. Ele se virou para Jacob e disse:

— Isso é para ela. Um a cada duas horas e ela vai ficar boazinha. Você pode muito bem ajudá-la a fumar um agora, porque as pessoas devem começar a chegar em breve.

Ele jogou um na nossa direção, e Jacob o pegou no ar. Em seguida, ele o colocou entre os meus lábios enquanto Paul saía do quarto. Seus ombros tremiam de tanto rir quando ele acendeu a ponta e me fez dar uma tragada.

— Não acredito que você está fazendo isso.

Encolhi os ombros o máximo que pude, já que estava com as mãos amarradas.

— Dinheiro é dinheiro, certo?

Quase instantaneamente, meu corpo começou a relaxar, o colchão abaixo mais se parecendo a uma nuvem. Paul havia misturado a erva com outra substância. O que quer que fosse, começou a fazer efeito à medida que eu tragava toda vez que Jacob pressionava o baseado entre meus lábios.

— Ainda assim, Rainey, até você tem que admitir que isso é descer o nível pra caralho.

— E o que isso te importa? — perguntei.

— Nada. Estou apenas dizendo. Você ficar deitada aqui sem saber com quem vai foder, porra, isso é muito ruim. Só pensei em te dar esse aviso, antes de cobrir sua cabeça. Papai está dizendo a esses caras que vale tudo. E você não tem como impedi-los. Você pode chorar e gritar o quanto quiser. Ele não planeja desamarrar você até que acabe.

Minha cabeça nublou, de repente, e meu corpo relaxou contra a cama. Parecia que um cobertor pesado me cobria, meus braços flácidos e com os pulsos amarrados; minhas pernas se recusaram a mover, mesmo com as minhas tentativas.

— Eu posso parar quando quiser — murmurei, fechando os olhos e tombando a cabeça para trás.

— Não, Rainey, você não pode. Mas, ei... — ele se levantou da cama e o colchão se moveu — Pelo menos você não vai se lembrar muito do que aconteceu. Duvido que você vá se tocar do que está acontecendo. Aproveite a sua viagem. Voltarei e te ajudarei a fumar outro em algumas horas.

O quarto inteiro escureceu quando ele colocou o capuz sobre a minha cabeça, o quarto imerso em silêncio absoluto depois que ele saiu e fechou a porta. Infelizmente, nada disso importava. Com tudo o que eles me deram, eu estava tão perdida que minha mente começou a vagar de sonho em sonho, visões de tempos mais felizes na minha cabeça, um rosto sorridente brilhando dentre o de todos eles.

Já fazia mais de um ano desde a noite em que Rowan morreu, e eu ainda podia vê-lo tão claramente como se ele estivesse parado na minha frente, os grandes olhos azuis enrugados nos cantos enquanto seus lábios se abriam em um sorriso radiante. Ele era lindo. Tão bonito que não havia palavras para descrever. Bonito demais para mim.

Enquanto eu flutuava pelas memórias, as pessoas devem ter chegado na casa. A música explodia no lado oposto da parede, os sons regulares de uma festa com vozes ao longe e o tilintar de garrafas de cerveja. Lá fora, o ronco dos motores das motocicletas se infiltrou em meus pensamentos, mas nada disso importava para mim, dado o meu estado chapado.

A porta se abriu. Pelo menos, achei que sim. Uma voz masculina interrompeu a música alta, antes de ficar abafada outra vez. Ouvi as passadas pesadas. Mãos exploraram minhas pernas. Um cinto se soltou e atingiu o chão. O colchão cedeu e senti o calor corporal acima de mim. Minhas pernas estavam sendo abertas.

Você é melhor do que isso, Rainey...

Eu podia ouvir Rowan falando em meu ouvido, podia sentir o cheiro refrescante e mentolado em seu hálito quando ele me entregou uma pastilha de hortelã e balançou a cabeça.

Não, não sou, pensei enquanto as mãos abarcavam meus seios, o homem dizendo alguma coisa, a barriga grande pressionada contra a minha. Senti a textura áspera da barba por fazer contra a minha pele enquanto ele chupava meu mamilo e puxei as mãos amarradas pelas cordas. Ele riu.

— Você não vai a lugar nenhum, querida, apenas relaxe. Comporte-se e vou deixar você aproveitar isso.

Eu duvidava muito que aquilo fosse acontecer, mas ele não precisava se preocupar com a minha reação. Eu estava aqui por vontade própria. Rárá. Acho que ele era o motivo de piada.

A cama afundou mais entre as minhas pernas, suas mãos nojentas agarrando meus quadris para me levantar, seu pau me cutucando em todo lugar porque o idiota aparentemente tinha uma mira de merda.

— *Rainey, estou falando sério. Você deve ter um cara que tome conta de você. Que te veja como mais do que uma garota para usar e descartar. Mas você não permite que as pessoas te vejam assim. Você as deixa te machucar. Isso tem que parar...*

Rowan tinha sido tão doce naquela época. Com apenas dezesseis anos, seu rosto ainda era macio e seu corpo era tão magro. Ele ainda tinha esperança em seus olhos quando era jovem. A crença de que me tornaria melhor do que eu era.

O homem me penetrou, os dedos cravados na minha pele, grunhindo e arfando. Eu realmente não conseguia sentir muita coisa. Eu não estava totalmente lá, minha mente vagando com a sensação do garoto me levantando do chão, seus braços envolvendo minha cintura.

— *O que o deixou de tão bom humor?*
— *Uma garota.*
— *Ah, é? Quem é ela?*

Ela poderia ter sido eu. Rowan, se estivesse vivo, teria dezenove agora. E eu me perguntei se ele poderia realmente ter me tirado daqui. Se eu apenas tivesse aceitado fugir dali com ele, teríamos sido felizes onde quer que fôssemos?

O homem terminou. Outro entrou. Mais do mesmo. *Sim, vadia. Toma isso. Você sabe que você quer. Pare de lutar e eu farei você gostar.* Era como se esses idiotas estivessem lendo um roteiro. Eu não achava que estivesse me debatendo. Talvez eles gostassem de fingir que sim, porque isso os fazia se sentir superiores de alguma forma.

— *Eu vou te amar para sempre, Rainey. Proteger você. Cuidar de você. Não há nenhum lugar para onde você vá que eu não te encontre. Rowan e Rainey, para sempre.*
— *Promete?*
— *Prometo.*

As pessoas não devem fazer promessas que não podem cumprir.

Esse homem terminou. Próximo. Àquela altura, acho que estava chorando. Não por causa do que estava acontecendo comigo, mas porque eu não conseguia parar de voltar às memórias.

A noite avançou, Jacob entrou uma ou duas vezes para remover o capuz e me forçar a fumar outro baseado. Meus pensamentos se tornaram mais confusos ainda. Eu não tinha certeza se ele sabia que eu já nem precisava deles.

Não percebi mais a entrada dos homens, apenas os gritos altos, tiros, vidros quebrando e mais gritos, a voz de Paul se erguendo antes de outro tiro. Silêncio. Uma porta se abrindo. O som de passos pesados. Eu estava sendo desamarrada, o capuz foi puxado da minha cabeça. Não consegui nem mesmo abrir os olhos até que estivesse vestida outra vez e fosse carregada para algum lugar.

Minha cabeça tombou para trás e me lembro de ter visto Paul no chão da cozinha, uma poça escura ao redor dele. Jacob estava dormindo perto da porta da frente, o que achei estranho.

Dentro e fora. Dor no braço, como se tivesse recebido um corte. E então um travesseiro sob minha cabeça. Uma porta se fechando.

A noite deve ter acabado. Eu poderia finalmente descansar.

CINCO

Justin

Presente

Eu queria fazer tantas perguntas que escolher a primeira foi difícil. Do fim ao começo ou do começo ao fim? A cronologia não era importante para mim, mas para Rainey, seria.

Embora sua mente vagasse, ainda tinha uma rota específica, um rastejar de caracol no tempo, começando no fundo e circulando mais abaixo até que ambos nos sentamos juntos na lama.

— Uma testemunha afirmou que eles haviam sequestrado uma garota naquela noite. E que recebiam dinheiro para que os homens ficassem com ela.

— Você quer dizer... que me fodessem? — Uma inclinação de cabeça, a sombra de um sorriso. — Eu acho que neste ponto da história, palavras educadas não são necessárias. Nós dois sabemos o que eu era. Inferno, talvez o que ainda sou.

— Meu objetivo é confirmar que você estava lá por escolha própria naquela noite.

Assentindo, ela pegou um cordão puído de sua camiseta, vergonha e arrependimento escritos claramente em sua expressão, me surpreendendo ao ver isso.

— Há vários detalhes dessa história que gostaria de discutir. O primeiro é o homem que você descreveu no início.

Milhões de homens usam bonés neste país, e eu tinha certeza de que a maioria dos caras neste bairro estava entre eles, mas ainda assim, se fosse possível que o homem de suas lembranças e aquele com quem falei na frente de sua casa fossem a mesma pessoa, isso poderia responder a inúmeras perguntas.

— Ele é o mesmo homem que vimos do outro lado da rua? Aquele que se aproximou de mim ontem?

— Como eu vou saber? — ela respondeu, dando de ombros. — Há uma tonelada de homens por aqui que usam bonés.

Anotei as informações de qualquer maneira.

— A polícia conversou com você sobre a noite em que Paul e Jacob morreram? Eles te questionaram para saber se você estava lá?

Seus olhos encontraram os meus.

— Por que eles fariam isso? Eles nem sequer me informaram sobre a morte de Rowan. E a única razão pela qual me questionaram sobre Joel foi porque Angel me fez parecer suspeita.

— Frankie não mencionou...

— Frankie não deu a mínima que sua família inteira se foi, doutor. Ele não era esse tipo de pessoa. Até onde ele sabia, agora a casa pertencia somente a ele, já que todo mundo morreu. Ele poderia se tornar o maior traficante do bairro e ganhar muito dinheiro com isso. Porra, eu não teria ficado chocada se tiver sido Frankie quem atirou neles.

— Rainey, você acabou de me dizer que um homem a carregou e a levou para a sua casa. Isso não te leva a pensar se não foi ele quem os matou?

Ela se acalmou, os olhos vagando para a janela enquanto seus dedos tremulavam sobre a marca em seu braço. O movimento não intencional me lembrou de outra pergunta.

— Você mencionou que quando ele a trouxe para sua casa, você sentiu algo cortando seu braço. Foi daí que você ganhou essas marcas que está tocando neste instante?

Ela fechou os olhos por vários segundos, e então os abriu e focou em mim.

— Acordei com esses cortes, sim. Eles estavam enfaixados, mas não costurados nem nada. Então acho que é por isso que eles deixaram essas cicatrizes.

— O que esses cortes significam, Rainey?

Franzindo as sobrancelhas, ela ficou na defensiva, seu comportamento mudando de uma mulher assustada à uma com raiva.

— Como eu deveria saber? Eu nunca soube quem me carregou para minha casa. Eu estava totalmente fodida e chapada. Não, eu não sabia se aquele homem atirou em Jacob e Paul, e não, eu não falei com a polícia. O que eu deveria dizer a eles? *"Oh, ei, eu estava usando drogas na casa ao lado e transando com estranhos quando duas pessoas foram mortas?"*. Acho que não, Justin. Só uma pessoa estúpida diria isso. Eles começariam a olhar para mim como se eu tivesse algo a ver com aquela merda.

CINCO

209

Ela tinha algo a ver com aquilo?

A pergunta ecoou em minha mente, o aviso de Grenshaw sobre Rainey se misturando à minha incerteza.

Do jeito que estava, não havia nenhuma pessoa viva que pudesse atestar o verdadeiro comportamento de Rainey no momento dos eventos. A única testemunha viva conhecida era a própria Rainey.

— Por que você está tão chateada, Rainey?

Lágrimas escorriam por suas bochechas, seu rosto pálido irradiando um tom vermelho de raiva. Sua linguagem corporal estava retraída, o olhar se desviando pela sala e se recusando a encontra o meu.

— Você age como se eu quisesse que tudo isso acontecesse. Você também me acusou de ser uma vítima estúpida. Eu não sou estúpida, Justin. Nunca fui. No mínimo, sou uma vítima das circunstâncias, claro, mas não quando se trata do que fiz com qualquer membro da família Connor. Eu fiz o que tinha que fazer para sobreviver. Você é um cara inteligente. Tenho certeza de que você foi criado em uma bela casa, por bons pais. Você frequentou a escola e a faculdade e agora tem uma carreira que paga o suficiente para cobrir o seu sustento. Isso é bom para você, mas não significa que todos nós tivemos a mesma sorte. Você não tem ideia de como é difícil viver minha vida. Nenhuma mesmo. Então, em vez de ficar sentado aqui me julgando, por que você simplesmente não pega sua caneta e papel sofisticados e dá o fora?

Antes que eu pudesse responder, ela se levantou do sofá e caminhou para a cozinha, longe da minha vista. Suspirei audivelmente, arrependido por tê-la chateado, exausto pela história narrada e que ainda não tinha me fornecido uma única resposta sobre como seus amigos morreram no ataque mais recente.

Deixando a caneta e bloco de notas de lado, eu a segui, meus passos muito mais lentos que os dela.

— Rainey?

Ela se encostou no balcão, o rosto enterrado nas mãos. De onde eu estava, podia ver seus ombros tremendo, podia ouvir os soluços suaves que sacudiam seu peito.

Aproximei-me, sem saber como ela reagiria à minha presença.

— Você está bem?

— Não, eu não estou bem — ela falou contra as palmas das mãos. Afastando o rosto, ela me encarou com os olhos avermelhados. — Achei que você estava aqui para me ajudar. Depois do que aqueles policiais fizeram, depois das coisas que me disseram, pensei que talvez tivesse sido enviado como um pedido de desculpas. Não sei contar essa história, eu mesma não entendo, mas não é por isso que você está aqui, é? Eles mandaram você para enfiar os pregos mais fundo? Para me fazer sentir pior?

A confusão me dominou.

— Do que você está falando?

Eu me aproximei enquanto ela falava, meu olhar pousando sobre ela enquanto espelhava sua posição do lado oposto do balcão. A beirada incomodou meus quadris, mas ignorei o desconforto.

— Aqueles policiais, Grenshaw e o outro cara. Eles praticamente riram de mim enquanto eu explicava minha história. Eles me provocaram e fizeram perguntas detalhadas sobre o que fiz com a família Connor. Eles não se importavam em saber a verdade, só queriam me ouvir falar sobre como eu me sentia por ter trepado com tantas pessoas. Como se eu fosse uma prostituta burra. Como se estivesse mentindo para encobrir as coisas.

A surpresa fez com que eu arqueasse as sobrancelhas, antes que a raiva estreitasse meus olhos. Eu não tinha assistido ao depoimento completo, não tinha ideia do que ela estava falando, mas corrigiria esse erro esta noite.

— Eu não sabia que eles haviam te tratado dessa forma. Eu pediria desculpas em nome deles, mas estou com muita raiva, se o que você está me dizendo for verdade.

— Não é sua função se desculpar por eles. — Havia mais nessa declaração que ela não disse, um pensamento que guardou para si mesma. Eu podia ouvir em sua voz, ver na maneira como ela desviou o olhar antes de terminar a frase.

— E pelo que eu deveria estar me desculpando? O que eu fiz?

Rainey deu uma risada triste que sacudiu seus ombros enquanto ela enxugava uma lágrima.

— Não tenho certeza se você tem um motivo. Você me rejeitou, doutor, me disse que eu era uma vítima, mas se é assim que realmente pensa, então é o que é. Não posso fazer nada a respeito.

Apoiei as mãos lado a lado do meu corpo, no balcão, e cruzei um tornozelo sobre o outro.

— Eu não te rejeitei por ser uma vítima.

— Ah, é? — Os olhos azuis encontraram os meus. — Você fez isso por causa do meu passado? Por causa do que eu fiz?

Na verdade, eu não a estava rejeitando. Não totalmente, pelo menos. Se pudesse mudar nossas circunstâncias e possibilitar que explorássemos o

CINCO

que poderia acontecer entre nós, eu o faria. Ela era uma garota linda, não havia como negar isso. Algo sobre ela me atraiu te tal forma, que trouxe à tona cada instinto masculino que eu possuía. Foi por pura força de vontade que me abstive de estender a mão para tocá-la.

— Não foi por causa disso, também. É porque você está envolvida em uma investigação de assassinato, para a qual fui contratado para ajudar a conduzir.

— Então, você acha que tive algo a ver com isso, certo? Que eu era forte o suficiente para fazer, sozinha, o que foi feito aos meus amigos?

Cruzando os braços à frente, ela riu.

— Não sou tão forte e não sou tão inteligente. Não a ponto de exterminar uma família inteira e depois espancar mais quatro pessoas até a morte.

Não, ela não era. Nisso ela não estava mentindo.

— Quem você acha que te carregou para fora daquela casa e te trouxe de volta, e esculpiu estas marcas em seu braço? Tem que significar alguma coisa.

Dando de ombros, Rainey desviou o olhar, a luz do sol se infiltrando pelas janelas, destacando as trilhas úmidas de suas lágrimas derramadas.

— O que você pensa de mim, Justin? Sem enrolação ou gentileza. O que você realmente pensa de mim? Acha que sou capaz de machucar outra pessoa?

Ela parecia tão pequena naquele momento, insegura de si mesma, assustada. Se eu tivesse que adivinhar com base apenas no que estava diante de mim, minha resposta seria não.

— Não, pelo que você me disse, não.

Assentindo, ela coçou o pescoço, o movimento de seu braço levantando a bainha de sua camiseta apenas o suficiente para que eu vislumbrasse a pele de seu abdômen.

— Você acha que não sou boa o suficiente para você? — sussurrou, seu olhar colidindo com o meu, desafiando-me a ser honesto. — A vida fez isso comigo? Me tornou menos do que digna de uma pessoa como você?

— Não. Acho que você cometeu erros. Acho que o seu passado é... — Suspirando, passei a mão pelo cabelo, tentando formular uma maneira legal de dizer isso. — Eu acho que é convoluto e angustiante.

Inclinando a cabeça, ela sorriu.

— Convo o quê?

Sorrindo de volta para ela, eu disse:

— Confuso e perturbador. Mas é o seu passado, Rainey. Você pode mudar isso.

— Como vou fazer isso se pessoas como você não me dão a chance?

— Não é que eu não queira...

Porra! Se eu pudesse fechar este maldito caso, eu mostraria a ela exatamente o quanto a desejava. Desde que a conheci, ela é a única coisa em que consigo pensar. Rainey tinha me empurrado além dos limites profissionais na minha mente, e não estava ajudando ao me encarar com aquele olhar saudoso nesse exato instante.

Seus lábios se curvaram nos cantos e ela piscou rapidamente.

— Então, o que você está dizendo é que gostaria de conhecer alguém como eu?

Conhecer? Eu gostaria de jogá-la naquele balcão e tirar suas malditas roupas, mas isso me faria tão ruim quanto todos os outros homens que a viram como nada mais do que um corpo para foder.

Sua pergunta era perigosa. Negar isso a levaria a pensar novamente que ela não valia meu tempo. Admitir isso lhe daria um motivo para tentar.

Infelizmente, meu silêncio só abriu a porta para ela dar um passo à frente e diminuir a distância entre nós.

— Justin?

Nossos peitos pressionaram um ao outro, ela inclinou a cabeça para olhar para mim e tocou minha bochecha. Liberando meu aperto mortal no balcão, agarrei seus quadris para afastá-la, mas a ponta do dedo traçou meu lábio inferior, tornando a tarefa quase impossível.

— Quantas vezes nós já estivemos aqui, doutor? Tão perto, porém tão longe? — Ela sorriu, o movimento de seus lábios atraindo meu foco, seus olhos arregalados de desejo. Seria tão fácil simplesmente me soltar, inclinar e provar aquela boca, permitir que minhas mãos explorassem e apreciassem todas as suas curvas femininas.

— O caso... — Minha voz estava áspera, todos os músculos do meu corpo todo tensionados. Rainey não parecia se importar com o que nos impedia de uma relação mais a fundo, tudo o que importava era seguir em frente.

Ela puxou a minha cabeça para baixo, segurou meu rosto entre as mãos e ficou na ponta dos pés para roçar os lábios contra os meus. Minhas mãos permaneceram em seus quadris, dedos frouxos, uma recusa contra o que eu sabia que queria.

A lógica colidiu com o desejo, minha mente percorrendo todas as razões pelas quais eu deveria parar com isso antes que fosse mais além, mas meu corpo não cooperou. Fiquei ali parado, permitindo que ela passasse a língua ao longo da minha boca, o cheiro de lavanda flutuando em meus sentidos enquanto o gosto de hortelã se infiltrou pelas minhas narinas. Ela devorou a minha boca, seu peito espremido ao meu, minhas mãos agarrando seus quadris agora que me rendi ao momento.

Ainda assim, algo me incomodava, um fator nesta equação que não estava certo. Hortelã?

Interrompi o beijo.

— Você parou de fumar?

Quando isso aconteceu e por que não percebi antes?

— Dois dias atrás, doutor. Continue...

Ela começou a rir baixinho com a própria resposta, seus olhos azuis fixos nos meus.

— Eu disse que posso parar as coisas quando quiser. Não é minha culpa que você não acreditou em mim.

Rainey não me deu tempo para responder; ela simplesmente enlaçou meu pescoço e me puxou para ela, sua outra mão deslizando para agarrar a minha e retirá-la de seu quadril, direcionando-a para cobrir seu seio sobre a camiseta.

Droga. Meu corpo reagiu antes que meu cérebro pudesse se dar conta. Abarquei seu seio, sentindo o peso contra minha palma, meu pau duro assim que um gemido escapou de seus lábios e vibrou contra os meus.

Sabendo que deveria parar o que estava acontecendo, em vez disso perdi o controle, liberando-a para que pudesse enfiar a mão por baixo de sua camiseta para sentir pele contra pele. A sensação dela era tudo o que imaginei que seria. Firme, mas macio. Jovem, tão jovem.

Esmagar o peso contra minha mão e sacudir meu polegar sobre o mamilo duro era tudo o que eu não deveria ter feito quando ela me beijou e deu uma lambida necessitada com sua língua, os quadris pressionados contra os meus.

Murmurando contra a minha boca enquanto eu continuava a tocá-la de maneiras que iam contra o meu melhor julgamento, ela esfregou a mão na frente da minha calça.

— Você me quer, Justin. Eu sei disso. Apenas se solte.

Eu sabia que a queria, mas essa garota se movia muito mais rápido, exatamente porque não se restringia pela noção de certo ou errado, e não era limitada pelo profissionalismo.

Um brilho em seu olhar e eu me desfiz, minha capacidade de impedir o que estava acontecendo entre nós rendendo-se totalmente à luxúria.

— Eu vou cuidar de você — ela prometeu em um sussurro rouco, o som de sua voz passando por mim tão violentamente quanto minha necessidade de explorar cada centímetro de seu corpo.

Com a sombra de um sorriso curvando seus lábios, Rainey se ajoelhou na minha frente, os dedos soltando o botão e descendo o zíper da minha calça; as palavras *pare, não, esta é uma ideia seriamente* ruim presas na parte de trás da minha garganta.

Eu só consegui dar um grunhido sem sentido quando ela puxou meu pau para fora e colocou a mão sobre o eixo rígido, meus olhos encarando-a e encontrando seu olhar. Sem quebrar o contato visual, ela colocou os lábios sobre a ponta e estalou a língua.

— Porra...

Minha cabeça tombou para trás enquanto meus quadris empurravam, o calor úmido de sua boca lentamente me engolindo, centímetro por centímetro excruciante.

Sem pensar, minha mão foi para sua cabeça, meus dedos entrelaçando em seu cabelo escuro enquanto ela balançava e lambia, chupava e me atava em um nó de desejo e necessidade.

Não havia como parar isso, não agora quando tínhamos chegado a um caminho sem volta. Sua boca era pura magia, o golpe de sua mão me conduzindo até que cerrei os dentes em um clímax que me atingiu sem desculpas.

Rainey ficou de pé, sua mão ainda brincando com o que restava da minha ereção, seus olhos azuis maliciosos encontrando os meus com a vitória escrita em sua expressão.

— Diga-me que você não queria isso.

— Eu não... Não deveríamos ter... Isso não pode...

Era impossível terminar até mesmo uma das afirmações, por mais verdadeiras que fossem.

Pressionando contra mim, Rainey passou a mão pelo meu abdômen e peito, por cima do meu ombro e em minha nuca para puxar minha boca para a dela. Eu podia sentir meu gosto em seus lábios.

— Rainey, preciso terminar este caso antes que isso aconteça novamente.

Seus lábios traçavam beijos leves ao longo da minha mandíbula. Beliscando meu lóbulo, ela riu, o som suave e tão totalmente inebriante que parei para ouvi-lo, a adesão ao meu trabalho em conflito com a exigência de que eu a comesse bem aqui contra o balcão, sem me importar com as consequências.

— Outras coisas podem acontecer então. Existem mais maneiras de curtir um ao outro do que apenas uma.

Um arrepio atravessou meu corpo, minha ereção ganhando vida na mão feminina que continuava me tocando e acariciando, me provocando com um leve arranhar de unhas antes de envolver os dedos com força ao meu redor.

Agarrando a frente da minha camisa, Rainey inclinou a boca sobre a minha, sua língua vibrando em meus lábios antes de mergulhar dentro para me provar.

Eu estava perdendo essa batalha, perdendo a capacidade de lembrar por que deveria dizer não.

Ela me soltou subitamente e se afastou, com o olhar fixo ao meu. Seus olhos cintilavam, excitados, enquanto os meus estavam encobertos pela necessidade de tomar o que ela estava oferecendo sem medo das consequências.

— Pode ser nosso segredinho, doutor. — Ela retirou a camiseta pela cabeça, revelando seu corpo para mim sem timidez ou hesitação. Meu olhar pousou nos seios volumosos, minha boca encheu d'água ante a necessidade de morder e provar.

— Toque em mim, Justin. Pare de fingir que não quer isso.

Dar um passo à frente seria estranho, visto que minha calça estava em volta dos meus tornozelos. Eu poderia puxar a roupa para cima, abotoar e ir embora, ou poderia me livrar dos sapatos e da calça, e ceder à tortura sensual de ver essa mulher seminua implorar para eu mostrar a ela o que queria.

A segunda opção venceu, e assim que me livrei das roupas, dei um passo à frente para envolver uma mão em seu cabelo para beijá-la enquanto a outra espalmava seu seio. Ela gemeu em minha boca, arqueando as costas ao meu toque.

— Você está fazendo isso de propósito — acusei, sem me importar que minhas palavras estivessem patinando tão perto da verdade.

Apoiando Rainey contra o balcão oposto, segurei a lateral de seu short e o empurrei para baixo. Meus dedos exploraram entre suas pernas para descobrir que ela estava molhada e pronta.

— Você está me matando. Você sabe disso?

Ela sorriu contra os meus lábios.

— Cale a boca e faça o que queria fazer há dias.

Deslizando meus dedos dentro dela, observei com fascínio a maneira como sua boca se entreabriu em um gemido, seus olhos se fechando e abrindo novamente em um convite puro.

Não havia como impedir isso. Tínhamos ido longe demais para desistir.

Levantando-a no balcão, inclinei a cabeça para tomar um mamilo em minha boca, minha mão moldando o outro seio enquanto ela enlaçava meus ombros e me observava degustando de sua pele.

Eu estava duro de novo, meu corpo latejando com a necessidade de saber como era estar dentro dela.

Levantando a cabeça para beijá-la uma última vez, perguntei:

— Você tem certeza disso, Rainey? Tem certeza de que quer isso?

— Eu não disse não, disse?

Ela não disse *não* para muitas coisas, mas isso não significava que ela queria.

— Rainey, você quer fazer isso comigo?

Seus dedos preguiçosamente brincaram com meu cabelo, as pontas arrastando pelo meu pescoço, me seduzindo ainda mais.

— Sim.

Isso era tudo o que eu precisava ouvir. Agarrando seus quadris, puxei-a para a borda do balcão, encaixei meu pau entre suas pernas e a penetrei com um movimento longo e duro. Ela suspirou, sua cabeça inclinada para trás, seu peito empurrando para frente enquanto suas costas arqueavam.

Eu estava possuído, cada impulso dentro dela nos empurrava para frente e para trás, seus seios balançando com o movimento, cada pedaço de integridade que eu possuía sangrando enquanto agarrava sua nuca e tomava sua boca com a minha.

Não havia como retroceder com esse erro... e sim, isso era exatamente o que aconteceria quando eu saísse desta casa e tivesse um momento para respirar e pensar sobre o que havia feito. Mas, por agora, fiquei perdido na sensação dela, perdido nos gemidos e ofegos suaves que escaparam de seus lábios, perdido em vê-la quando interrompeu nosso beijo para se deitar sobre a bancada, as costas arqueadas, as mãos agarrando os lados enquanto eu continuava usando seu corpo para agradar o meu.

Puta que pariu, essa garota era viciante, cada movimento que ela fazia chamava minha atenção, seus seios saltando a cada impulso, suas pernas envolvendo minha cintura e me segurando firme contra seu corpo enquanto eu lutava contra o desejo de gozar.

CINCO

Eu queria vê-la gozar, queria ouvir o som que ela fazia quando chegava ao clímax, mas a visão dela era demais, a sensação dela...

— Porra! — Puxei para fora, minha porra se derramando úmida e espessa em minha mão.

Nunca na minha vida fui um egoísta de duas estocadas só, mas essa garota tornava impossível aguentar.

— Eu sinto muito... — eu disse, me soltando do agarre de suas pernas para correr até a pia e lavar minha mão.

— Por...? — Sentando-se, Rainey piscou, completamente confortável em sua nudez.

— Por não ter feito você gozar.

Seus lábios se curvaram em um sorriso.

— Talvez na próxima vez.

Com a sensação de finalmente tê-la esgotado, a ansiedade pelo que havia feito começou a se infiltrar.

— Eu preciso terminar este caso, Rainey. — Meu olhar focou ao dela, e expliquei: — Esta entrevista precisa terminar para que eu possa enviar meu relatório.

Com a voz baixa, ela perguntou:

— O que você vai dizer a eles?

— A verdade.

— E que verdade é essa?

Secando as mãos em um pano de prato, peguei suas roupas do chão e entreguei a ela.

— Eu preciso saber o que aconteceu na noite em que seus amigos morreram, Rainey.

Ela vestiu a camiseta, murmurando enquanto se vestia:

— Ainda não cheguei a esse ponto da história.

— Então vá em frente. Apenas me diga o que você sabe. Você os matou?

— Não. — Saltando do balcão, ela vestiu a calcinha e o short. — Eu não os matei.

Era tudo o que eu precisava saber.

Agarrando minha calça, me vesti e estava amarrando os sapatos quando disse a ela:

— Eu preciso ir. Acho que posso terminar este relatório esta noite e entregá-lo.

— Isso significa que a entrevista acabou? Eu não terminei de te dizer...

Virando-me, eu a beijei até fazê-la se calar, sem me importar com o que aconteceu na noite do incêndio. Isso foi tudo o que restou para ela contar antes da noite em que seus amigos foram assassinados.

— Sim, a entrevista acabou. Eu preciso terminar este relatório. É importante.

Assentindo, ela me seguiu pela sala, observando em silêncio enquanto eu recolhia minhas coisas. Rainey me acompanhou até a porta da frente depois disso, inclinou a cabeça para me encarar enquanto eu me preparava para sair.

— Obrigada, Justin. Por tudo.

Abaixando-me, eu a beijei, um beijo rápido nos lábios que eu gostaria que pudesse se transformar em muito mais.

— Vou me certificar de que eles saibam de tudo. Você não fez isso, Rainey, e vou incluir isso no meu relatório.

Virando-me para sair, notei o mesmo homem do outro lado da rua novamente, meu temperamento subindo ao vê-lo.

— Rainey, certifique-se de trancar sua porta.

Ela fez o que pedi, a fechadura travando enquanto eu corria escada abaixo para o meu carro. Abrindo a porta, me virei e me certifiquei de que aquele filho da puta soubesse que eu o estava observando. Ele se afastou lentamente, virou uma esquina e saiu de vista.

Na verdade, eu estava mais preocupado com o homem que a perseguia do que com qualquer outra coisa. Eu o incluiria em meu relatório e, então, quando tudo isso acabasse, tiraria Rainey daqui para afastá-la do perigo que ele representava.

Justin

Presente

Erros, todos nós os cometemos.

Alguns são o resultado de uma péssima decisão. Outros chamam a consequência de mau julgamento. A maioria das pessoas não reconhece o erro enquanto ele está sendo cometido. Eles são uma bomba esperando para detonar, um trem em alta velocidade com o manobrista adormecido ao volante, são potenciais ainda não realizados até que o ato de fazê-los esteja concluído.

No entanto, meu erro foi uma decisão consciente. Não havia desculpa para minhas ações, nenhuma capacidade de alegar que não entendia o que estava sendo feito. Eu soube em cada etapa do ato, desde antes de tocar Rainey pela primeira vez, até o momento de finalmente prová-la, e durante todo o trajeto desde que deixei sua casa e voltei à minha, as consequências do que nós havíamos feito foram jogadas na minha cara.

Eu já não era mais um relator objetivo. Não poderia mais alegar honestamente que as opiniões em meu relatório eram livres de meus sentimentos pelo suspeito sendo entrevistado. Eu não havia apenas acabado de cruzar um limite claro, eu tropecei em uma fronteira tão formidável quanto uma parede de seis metros, escalei sem me preocupar com o que estava fazendo e pulei com os braços abertos sem me importar com minha reputação e integridade sendo destruídas por conta da minha queda.

Agora, eu estava sentado à mesa na minha sala de jantar com meu laptop aberto, e pronto para o que precisava redigir, meus dedos congelados sobre as teclas, um brilho azul iluminando meu rosto como um holofote acusatório.

De acordo com minha licença profissional, digitar este relatório e enviá-lo como uma opinião analítica documentada com influência subjetiva era criminoso. Mas eu faria isso de qualquer maneira... por ela.

Relaxando contra a cadeira, esfreguei as mãos no rosto, um suspiro audível soprando em meus lábios. Havia tantas perguntas sem respostas ainda pairando em meus pensamentos, assim como o temor do que poderia acontecer com Rainey se ela nunca deixasse Clayton Heights.

Ela conseguiu sobreviver naquele lugar por cinco anos, mas suspeitei que o único motivo era por causa de sua natureza simples e submissa. O que teria acontecido com ela se ela tivesse dito não para aquela família ao invés de sim?

Tudo nesse caso me incomodava, mas foram as influências externas, os fatores externos que me incomodaram mais.

Eu acreditava que Rainey era capaz de matar quatro pessoas de maneira tão violenta?

Essa foi a pergunta final e uma que eu poderia responder honestamente e de maneira negativa. Alguém havia assassinado seus amigos e, a julgar pela história que ela relatou, a julgar por um homem que tinha mais interesse nela do que se sentia confortável, pensei que havia uma possibilidade distinta de que alguém a tenha seguido naquela noite, ou alguém seguiu Preston depois de uma negociação que deu errado.

Foi a única pergunta que me pediram para responder, todos os outros detalhes sem importância para o meu papel neste caso.

Grenshaw a acusaria pelas mortes de qualquer maneira?

Foi outra questão que permaneceu.

Ao lado do meu computador estava a pasta de arquivos que Grenshaw havia me dado. Dentro dessa pasta estava o disco de sua primeira entrevista com os detetives. Eles zombaram dela como se ela fosse nada mais do que entretenimento?

Tirando o CD da pasta, levei algumas horas para assistir à entrevista e, como Rainey havia dito, os dois detetives a trataram como se ela fosse um objeto de diversão, nem um pouco confiável. Ela contou a eles partes da mesma história que me relatou, porém a reação deles foi ridícula.

— *Antes que você me diga qualquer coisa, tenho que perguntar o seguinte: você estava andando engraçado quando saiu da casa dela?*

As primeiras palavras de Grenshaw para mim após meu encontro inicial com ela foram reveladoras. Em vez de ouvir o que ela estava tentando dizer, ele simplesmente a viu como um objeto sexual, alguém a ser rejeitado

CINCO 221

como nada mais do que uma mulher promíscua.

Isso, no mínimo, solidificou minha necessidade de protegê-la. Sim, enviar o relatório era errado. Certificar-me como um relator neutro e imparcial era um crime. Mas, se não fosse eu, quem estaria do lado de Rainey?

Ela não tinha mais ninguém. Ninguém, exceto a mim.

Levei várias horas para redigir o relatório, e mais algumas horas para revisá-lo e ajustar as alterações finais. O documento percorreu toda a gama de experiências de Rainey, as notas finais sugerindo que havia vários indivíduos não identificados que eram mais prováveis de ser responsáveis pelos assassinatos do que a mulher que entrevistei.

Na verdade, a marca no braço de Rainey continuava a me incomodar. O que significava e por que alguém iria esculpir em sua pele? Talvez fosse uma marca de posse? A mensagem de um indivíduo de mente doentia para que alguém pudesse ver?

Por que cinco? Nada disso fazia o menor sentido.

Eu poderia ter passado o resto da noite refletindo sobre seu significado, mas, em vez disso, fiz o possível para dormir um pouco, chegando cedo na manhã seguinte à delegacia para entregar meu relatório final.

Grenshaw estava em seu escritório quando cheguei, com os olhos turvos pelas últimas horas em que trabalhara, o paletó amassado onde foi jogado sobre a mesa. Com os punhos das mangas da camisa enrolados até os antebraços, ele recostou-se pesadamente na cadeira, com os pés apoiados na superfície da mesa. Eu senti como se tivesse interrompido uma soneca, ou possivelmente o acordado de uma noite passada dormindo no mesmo lugar onde ele trabalhava.

— Dê-me o resumo, Justin. Foi ela?

Balançando a cabeça, espelhei sua postura relaxada, mas cruzei o tornozelo sobre o joelho em vez de apoiar os pés em sua mesa.

— Não acredito que ela seja capaz de cometer esses crimes. Cada pessoa que morreu à sua volta teve seus próprios problemas. Eles tinham inimigos, competidores, questões que iam além de sua associação com Rainey. Quanto à noite dos assassinatos mais recentes, existe a possibilidade de que as mortes tenham tido algo a ver com o que quer que tenha deixado Preston com raiva. Também há uma pergunta sobre este homem que parece estar perseguindo Rainey. Ela admitiu para mim que estava na casa de Connor na noite em que Jacob e Paul morreram, que alguém a carregou de lá e a levou para casa.

Ele resmungou:

— Mais um fato que ela não nos contou.

— Você perguntou sobre esse assunto?

Apertando a ponte do nariz, Grenshaw fechou os olhos com força, procurando respostas em seu cérebro.

— Não tenho certeza, mas acho que não.

— Então, como ela poderia te dizer?

Sua resposta foi um giro de ombros, as mãos dobrando sobre a barriga estufada.

— Então, o que você acha, Justin? Acredita que outra pessoa fez isso?

— Essa não é minha decisão. Fui contratado para avaliar Rainey. Ela é uma testemunha terrível do que aconteceu na noite em que seus amigos morreram, mas ela foi direta sobre como os conheceu e por que estava na festa naquela noite. Mesmo que os detalhes que tenha dado a pintassem de uma forma horrível.

Descontente com minha avaliação, Grenshaw afastou os pés da mesa, a cadeira gemendo quando ele se inclinou para frente para apoiar-se nos antebraços. Olhos encontrando os meus, ele encolheu os ombros.

— Este é outro caso não resolvido.

Eu não estava feliz com a facilidade com que ele desistia.

— Siga o exemplo das atividades de Preston como revendedor. Eu também sugiro que descubra quem é o homem na vizinhança de Raincy que a mantém sob vigilância. Talvez você consiga sua resposta em um desses dois lugares.

— Sim, cara. Eu ouvi o que falou a respeito. No entanto, é um pouco mais complicado do que patrulhar Clayton Heights. No minuto em que ele avistar as viaturas lá, ele saberá que algo está acontecendo. Eles vigiam essas ruas como falcões. Mesmo os policiais à paisana não passam despercebidos. Se algo está fora do comum, todos eles sabem.

Rainey havia me avisado sobre a mesma coisa no primeiro dia em que cheguei para a entrevista. Não invejei Grenshaw por seu trabalho e as dificuldades de resolver esses casos.

— Eu tenho que ir — eu disse, levantando-me da cadeira. — Boa sorte com tudo isso.

Grenshaw me dispensou depois de me agradecer pelo papel que desempenhei. Feliz por encerrar a minha parte no caso, dirigi até a casa de Rainey em seguida. Era importante informá-la de que a entrevista havia acabado, e eu queria esclarecer suas preocupações de que estava sendo considerada suspeita. Quanto a todo o resto, não sabia o que dizer ou fazer.

Envolver-me tão profundamente com ela foi estúpido da minha parte, mas eu estava disposto a ajudá-la se ela permitisse. Rainey precisava de alguém forte em sua vida, alguém que tivesse os meios para ajudá-la a escapar de Clayton Heights. Eu não a conhecia há tempo suficiente para ter certeza do que queria que houvesse entre nós, mas sabia que queria algo.

Eu a amava? Não.

Poderia amá-la? Isso é o que eu queria descobrir.

Ignorando a maneira como meu coração quase saltou pela garganta assim que parei em sua garagem, saí do carro e segui o caminho até a varanda, um suspiro soprando em meus lábios quando bati à porta.

Ela não respondeu imediatamente, mas também não me esperava como nos outros dias que passei por aqui. Batendo de novo, olhei para o outro lado da rua para ver se as pessoas estavam olhando. Como de costume, houve alguns olhares cautelosos olhando para trás.

A porta se abriu e me virei para encontrar Rainey enrolada em uma toalha, os ombros e as pernas nuas. Isso me irritou e me assustou ao mesmo tempo.

— Rainey, você não tinha ideia de que era eu na porta. Não te ocorreu se vestir antes de atender? Isso — eu disse, passando meu dedo pela dobra central da toalha —, é perigoso.

Seus olhos azuis demonstraram surpresa, alargando-se um pouco com o que eu disse.

— Achei que a entrevista tinha acabado.

Meu pau saltou com o pensamento do que eu encontraria sob a toalha.

— Acabou. Eu vim para dizer que enviei o relatório final e você não precisa mais se preocupar com Grenshaw te enquadrando como suspeita. Você pode deixar tudo isso para trás e seguir em frente como sempre quis.

Em vez de se afastar para me deixar entrar em casa, Rainey bloqueou a porta, segurando-a aberta apenas o suficiente para que eu a visse.

— Você vai me deixar entrar?

Lançando um rápido olhar por cima do ombro, ela voltou a me encarar.

— Não é um bom momento agora.

A suspeita me inundou.

— Por que não?

Ela não precisava me responder. Quem quer que ela tivesse dentro de sua casa, me disse tudo o que eu precisava saber.

— Rainey! Droga, mulher, volte aqui. Estou sentado aqui com meu pau na minha mão.

Foi um soco no peito, saber que, apesar do que compartilhamos – ou o que pensei –, ela já havia pulado na cama com outra pessoa. Uma desculpa cintilou em seus olhos, seu corpo se movendo, inquieto. Ela sabia, apenas pela expressão no meu rosto, que eu não estava feliz em ouvir a voz de outro homem.

— Sinto muito — ela sussurrou —, e sou grata por você ter me ajudado como fez, mas ainda preciso pagar minhas contas. Eu disse antes que você não entende o que é estar na minha pele. Eu faço o que tenho que fazer para poder sobreviver...

Como diabos ela pôde fazer isso?

— Essa é a outra razão pela qual estou aqui, Rainey. Eu quero ajudá-la a sair deste lugar. Você não precisa mais fazer essa merda. Diga a esse idiota para sair e podemos conversar. Eu quero te ajudar.

A porta se abriu, e Rainey se sobressaltou quando um homem apareceu ao lado dela. Erguendo os olhos, acalmei-me ao ver que era o mesmo idiota que me confrontou no meu carro. Tudo o que ele vestia era uma calça jeans aberta na cintura, seu peito nu repleto de músculos, e os olhos entrecerrados enquanto me encaravam.

— Volte para o sofá, Rainey. Eu cuido disso para você.

Lançando-me um último olhar de desculpas, Rainey se afastou, seu *cliente* sorrindo para mim do outro lado da porta.

Ele sorriu com um braço apoiado contra o batente, enquanto o outro pendia solto ao lado. Havia uma bandagem em seu antebraço esquerdo, mas abaixo dela havia um músculo tenso.

— Aparentemente, vinte dólares rendem muito com essa garota. Você sabe o que eu quero dizer?

Tudo o que senti foi fúria. Vendo isso no meu rosto apenas o fez sorrir mais.

— Odeio te dizer isso, cara, mas a agenda de Rainey está cheia hoje. Eu sugiro que você se mande. Se você estiver de pau duro, há uma boceta de segunda categoria duas ruas abaixo. Casa número 1530. Basta bater à porta. Ela saberá por que você está lá.

Com isso, ele fechou a porta na minha cara, sua risada profunda no lado oposto. Eu ouvi Rainey gritar alguns segundos depois, meus pés congelados no local onde eu estava.

Finalmente encontrando a capacidade de ir embora, sentei-me em meu carro por alguns minutos, a descrença saturando cada célula do meu corpo.

CINCO

O retorno até a minha casa me deu muito tempo para pensar no que havia acontecido; meu primeiro instinto foi esquecer que a conhecia; meu segundo foi virar e arrastar aquele filho da puta para fora de sua casa e reivindicar Rainey como minha.

Quando cheguei em casa, estava lívido.

Decidindo correr, coloquei um short e uma camiseta, amarrei meu iPod ao suporte no bíceps e percorri seis quilômetros em menos de uma hora. O exercício ajudou a drenar um pouco da raiva e tensão do meu corpo, mas não ajudou em nada para clarear a cabeça.

Um banho frio também não serviu para nada, e ao me deitar na cama, naquela noite, não consegui dormir por causa dos meus pensamentos tumultuados.

Isso não estava certo. Não era assim que tudo isso deveria acabar.

De forma nenhuma a deixaria voltar para uma vida que eventualmente a mataria.

Pulei para fora da cama e tomei a decisão de confrontar Rainey para fazê-la ver que havia mais opções disponíveis para ela do que Clayton Heights.

Sem dar a mínima para o horário, entrei no meu carro e dirigi até lá.

Ela iria decidir isso esta noite, quisesse ou não.

Minha única esperança era que ela fosse inteligente o suficiente para ver que deixar tudo para trás e seguir em frente comigo era a melhor escolha que ela poderia fazer.

Rainey

Presente

Sexo por drogas. Sexo por dinheiro. Sexo por favores, ou esmolas ou ambos. É o que aprendi a fazer na vida para sobreviver. Não nasci com um cérebro de gênio, não fui dotada de muito talento, mas o que me foi dado foi um corpo que chamava a atenção, além do conhecimento de como poderia usá-lo.

O rebolado não tão sutil de meus quadris faz um homem olhar maliciosamente para a minha bunda. O balanço provocador dos meus seios faz seus dedos se curvarem e suas palmas formigarem para moldá-los contra suas mãos. Tudo o que faço é para atraí-los, desde o arregalar inocente dos meus olhos até a curva do meu lábio sobre os dentes. É uma imagem que dominei anos atrás. Aquela que me atende bem e paga as contas.

Na maioria das vezes, não me sentia culpada por fazer um homem ver uma coisa enquanto eu pensava outra. Com Justin me senti culpada, só porque ele era gentil. Ele não merecia a maneira como o usei, não sabia que estava sendo manipulado com um propósito simples e toda a intenção de ser afastado para longe assim que eu conseguisse o que queria.

O olhar em seu rosto quando me pegou com outro homem esta manhã foi o suficiente para me congelar no lugar. Além de Rowan, foi a primeira vez que vi alguém ferido por saber que o que eu tinha dado a ele não era apenas dele.

No entanto, se ele soubesse o porquê, acho que me agradeceria pelo favor. Eu não estava apenas afastando-o para transar com outro cara, eu estava salvando sua vida.

Na verdade, eu poderia ter poupado vários dias, naquela entrevista, apenas me limitando à história da noite em que quatro pessoas morreram. Não sei por que os outros detalhes foram tão importantes para contar. Talvez eu estivesse buscando compreensão, absolvição ou ambos. Talvez estivesse apenas procurando por uma pessoa para ouvir como tudo desmoronou para que soubessem o que aconteceu para que a morte fosse merecida.

Eu estive com raiva por tanto tempo. Perdida. Miserável. Ansiando para algo bom acontecer. Algo que me salvaria. Algo que me tornaria sã novamente. Mas com o passar dos dias e a desesperança me infectando, minha mente vagou por trilhas escuras, o mundo ao meu redor se despedaçando enquanto eu tentava entender como cheguei a um lugar tão solitário e fodido.

Acho que queria que Justin soubesse para que pudesse justificar minhas decisões... para que ele pudesse me dizer que, apesar de tudo, cada uma daquelas pessoas merecia morrer.

A quem diabos eu estava enganando? Se soubessem a verdade, a maioria das pessoas se encolheria de nojo, gritaria dos telhados que eu merecia apodrecer. Eu era um grande segredo, vivo e respirando, os pensamentos em mim apodrecendo, o conhecimento em meu coração horrível.

A maioria das pessoas não consegue desviar o olhar dos cadáveres para realmente entender os *motivos*.

No começo foi difícil para mim. Não vou mentir e dizer que foi fácil.

Desde o minuto em que nascemos, somos informados de que tirar outra vida é errado, somos informados de que estamos doentes, se gostarmos. Não tenho certeza se curtir é a palavra que usaria para descrever como me sinto, mas também não me arrependo de suas mortes. Cada um deles teria que morrer, se acaso existisse a oportunidade de começar de novo.

Justin não me permitiu terminar minha história. Ele ainda não sabia, e por esse motivo, ele ficou magoado quando abri a porta, seu coração tinha se despedaçado sob o peso da certeza de que mesmo depois de me entregar a ele em uma bandeja de prata, eu voltaria para outra pessoa pela mesma coisa sem sentir um pingo de remorso.

Não havia como ele entender a verdade sobre o que eu havia me tornado, nem como ele poderia aceitar como as peças se encaixavam para levar ao que havia sido feito.

Ele nunca me daria a absolvição que eu buscava, nunca iria entender que para viver uma vida na sarjeta é preciso ter os dentes sempre afiados.

Achei que fosse louca por tanto tempo, que ouvir alguém de fora me dizer que era justificado e normal era tudo que eu esperava quando o iniciei em uma linha do tempo que começou há cinco anos.

O sangue em minhas mãos nunca seria lavado, sua cor carmesim pintando minhas unhas, seu calor aquecendo para sempre minha pele pálida. E se tivesse a opção de refazer meus passos e me afastar do que eu sabia que estava por vir, eu balançaria a cabeça e daria um sorriso lindo enquanto me colocava em meio à violência e pedia tudo de novo.

O amor faz isso com você, não é? Eu tinha enlouquecido pelas circunstâncias, abatida pela tristeza, e havia renascido quando cada pessoa que me feriu foi esfaqueada ou baleada, queimada ou espancada, seus corpos e cinzas jogados no chão.

Estava acabado agora. Minha vida não estava mais afundando em águas profundas até que eu sufocasse com as perdas que sofri. A retribuição abriu caminho, as brasas dos fogos finalmente se dissipando na noite para cintilar como estrelas. Eu sabia onde tinha estado e para onde estava indo, meu coração batendo em um ritmo constante porque a vida poderia começar de novo.

O sol se pôs horas atrás. Eu precisava tomar um banho e comer algo para que meu estômago parasse de roncar. A semana passada tinha me amarrado em nós, as memórias dos últimos cinco anos tornando difícil passar o dia sem meu coração doer por quão difícil a estrada tinha sido.

Eu fui uma sobrevivente. Eu sabia disso e me agarrei a essa crença. Não uma vítima como Justin alegou, não uma mulher fraca que permitiu que as pessoas a usassem. Poderia parecer assim para um observador externo, mas realmente, eu sempre soube como conseguir o que queria.

O vapor saiu do chuveiro enquanto eu me despojava de tudo. Puxei a cortina de lado e estava entrando no boxe quando ouvi alguém batendo à porta da frente, desesperado para entrar.

Eu me virei e levantei uma sobrancelha, me perguntando quem diabos estaria aqui tão tarde.

Com a respiração ofegante, enrolei uma toalha ao meu redor, meus pés descalços enquanto caminhava pela casa para abrir a porta. Justin olhou para mim, a luz da sala iluminando seus olhos ansiosos.

— Justin? O que você es...

Ele me empurrou para dentro, suas pupilas tão dilatadas que pareciam totalmente pretas. Batendo a porta atrás de si, seu peito arfou como se ele tivesse corrido para minha casa em vez de dirigido. Olhando para a minha toalha, seu olhar se encontrou com o meu, um brilho vermelho em suas bochechas.

— Eu não vou deixar você fazer isso.

— Fazer o quê? Tomar banho? Porque era isso que eu estava prestes a fazer.

Tive que esticar o pescoço para olhar para ele. Ele acompanhou cada passo meu, permanecendo tão perto de mim que nossa respiração estava colidindo em uma nuvem quente entre nós, seu peito esfregando contra o meu.

— Por que você deixou aquele cara entrar na sua casa hoje? Como pôde fazer algo tão estúpido? Você não tem ideia se ele é o homem que matou seus amigos, nenhuma ideia se ele planeja fazer a mesma coisa com você.

Senti um frio na barriga, arrependimento se infiltrando através de mim pelo que fiz. As mentiras que tive de contar para me afastar daqueles assassinatos sem revelar a verdade do meu envolvimento.

— É como eu ganho a vida, Justin. E se ele estava planejando me matar, ele teve todas as oportunidades esta tarde. No entanto, aqui estou, viva e bem.

Minha preocupação era que se Justin não fosse embora logo, o mesmo não seria dito sobre ele. Ele era o último problema que precisava ser resolvido, um fio solto que precisava ser cortado, mas eu não conseguia deixar isso acontecer.

Ele tentou me ajudar da única maneira que sabia, e tirei vantagem dele para ter certeza de que ele enviaria um relatório me liberando de qualquer delito.

As pessoas pensam que sou idiota e, de muitas maneiras, estão certas. Mas quando se tratava de manipular as pessoas para conseguir o que eu queria, eu era mestre em mover as peças do jogo, oferecendo-me como uma pobre garota burra, fraca e assustada demais para fazer qualquer coisa a respeito.

— Então, depois de tudo, você simplesmente transou com ele? Não importava para você que tivéssemos feito sexo no dia anterior? Não importava que eu estivesse voltando com a crença aparentemente estúpida de que você queria um relacionamento comigo? Sexo comigo significou alguma coisa para você? Ou eu era apenas mais um meio para um fim?

Com um rio de perguntas, ele continuou me empurrando para dentro de casa, e minha tentativa de recuar foi inútil.

— Diminua a velocidade para que eu possa te responder.

Minhas costas colidiram com a parede e ele se elevou sobre mim, seus olhos perfurando os meus como se ele quisesse arrancar minha pele e ossos para vasculhar meus pensamentos.

Respirando fundo, ele fechou os olhos, abrindo-os novamente quando disse:

— Tudo bem. Você está certa. Vou desacelerar, Rainey, mas você tem que entender por que estou chateado. Parece que você dormiu intencionalmente comigo para que eu enviasse esse relatório. Que, mais uma vez, você usou seu corpo para conseguir o que queria.

Ele não estava errado, mas como eu poderia admitir isso para ele? Quando conheci Justin, eu esperava que ele não fosse capaz de ver além de nossas diferenças, que ele cedesse e fodesse meu corpo, mas então se virasse e fosse embora como qualquer homem normal faria.

Eu estava uma bagunça. Eu sabia. E aprendi a aceitar isso. Mas em vez de correr para as colinas como eu esperava que ele fizesse, ele voltou querendo mais.

Apenas estar aqui com ele era perigoso. Se ele ficasse chateado e ameaçasse me entregar, não haveria outra escolha a não ser silenciá-lo.

— Eu não transei intencionalmente com você. Não é desse jeito. É só que...

Justin se afastou de mim, sua mão puxando seu cabelo curto enquanto vasculhava seus pensamentos por quaisquer possíveis razões ou desculpas para eu ter pulado de uma cama para outra.

O que ele não entendia é que eu sempre pularia em outra cama. Ele não era o tipo de homem que poderia exigir minha lealdade. Ele não era o dono do meu coração.

— É porque eu não te dei um orgasmo, não é?

Meus olhos se arregalaram ante a pergunta. Ele realmente acreditava que eu descartaria um cara porque não tive um orgasmo? Ele ouviu minha história?

— Não é isso...

— Eu acho que é.

Parando no lugar, ele se virou para mim, seus olhos percorrendo meu corpo com pensamentos girando por trás deles, e que não eram bons para nenhum de nós. Eu conhecia aquele olhar, tinha visto nos olhos de tantos homens que já conhecia de cor. O calor iluminou a cor de sua íris enquanto as pálpebras se tornaram pesadas e entrecerradas, seus lábios se separaram para que ele pudesse respirar mais fundo.

Não importava o quão razoável e calmo o homem fosse. Uma vez que

CINCO

eles experimentavam o gosto de uma mulher que fazia seus corpos cantarem com desejo lascivo, toda a lógica voava pela janela até que estivessem dispostos a fazer qualquer coisa para outra degustação.

Sexo era como uma droga de certa forma. E fazia com que as pessoas fizessem coisas ridículas diariamente. Era uma droga quase tão potente quanto o ódio e o amor.

Eu não acho que Justin me amava, mas pela aparência dele, ele ansiava por outro tipo de correção.

— Você sabe o quê? Foda-se, vou mostrar o que posso fazer pelo seu corpo.

Ele diminuiu a distância entre nós com duas passadas largas, suas mãos cobrindo a minha nuca enquanto sua boca se inclinava contra a minha. Era um hábito para mim me abrir para o beijo, meu coração acelerando enquanto as pernas enfraqueciam.

Rowan uma vez me disse que existem pessoas lá fora que são viciadas em sexo. Estava nos livros de Psicologia que ele estudou, uma condição real e genuína que os levava a se comportarem perigosamente, a ter vários parceiros, a trair seus cônjuges, porque não importava o quanto eles tivessem, nunca era o suficiente. Rowan acreditava que era possível que esse fosse o meu problema, a razão pela qual eu sempre estava abrindo minhas pernas com tanta facilidade. Eu ri com o pensamento porque a verdade para mim era muito mais simples.

Sexo era uma ferramenta que aprendi a usar para sobreviver.

Não que sempre quisesse, sonhasse, ansiasse tanto quanto eu desejava um baseado ou uma cerveja. Não importava quantas vezes tentei explicar para ele, ele não estava convencido. Acho que não ajudou muito o fato de, depois de começar a dormir com ele, ficar viciada – mas apenas por ele.

Acho que ele não entendeu que a maneira como eu o amava não era a maneira como dormia com outras pessoas.

Justin aparentemente não entendia isso também, não com a maneira desesperada como sua língua dançava contra a minha, não com a velocidade de suas mãos na tentativa de puxar minha toalha. Ele estava brincando com fogo e mesmo que eu o avisasse, duvidava que ele se importasse.

Ele estava muito envolvido, seu corpo pressionando contra o meu enquanto sua mão agarrava a borda da minha toalha e abria, largando o tecido felpudo cair no chão.

Isso era perigoso, tanto para ele quanto para mim.

— Deus, você não tem ideia de como o seu corpo é gostoso —

ele falou contra a minha bochecha, seus dedos explorando entre minhas pernas enquanto ele espalmava um seio. A parte de trás da minha cabeça tombou contra a parede, minha boca se abrindo para avisá-lo para parar porque ele não tinha ideia do que estava fazendo.

Ele não era o primeiro homem que me queria, não era o primeiro a esperar que eu fosse só dele.

— Justin...

— Shhh. Por favor, Rainey, deixe-me mostrar a você.

Sua boca estava na minha novamente, gemidos saindo de sua garganta enquanto ele deslizava dois dedos dentro de mim para descobrir que eu estava molhada.

— Deus, você me quer, eu posso sentir isso.

Lutando para abrir o botão de sua calça e deslizar o zíper para baixo, ele empurrou o material de seus quadris, seu pau duro e pronto para a ação. Minhas mãos envolveram seus ombros, minha cabeça girando em uma tentativa de interromper seu beijo e falar alguma coisa, mas ele estava determinado a provar que era o homem que me tiraria do sério. O que ele não entendeu é que me fazer gozar não importaria. Isso não mudaria nada no final.

Ele não era o homem certo para mim.

Eu não era a garota para ele.

E se ele continuasse pressionando para mudar a maneira como as coisas deveriam ser, isso terminaria em sofrimento, dor e sangue.

— Justin, pare...

Ele levantou minhas pernas para que eu o rodeasse pela cintura, sua mente tão focada no que pretendia fazer que eu não acreditava que ele estava me ouvindo.

Encaixando a ponta de seu pau na minha entrada, ele olhou para mim com adoração.

Balancei a cabeça, um último apelo para fazê-lo entender que isso não poderia acontecer.

— Por favor — eu disse —, você tem que parar.

Ele ficou chocado, rejeição misturada com o desejo.

— Diga-me que você não quer isso.

Nossos olhos se encontraram enquanto eu tentava avisá-lo com apenas um olhar, mas ele não conseguia entender – *não* entenderia – o que eu estava tentando dizer a ele.

De qualquer maneira, era tarde demais.

CINCO

Ele foi longe demais.

Acordou uma besta que destruiria todas as pessoas que ameaçassem minha capacidade de seguir em frente.

Abrindo a boca, soltei um último suspiro trêmulo antes de colocar minhas mãos em volta de seu rosto.

— Justin, me desculpe.

O sangue respingou em meu peito enquanto nossos corpos caíam no chão, a dor subindo pelo meu cóccix e coluna enquanto uma poça carmesim se formava onde ele caiu.

Justin

Presente

A primeira sensação que tive quando meus olhos se abriram foi de dor. Vibrando, expandindo, um martelo batendo contra o interior do meu crânio enquanto uma dor surda queimava ao longo do meu pescoço em um ângulo estranho. Os lábios se abriram, uma respiração assobiou sobre eles quando a luz se infiltrou em meus olhos, a sala ao meu redor turva nas bordas, meu corpo meio inclinado em uma cadeira.

Um gemido subiu pela garganta, minha cabeça tombando para trás enquanto o líquido escorria pela minha têmpora, frio e pegajoso.

Abafada, uma voz rouca que reconheci chamou minha atenção, mas não consegui focar o olhar o suficiente para distinguir a massa escura sentada na minha frente.

Piscando rapidamente, lutei para lembrar onde estava, lutei para entender por que cada centímetro do meu corpo estava formigando e entorpecido. Eu não conseguia mover meus braços, entendendo como estava posicionado, subindo lentamente à superfície enquanto flutuava das profundezas do nada para a consciência.

Rainey e eu estávamos pressionados contra sua parede, *flashes* de memória vindo para mim. Uma toalha branca felpuda. Deus, eu estava com tanta raiva. Doeu, minha mente não aceitando que ela mentiu e me usou.

Por que eu não conseguia mover minhas pernas? Por que meus braços estavam puxados para trás, amarrados nos pulsos? Quem estava sentado na minha frente?

— Eu tentei avisar você, Justin. Eu pedi para você ir embora. Rainey.

Eu reconheceria essa voz em qualquer lugar.

— O qu...

Minha garganta queimou com a tentativa de falar, minha cabeça pendendo para trás enquanto eu lutava para permanecer consciente. A palma de uma mão segurou minha cabeça puxando-a para frente, meus lábios pressionados contra uma borda de vidro.

— Beba isso. Você esteve apagado por um tempo.

Sufocando com o líquido frio, eu afastei a cabeça, a pele dilacerada e ardendo em meus pulsos, meus tornozelos presos às pernas da cadeira. Com os olhos turvos, olhei para a frente, tentando trazer seu rosto em foco.

Meu pensamento imediato foi que alguém tinha invadido sua casa, o pânico se instalando com a batida rápida do meu coração, a respiração arfante.

— Você está bem?

Com a voz áspera ao perguntar, pisquei rapidamente para trazer a sala em foco além dos olhos azuis que me encaravam. Não reconheci as paredes brancas lisas e os móveis esparsos cobertos por lençóis.

— Onde estamos?

Ela não respondeu, sua boca se inclinando para baixo nos cantos.

— Eu não queria que isso acontecesse. Não com você. Mas você continuou me pressionando e não quis ouvir.

Outra onda de dor quando tentei sacudir a cabeça para afastar a névoa que nublava meus pensamentos.

— Rainey, o que aconteceu?

— Eu tentei te dizer — ela sibilou, sua voz uma mistura de veneno e arrependimento. — Tentei avisar que você precisava ir, mas você não parava de falar. Não pararia de tentar pegar algo que não pertence a você.

Ela foi enquadrada em cada lado por janelas brilhantes às suas costas. As vidraças estavam sujas e quebradas, a luz do sol inundando a sala com tanta força que eu só conseguia ver sua silhueta. Sombras pintaram seu rosto e corpo, cabelo longo e bagunçado ladeando seu semblante.

A fumaça subiu de onde ela estava sentada me olhando.

— Achei que você tivesse parado de fumar.

Ela bufou, a risada mais amarga do que engraçada.

— Posso parar quando quiser, doutor. O problema é que você parece ter problemas para fazer o mesmo.

— Onde estamos, Rainey? Por que minha cabeça dói tanto?

O silêncio nos envolveu, exceto pela respiração profunda de seus pulmões, a exalação criando uma nuvem de fumaça que dançou e girou em torno dela.

— Por que estou amarrado, Rainey?

Sem responder imediatamente, Rainey se mexeu na cadeira, uma perna cruzada sobre a outra. Dentro da sombra, eu podia ver a alça de seu vestido pendurada em seu braço, a saia fluindo para os lados de seu assento, ainda balançando com seu movimento. Quando meus pensamentos entraram em foco, meu pulso acelerou até que se tornou um trovão na minha cabeça, o *woosh-woosh-woosh* constante um contraponto ao som de Rainey fumando.

Ela deu um suspiro profundo enquanto afastava o cabelo do rosto e balançava a cabeça.

— Eu queria contar a você o resto da história. Acho que se tivesse ouvido, teria entendido por que voltar para minha casa foi a pior decisão que poderia tomar. Droga, Justin, eu te avisei, e você não quis ouvir. O único culpado aqui é você.

É difícil manter a calma quando se leva uma porrada na cabeça e se está amarrado a uma cadeira; difícil pensar logicamente quando o lento rastejar do entendimento se instala. Seria possível que a entrevista inteira tivesse sido apenas um jogo? O assassino estava me olhando no rosto com a intenção de me seduzir para jogar o jogo dela?

Quatro dias atrás e eu não teria acreditado que ela fosse capaz de tal engano de longa duração, mas aqui estava eu, amarrado e indefeso, enquanto ela tomava seu tempo para sentar e me observar.

— Eu posso ir embora agora, Rainey. Ainda dá tempo de você me deixar ir.

Mais risadas.

— Ah, doutor. Eu queria que fosse assim tão fácil. — Seu dedo do pé deslizou contra o chão, o sol baixando apenas o suficiente para equilibrar a luz e trazer seu corpo à vista.

O sol estava se pondo.

Estava escuro quando cheguei à casa dela.

— Há quanto tempo estamos aqui?

Inclinando a cabeça, ela piscou, a cor de seus olhos ainda oculta pelas sombras.

— Algumas horas. Não pude mantê-lo em minha casa. Alguém poderia ter visto seu carro se tivesse passado por lá. Há policiais na área desde que você entregou seu relatório. É como se estivessem procurando por alguém.

CINCO

Foi preciso esforço para manter a voz calma, esforço para não parecer afetado quando eu estava gritando por dentro.

— Eles estão procurando pelo homem que está perseguindo você.

— Eu não estou sendo perseguida — ela respondeu enquanto a fumaça fluía de seus lábios. — Eu te disse isso, mas você não quis acreditar em mim.

Fazendo uma pausa, uma gargalhada explodiu de seus lábios.

— Você realmente acreditou que eu era uma vítima, não é? Não importava que eu tivesse dito o quão errado você estava. Como um cachorro com um osso, você reprimiu essa opinião e se recusou a deixá-la ir. O que você estava planejando fazer? Me salvar? Me tirar desta vida horrível que você acreditava que me destruiria depois de um tempo? — Outra risada. — Porra, doutor, e eu pensei que você era o mais inteligente entre nós.

Apesar do que ela estava dizendo, ainda havia fatores que não batiam.

— Estamos sendo mantidos contra a nossa vontade?

— Nós? — Ela balançou a cabeça. — Não. Nós, não. Você.

— Por quê?

Ela se levantou do assento, as pernas da cadeira raspando no chão com a força de seu movimento repentino. A saia dançava em torno de suas coxas enquanto ela caminhava na minha frente, o cheiro de lavanda e fumaça se misturando no ar entre nós.

— Acho que devo contar o resto da história.

O controle estava escapando de mim enquanto ela andava para frente e para trás, os pés descalços marcando o chão cheio de sujeira. Onde diabos estávamos?

Com a cabeça latejando em um pulso constante e a visão ainda esmaecendo nos cantos, testei minhas mãos e pés nas cordas que me prendiam no lugar, as pernas da cadeira inclinando-se com meu esforço.

— Pare com isso, Justin. Não vai ajudar. Tudo o que você vai fazer é tombar.

A realidade estava se estabelecendo, a necessidade de rasgar essas malditas cordas para que eu pudesse escapar de qualquer inferno para o qual ela me arrastou.

— Tire-me dessa maldita cadeira.

Ela parou, sua cabeça girando para a esquerda para olhar para mim.

— Receio não poder fazer isso.

Outra onda de adrenalina derramou em meu corpo, luta ou fuga tomando conta até que a lógica se dissipou totalmente e eu estava me debatendo como um animal preso.

Suas mãos seguraram meus ombros, seu cabelo escuro roçando meu rosto.

— Por favor, pare. Você não está tornando isso mais fácil.

— Então me deixe ir, caralho. Eu não fiz nada para você. Não fiz porra nenhuma além de te ouvir.

Recusando-me a ser reduzido a lágrimas inúteis, respirei fundo e busquei tudo o que sabia sobre situações de reféns. Eu tinha que falar com ela em um nível que ela pudesse entender, romper de alguma forma para fazê-la identificar e se arrepender de meu sofrimento. Eu tinha que me acalmar antes de perder totalmente o controle e apenas irritá-la mais.

Ainda assim, havia dúvidas, sua capacidade de me incapacitar e me arrastar para este novo lugar não fazia sentido.

— Como você fez isso? Não há como você ter levantado meu peso.

Madeira rangeu quando ela retomou seu assento, aquela maldita alça de seu vestido ainda pendurada em seu ombro.

— Vou terminar a história, Justin. Se você ouvir o resto, saberá por que tudo teve que chegar a esse ponto.

Sem interesse algum em sua história, cerrei os dentes e permiti que minha cabeça caísse para trás, uma nova explosão de dor rolando pela coluna e sobre meu crânio.

O ferimento estava na parte de trás da minha cabeça, isso eu poderia dizer, mas se eu ainda estava sangrando era meio incerto. Como posso estar ainda sangrando? A julgar pela luz do crepúsculo, fiquei inconsciente por quase vinte e quatro horas.

— Se eu ouvir o resto da sua história, você vai me deixar ir?

Silêncio. Uma batida, duas...

Rainey olhou acima da minha cabeça, o sorriso mais doce que já vi em sua expressão deslizando sobre seus lábios. Olhos suaves, ela não falou enquanto passos pesados se aproximavam de mim.

Eu parei no lugar, minha cabeça girando tanto quanto podia para que eu pudesse ver quem estava na sala conosco. À minha esquerda, um homem contornou minha cadeira para ficar ao lado de Rainey.

O pescoço dela esticou para olhar para ele, levantando a mão para pegar a dele e permitir que ele a colocasse de pé.

Olhando para frente, eu esperei silenciosamente por ele dar um tapa na bunda dela e sussurrar em seu ouvido antes de se sentar em seu lugar.

Vê-lo ali respondeu à minha pergunta de como cheguei aqui, como ela conseguiu me nocautear enquanto estava nua e pressionada contra a parede.

CINCO

Eu reconheci seu rosto imediatamente, e sequer pestanejei enquanto ele se curvava em sua cadeira para descansar os cotovelos sobre os joelhos, a aba de seu boné de beisebol sombreando a cor de seus olhos.

— Nós nos encontramos de novo — disse ele, as mãos penduradas entre os joelhos afastados, os lábios se abrindo em um sorriso nos cantos.

Balançando a cabeça levemente, ele encontrou meu olhar.

— Eu tentei te dizer, cara. Rainey já tem dono. Mas você simplesmente não quis ouvir, não é?

Uma explosão de risadas.

— Ah, inferno, não é como se eu pudesse culpar você. Ela é como uma droga, minha garota. Sempre chamando você de volta para a órbita dela, não importa o que ela faça.

Encolhendo os ombros, ele esfregou os nós dos dedos na mandíbula.

— O que um homem deve fazer, sabe?

Pela primeira vez, o medo verdadeiro sangrou em minhas veias, meus ombros tensos apesar da dor, meus lábios se separaram em uma respiração superficial.

— Quem é você?

Chegando em minha direção, ele ofereceu sua mão, riu novamente e puxou-a de volta.

— Esqueci que você está um pouco amarrado no momento. Meu nome é Graham Pike. Acho que você e eu já nos conhecemos uma ou duas vezes. Não tenho certeza da quantidade exata, para ser honesto.

Meus pensamentos correram pela minha mente, uma tempestade se formando que causou um curto-circuito na minha capacidade de permanecer racional e não ceder ao pânico.

— Provavelmente — eu disse, minha garganta muito seca com as palavras.

Graham sorriu, a expressão de lobo revelando o momento. Relaxando contra o assento, ele estendeu as duas mãos para enrolar a aba de seu boné de beisebol, empurrando-o para cima o suficiente para que as sombras não ocultassem mais seus olhos.

— Você sabe, eu odeio que tenha que chegar a isso.

Seus bíceps flexionaram sob as mangas curtas de sua camiseta branca de algodão, as mãos descansando em cima de sua cabeça enquanto ele me estudava.

— Não sou um homem mau, quero que você entenda isso primeiro. Havia simplesmente muitos problemas que precisavam ser resolvidos, muitos... não sei... obstáculos. Você não era um deles. Bem, não há alguns dias, de qualquer maneira. Mas agora?

Balançando a cabeça, ele assobiou baixinho.

— Agora você é, simplesmente porque não pôde aceitar um não como resposta. Esse tipo de merda realmente me irrita.

Meu corpo estava encharcado de terror, mas me recusei a ceder, me recusei a aceitar que aquele homem faria comigo o que eu agora acreditava que ele havia feito com outras quatro pessoas.

— Você pode me deixar ir, Graham. Eu não direi uma palavra. Eu não vou...

Sua risada me interrompeu, olhos azuis dançando com um vislumbre de psicose.

Racionalizar com um assassino não estava em meu repertório de habilidades, mas sem uma opção melhor, eu tinha que esperar que me humanizar para ele – conhecê-lo em algum nível que ele pudesse entender –, o convenceria a me deixar sair deste lugar ainda vivo.

— Não brinque comigo, doutor. Você sabe que não posso deixar você ir.

As pernas da frente de sua cadeira se levantaram do chão, as pernas traseiras lutando para se equilibrar enquanto ele se inclinava para trás. Longas pernas vestidas com jeans, esticadas no espaço entre nós. Meus olhos correram para uma bandagem em seu braço no mesmo lugar onde a marca de Rainey foi esculpida.

— Diga-me por que estou aqui. Talvez possamos resolver alguma coisa.

O canto de seu lábio se contraiu, olhos duros me encarando com condescendência.

— Você não quis ouvir. Não há muito mais a dizer do que isso. Rainey tinha uma história para contar, e você a ignorou porque mal podia esperar para entrar nas calças dela. Acho que isso é um problema dos homens hoje em dia, não é? Muitos deles estão tão interessados no que está acontecendo com seus pênis que se recusam a perder tempo para ouvir uma mulher. Fico um pouco enjoado só de pensar nisso. E, infelizmente, não importa nem de que tipo de vida o homem vem. Eles podem viver na sarjeta ou, como você, vir de um bom lugar na vida. Não faz a menor diferença. Uma garota bonita passa e tudo em que eles conseguem pensar é nas coisas indecentes que podem ser feitas com seu corpo.

Eu balancei a cabeça, a dor de onde meu crânio foi partido queimando para a vida, um baque pesado e insuportável.

CINCO

— Não. Essa não foi minha intenção. Rainey veio até mim...
— Isso é o que todos dizem.
Jogando as mãos para cima, ele as bateu contras as coxas com um tapa forte.
— E talvez eles estejam certos. Minha garota tem uma tendência a acreditar que a única coisa especial sobre ela é aquele corpo gostoso pra caralho, mas ainda assim, não dá a um homem o direito de tratá-la como uma foda barata. Você foi para o ouro. E não posso culpá-lo por isso, mas sua falta de previsão vai custar caro. Ela jogou com você da primeira vez para enviar aquele relatório exatamente como ela queria, mas então você voltou.
Ele riu, seus olhos rastreando meu ombro, onde presumi que Rainey estava parada.
— Ela disse para você ir embora. Eu disse para você sair. Mas seu pau era como uma guia conduzindo um cachorro. Trouxe você de volta. E como te encontrei? Com suas calças enfiadas em torno de suas coxas e minha garota nua como no dia em que ela nasceu e pressionada contra uma parede.
Uma respiração pesada derramou sobre seus lábios, seu olhar ainda preso em Rainey.
— Odeio te dizer isso, irmão, mas isso simplesmente não vai funcionar.
O frio permeou cada célula dentro de mim, uma sensação de mau presságio fazendo meu coração bater com batidas pesadas e descoordenadas, meus pulmões lutando para insuflar em cada inalação trêmula.
— Deve haver uma maneira de resolvermos isso.
Assentindo, ele se inclinou para frente em seu assento, as pernas da frente batendo contra o chão.
— Você já teve essa chance. Sério, a única razão pela qual você ainda está vivo é por Rainey. Por alguma razão, ela quer terminar a história que estava lhe contando. Tentei fazê-la entender que nada disso importa, mas aqui estamos.
Na deixa, Rainey se moveu para ficar ao lado de Graham, sua mão alcançando a parte de trás de seu pescoço enquanto ele inclinava a cabeça para pressionar sua bochecha contra a parte interna de seu braço.
— Deixe-me dizer a ele — disse ela. — Ele merece saber.
Limpando a garganta, falei além do nó que obstruía minha garganta:
— Saber o quê?
Virando a cabeça para olhar para mim, ela me deu um sorriso triste.
— Para saber por que tudo tinha que acontecer daquela forma. Para

saber por que você está nessa cadeira agora, amarrado como está. Eu não queria isso, Justin, mas você não nos deu escolha.

Segurando seu olhar, falei com segurança:

— Rainey, ele é um assassino. Você precisa sair desta casa agora e fugir para o mais longe que puder.

Mais do que provável, meu destino estava selado, mas ela ainda poderia escapar. Ela ainda poderia denunciar este homem por tudo que eu agora entendia que ele tinha feito.

Graham se levantou do assento e deu um passo para o lado para deixar Rainey se sentar. Seu cabelo caiu nas laterais de seu rosto, seus olhos azuis suaves com simpatia.

— Você vai me ouvir? Por favor?

O que mais eu iria fazer? Eu estava amarrado no lugar, refém e indefeso para o que quer que eles quisessem fazer comigo.

— Se eu ouvir, você vai convencê-lo a me deixar ir?

Ela mordiscou o lábio inferior antes de responder:

— Acho que você precisa ouvir isso primeiro, e então você vai entender.

Rainey

Passado

O bairro não era o mesmo depois que Jacob e Paul morreram. O único Connor que sobrou na casa ao lado era Frankie e eu já tinha aprendido minha lição sobre brincar com ele.

Não demorou muito para que ele se tornasse o mais novo traficante de drogas e, sem ter que dividir os clientes com seu pai ou irmãos, presumi que fosse muito bom para ele. Sempre havia pessoas indo e vindo, festas selvagens sendo realizadas onde a música tocava tão alto que balançava as janelas da minha casa.

Várias noites, sentei-me do lado de fora na varanda da frente para fumar um cigarro e ver as mulheres saindo, com o cabelo uma bagunça e os corpos se movendo com um jeito engraçado de mancar.

Aparentemente, Frankie nunca mudou, ainda tão bruto quanto eu me lembrava dele. Eu não estava disposta a ir lá, no entanto. A maconha não valia a pena, a fuga de qualquer droga não era suficiente para me fazer arriscar a abusar do meu corpo para obtê-lo.

Isso não significava que eu não ansiava pelo barato. Só não sabia onde conseguir. Além dos meus vizinhos, nunca tive tempo para conhecer mais ninguém na área.

A depressão instalou-se muito rapidamente quando pensei em tudo o que tinha acontecido e em tudo o que perdi. Não houve um dia em que eu não pensasse em Rowan e me arrependesse por tê-lo perdido.

Todas as noites, eu olhava para o céu e sabia que a estrela mais brilhante era o amor da minha vida. Passei horas contemplando-o, horas desejando poder retirar todas as escolhas que levaram à noite em que ele morreu.

Talvez se eu o tivesse escutado, ele estaria sentado ao meu lado.

Talvez se odiasse todos ao nosso redor tanto quanto ele, eu teria esperado tempo suficiente para que ele me levasse embora.

Muitos *talvez*...

Muitos arrependimentos.

E não havia nada que eu pudesse fazer para compensar por eles.

Se alguém carregou o peso de sua morte sobre os ombros, fui eu – um peso que era muito pesado para que conseguisse manter a cabeça erguida e continuar vivendo como se não tivesse tido o mundo na palma de minhas mãos, apenas para jogá-lo fora por nada.

Acho que deixei uma marca da minha bunda no degrau de cimento da minha varanda por todas as noites em que fiquei sentada pensando em Rowan. As pessoas passavam e acenavam, principalmente homens, lançando-me olhares curiosos antes de decidirem não se aproximar.

Minha reputação me deixou aberta a várias ofertas. Principalmente para sexo, como se eu fosse uma prostituta patética que não conhecia nada melhor.

Foda-se todos eles.

Foi em uma dessas noites, que eu estava com a bunda colada no chão, que um homem passou. Vestindo calça jeans, camiseta branca e boné, ele diminuiu a velocidade ao passar pela minha casa. Como de costume, olhei para ele, pensando quando ele acenou, que se ele se aproximasse e eu o dispensasse, se ele ficaria bravo. Ele parou por vários segundos, olhando para as ervas daninhas do meu quintal sem levantar a mão ou me chamar.

Eu saí por volta da meia-noite, pensei que talvez estivesse lá por uma hora, a julgar pela quantidade de bitucas de cigarro aos meus pés. Fiquei nervosa ao pensar que algum estranho estava rondando a minha casa, olhando para mim como se estivesse morrendo de fome e eu fosse sua próxima refeição.

Ele deve ter ficado lá por cinco minutos, imóvel, não dando a mínima se eu estava olhando diretamente para ele. Imaginando que seria eu quem deveria ceder, me levantei e entrei, certificando-me de trancar a porta atrás de mim.

Normalmente, nada me assustava em Clayton Heights, mas depois da morte de Joel – sem mencionar a morte de Jacob e Paul –, fiz uma tentativa débil de me proteger. Sem nenhuma pista de quem os matou e o porquê, me perguntei se, talvez, eu fosse a próxima na lista. Eu não conseguia imaginar por que razão, mas as pessoas eram malucas.

Olhando para o meu braço, toquei a cicatriz que alguém tinha entalhado na minha carne depois de me levar para casa. Quatro riscos alinhados lado a lado perfeitamente. Eu não entendia o que eles queriam dizer ou por que alguém os marcou na minha pele.

Um arrepio subiu pela minha espinha ao pensar que estava tão fora de mim naquela noite que um estranho foi capaz de me carregar e me colocar na minha cama, tão dormente que não acordei gritando quando uma faca estava sendo arrastada no meu braço.

Balançando a cabeça, entrei na sala de estar para olhar pela janela e descobrir que o homem havia saído.

Embora estivesse ficando tarde e estivéssemos nos movendo para o início da manhã, eu não conseguia dormir. Felizmente, não tive trabalho no dia seguinte, então me sentei no sofá e liguei a televisão, algo que não fazia com frequência.

Com meus pés para cima e o controle remoto na mão, passei pelos poucos canais locais gratuitos que pude encontrar, nada prendendo minha atenção.

Naquela hora, eram principalmente comerciais vendendo invenções desnecessárias para um grupo de pessoas que não conseguia descobrir como fazer as coisas mais simples. De certa forma, esses anúncios de longa duração eram mais engraçados do que a maioria dos programas de comédia, só porque era difícil acreditar que as pessoas fossem tão estúpidas.

Um clarão caiu na tela nos minutos seguintes, tão brilhante quanto a luz do sol entrando pela pequena janela às minhas costas. Confusa, me apoiei nos cotovelos para espiar por cima do encosto do sofá, meus olhos se arregalando para ver a fonte dessa luz.

— Puta merda...

Eu me levantei em segundos, correndo pela sala para agarrar o parapeito da janela, não acreditando na quantidade de chamas vermelhas que disparavam para o céu. A casa dos Connor estava em chamas, uma espessa fumaça preta flutuando pelo meu quintal como névoa, uma nuvem densa subindo para o céu.

Imediatamente me perguntei se Frankie estava em casa, se estava preso nas chamas ou tinha conseguido se abrigar em algum lugar seguro.

Correndo para fora, eu me engasguei com a fumaça espessa, acenando minha mão na frente do rosto. Não ajudou em nada para limpar o ar na minha frente. Correndo para frente, uma onda de calor chamuscou minha pele quando me aproximei da cerca de arame que separava nossas propriedades.

— Frankie!

Gritando o mais alto que pude, tive que recuar. Deus, eu esperava que ele estivesse bem. Frankie e eu nunca fomos amigos de verdade, mas ninguém merecia morrer queimado. Só o pensamento trouxe lágrimas aos meus olhos, porque eu sabia que Rowan tinha morrido da mesma forma.

Eu estava de volta à minha varanda quando me virei para ver os vizinhos fora de suas casas, seus rostos iluminados pela luz de seus telefones, alguns deles segurando-os no ar para tirar fotos. À distância, as primeiras sirenes soaram pela noite, correndo pela estrada em direção ao nosso bairro.

Incapaz de respirar, recuei mais, entrando em casa antes de correr de volta para a janela para ver se conseguia encontrar Frankie saindo correndo de casa. Uma sombra disparou em minha visão periférica, minha cabeça girando para a esquerda enquanto um homem fugia a toda velocidade.

Assim que os caminhões de bombeiros entraram no local, poderosos fluxos de água pulverizaram a casa. Eles devem ter lutado contra o incêndio por horas. De vez em quando, eu voltava para a janela na tentativa de olhar através da mistura de fumaça e vapor, mas a noite estava muito escura, a fumaça muito densa para eu ver qualquer coisa.

Não havia nada que eu pudesse fazer por Frankie. Ainda assim, meu coração estava pesado, a urgência passando por mim para fazer *algo*.

Eu não saberia muito até o amanhecer e fui para a cama, me enrolando sob os cobertores para chorar até dormir.

A casa estaria destruída pela manhã. A família que conheci. Tudo foi apagado como se nunca tivesse existido.

Por algum motivo, a perda da casa me atingiu com mais força do que as mortes de Joel, Jacob e Paul. O quarto de Rowan era naquela casa. Suas coisas estavam lá. Tudo deixado no mesmo lugar do dia em que ele entrou pela última vez para nunca mais voltar.

Embora não tivesse visto aquele quarto há vários meses, me consolava saber que ainda estava lá.

Com a cabeça pesada no travesseiro, não dormi. Lágrimas encharcaram a fronha, meu corpo caindo em um meio sono que me deixou flutuando. As memórias estavam vindo muito fortes, imagens de um lindo menino com grandes olhos azuis e um sorriso que me iluminou por dentro como se eu, de alguma forma, tivesse engolido o sol.

Minha estrela mais brilhante. Ele estava acima da minha cabeça, seu brilho oculto pela fumaça, sua luz apagada pelo que restou de sua casa subindo para o cosmos como brasas e poeira.

CINCO

Dentro da minha casa, o silêncio era ensurdecedor. As sirenes há muito se foram. O chiado da água encontrando o fogo ausente.

Mas então, o mesmo silêncio foi quebrado por um grito.

O tempo passou, uma mão cobriu minha boca.

Fui despojada do éter e trazida de volta à realidade pelo grande peso que me segurava.

— Ei, está tudo bem. Pare de gritar.

Nada estava fazendo sentido para mim. Tudo que eu sabia era que alguém estava no meu quarto, a escuridão muito intensa para revelar um rosto, sua mão tão grande que cobria minha boca e nariz.

— Rainey, pare, droga.

Comecei a espernear e levantei os braços na tentativa de empurrar o homem para longe. Nada que eu fazia surtia efeito. Ele era muito grande, muito pesado, muito forte.

Meus pensamentos foram para o estranho lá fora olhando para mim, meus olhos piscando rapidamente ao som do meu nome.

— Pare. Está tudo bem. Não estou aqui para te machucar.

Aquela voz...

Eu a conhecia.

Deus, como eu conhecia aquela voz.

Fiquei imóvel, minha respiração ofegante sob o calor de sua mão, minhas bochechas molhadas com as lágrimas que se derramaram dos meus olhos. Com o coração martelando na garganta, fiquei em silêncio, esperando que ele afastasse a palma da mão para que eu pudesse respirar profundamente novamente.

O corpo pesado contra o meu cedeu um pouco, o cheiro amadeirado da colônia masculina colidindo com meus sentidos.

O medo e a esperança passaram por mim, minha mente tentando dar sentido ao impossível.

Com a mão livre, o homem inclinou a cabeça para baixo para correr a ponta do nariz ao longo da minha mandíbula, seus lábios pressionando contra o meu ouvido para sussurrar:

— Eu prometi a você que iria te encontrar, Rainey. Prometi que cuidaria de você. Que protegeria você. Que eu te amo mais do que você poderia se amar.

Minha cabeça balançou, a descrença me agredindo porque não havia nenhuma maneira no inferno que isso poderia estar acontecendo. Recusei-me a aceitar. Recusei-me a acreditar que...

Oh, Deus, isso é possível?

— Rowan e Rainey para sempre. Eu não estava mentindo quando disse isso.

Cinco promessas.

Este homem, esta impossibilidade, de alguma forma conhecia cada uma.

Minha mente não conseguia entender, novas lágrimas escorrendo dos meus olhos enquanto eu os fechava e parava de me debater para entender o que estava acontecendo.

Acho que, no final, mesmo sem saber se era verdade ou não, queria alguns minutos para ficar ali deitada e fingir.

Estendi as mãos e segurei as bochechas do homem entre as palmas, puxando sua cabeça para baixo com um desespero inegável para ver seu rosto. Estava muito escuro, a luz da lua escondida pela fumaça persistente, um abismo onde nenhum de nós era visto ou existia.

Era possível fingir, era possível passar um tempo com um sonho, com um fantasma, uma memória que não poderia estar aqui por mais que eu sentisse falta dele.

— Rowan?

— Rainey — ele sussurrou de volta, um sorriso escrito no tom de sua voz.

A respiração estremeceu em meu peito, minhas mãos agarrando com força seu rosto em um esforço para impedi-lo de desaparecer.

Uma risada suave sacudiu seu peito, suas mãos se enterrando em meu cabelo enquanto sua boca roçava meus lábios, um convite para esquecer que o momento era uma invenção da minha imaginação e me perder na sensação de amá-lo novamente.

Nossas bocas se pressionaram uma à outra, sua língua varrendo entre meus lábios para se enredar com a minha. Perdi a capacidade de respirar, mas não me importei porque meu coração estava acelerado, minha cabeça flutuando na névoa.

Contorcendo-me embaixo dele, dei boas-vindas à sensação de suas mãos no meu corpo, sua palma viajando para o lado para puxar minha camiseta e segurar possessivamente meu seio. Arqueando-me ao seu toque, pensei ter morrido sem saber, que apesar de todas as coisas horríveis que fiz, o universo me perdoou e me permitiu ser uma estrela bem ao lado dele.

Seu beijo foi minha absolvição.

Seu toque, uma droga que sempre entendi que nunca poderia viver sem.

CINCO

Ele era uma parte de mim, este homem, um fantasma que me encontrou quando eu não sabia que estava perdida.

Com muito medo de que acabasse, de que Rowan evaporasse para ser soprado como poeira, não fiz perguntas, apenas permiti que meu corpo fosse amado por ele mesmo que isso me matasse quando o sol nascesse e eu soubesse que ele fora um sonho.

Interrompendo nosso beijo, Rowan pressionou sua testa contra a minha, seu hálito quente contra meu rosto enquanto suas mãos exploravam meu corpo com o mesmo desespero que eu sentia por ele.

Um sussurro suave na minha pele, um tremor subindo pela minha espinha ao ouvi-lo.

— Posso tocar em você, Rainey?

As lágrimas não paravam de deslizar dos meus olhos. Acenando com a cabeça, eu mal conseguia falar com o nó na minha garganta.

— Você pode me tocar, Rowan. Você pode me tocar para sempre, desde que me jure que nunca vai parar.

Não importava se eu fosse louca. Se era isso que significava quebrar, eu esperava que, quando eles me jogassem naquele quarto branco acolchoado, quando prendessem meus braços com uma camisa de força, que quaisquer drogas que injetassem em meu corpo fossem inúteis para me trazer de volta.

Pensei em todas as histórias de amor trágicas do mundo, em que uma pessoa se foi enquanto a outra morria lentamente. Seu coração pode bater. Seus pulmões continuarão a inflar, mas quando a pessoa que você mais ama se for, a verdade é que você morre bem ali ao lado dela.

Quando as pessoas olhavam para mim, não viam o vazio sob minha pele. Seus olhos percebiam a concha, mas não a podridão que se formou no local. Eu estava morrendo de dentro para fora desde a noite em que Rowan deixou este mundo, e se fosse necessária uma alucinação para trazê-lo de volta, então eu estava feliz por estar louca.

Quantas outras pessoas dariam qualquer coisa só para ter mais uma hora com o amor que perderam?

Quantos voltariam com prazer no tempo para morrer em seu lugar?

Deveria ter sido *eu* naquele carro porque eu merecia a dor do fogo.

Mas então, nunca fui a estrela, fui?

Eu não.

Embora eu me misturasse perfeitamente com as sombras, foi a luz dele que iluminou o caminho, a luz que cegou meus olhos até que pudesse ver apenas ele.

Lábios traçaram beijos suaves no meu pescoço enquanto eu sussurrava na escuridão:

— Diga que isso é real, Rowan. Minta para mim apenas por um pouco. Deixe-me acreditar que é possível sentir seu corpo contra o meu novamente.

Outra risada, seu peito se erguendo um pouco para que ele pudesse tirar minha camiseta. Levantei os braços para deixá-lo arrancá-la de mim e jogá-la fora.

Sua boca roçou contra a minha e ele sussurrou:

— Isso é real, linda. Tenho cuidado de você desde o dia em que morri.

Isso é real...

Não pode ser.

Mas era.

A insanidade nunca tinha sido tão doce.

Sua boca se fechou sobre o meu mamilo, a língua lambendo o bico duro enquanto a ponta dos dedos arrastava para baixo em meus quadris para tirar meu short do pijama e a calcinha. Eu estava com muita pressa para tê-lo dentro de mim, minhas pernas desmoronando enquanto as unhas arrastavam pelas saliências e depressões de suas costas musculosas.

Rowan me provocava com dedos brincalhões, deslizando entre minhas pernas para rolar sobre meu clitóris, meus quadris se movendo em pura necessidade por mais, sua voz suave contra meu ouvido em uma risada.

— Estou prolongando, Rainey. Você sabe quanto tempo esperei para voltar para você? Você tem alguma ideia do caralho de como foi difícil ficar longe?

Seu dedo deslizou dentro de mim e um gemido subiu pela minha garganta, meu corpo se acalmando enquanto o calor se expandia em ondas radiantes por toda parte.

Porra, eu não conseguia respirar, as emoções eram como um redemoinho, meus olhos ardendo com a quantidade de lágrimas que derramei.

— Por favor, Rowan, só desta vez. Eu preciso de você dentro de mim. Eu preciso...

Silenciando-me com um beijo, ele pairou sobre mim, seu corpo se movendo enquanto abaixava a calça jeans e pressionava os quadris entre as minhas coxas. Agarrando meus quadris com suas mãos fortes, ele se afundou na minha boceta, varreu sua língua contra a minha e enfiou seu pau bem fundo.

Meu peito arqueou para frente, minha cabeça tombando para trás enquanto eu perdia todo o senso de tempo e lugar para senti-lo se movendo contra mim, suas mãos me segurando no lugar enquanto seus quadris dançavam em um ritmo carnal de luxúria e amor, desejo e paixão, aquela primitiva conexão poderosa que foi um presente da natureza.

Não demorou muito para que o prazer me alcançasse, seu nome era uma prece em meus lábios, um clímax que me tirou o fôlego com tanta violência que tudo que eu podia fazer era segurar para que não me quebrasse.

Não me importava se acordasse de manhã para descobrir que este momento fora apenas um sonho. Não dava a mínima para os horrores que a vida sempre jogou sobre mim e as consequências das escolhas que fiz.

Tudo o que importava enquanto eu segurava um menino doce que havia se tornado o homem que nunca soube que precisava, era que eu poderia mostrar a ele que o amava, mesmo se soubesse que ele iria embora.

Qualquer pessoa faria o mesmo na minha posição.

E se alguém tentasse alegar que eu estava errada, era porque nunca havia perdido uma pessoa que fazia parte de sua alma.

Este momento...

Este fantasma...

Essa impossibilidade...

Se eu precisasse estar louca para amá-lo, eu esperava por Deus que nunca mais recuperasse a sanidade.

Justin

Presente

Meu primeiro pensamento foi que seu nível de insanidade explicava por que ela não conseguia se lembrar da noite em que seus amigos morreram.

Em um estado de fuga perpétua provocado por trauma mental, Rainey estava obviamente delirando, sua mente tão desesperada para acreditar que o amor de sua vida havia de alguma forma retornado, que estava alheia à realidade, à verdade, aos eventos que ocorreram ao seu redor regularmente, tornando impossível para ela separar o que era real do que era fruto de sua imaginação.

Eu deveria ter visto. Deveria ter percebido as pistas. Deveria ter parado de ser distraído por um corpo que falava comigo da maneira mais primitiva, para que em um segundo pudesse diagnosticar sua condição.

Pigarrei e tentei falar, mas minha boca estava muito seca e pegajosa para pronunciar uma única palavra.

Rainey sentou-se na minha frente, seus olhos se arregalando em atenção enquanto ela se levantava para pegar um copo d'água para me oferecer. Segurando a borda em meus lábios, ela teve o cuidado de incliná-la lentamente, embora eu não conseguisse entender o porquê.

Pelo que vi, ela não teve nenhum problema em deixar o namorado me nocautear e me amarrar a uma cadeira; que mal causariam algumas gotas de água derramada?

Afastando-me para sinalizar que estava saciado, levei alguns segundos para permitir que o líquido aliviasse a queimação em minha garganta.

— Rainey...

Porra, como eu poderia fazê-la entender que o homem ao lado dela não era Rowan?

Voltando a sentar-se, ela perguntou:

— Você entende agora, doutor? O universo o trouxe de volta para mim. Eu mesma não entendo todos os detalhes, mas, pelo menos, ele está aqui, em carne e osso. Posso colocar a palma da mão em seu peito e sentir seu coração bater. Posso ficar acordada à noite e observar suas pálpebras se movendo enquanto sonha. Ele voltou para mim, e não importa o que ele tenha feito, não importa o que eu tenha que fazer para provar meu amor por ele, estamos juntos agora. Para sempre, como ele sempre disse que estaríamos. Você tem que entender. Você tem que admitir que é o final perfeito para a nossa história trágica.

Eu entendi algumas coisas, na verdade. Em primeiro lugar, o cara fingindo ser alguém que não poderia ser estava se aproveitando de uma mulher muito doente.

Olhando para seu rosto, eu sabia que ele me mataria por dizer a verdade, mas então era provável que eu fosse um homem morto de qualquer maneira. Talvez pudesse plantar uma pequena semente em seu cérebro que a faria questionar essa realidade impossível.

— Rainey, não tenho certeza do quanto você sabe sobre a noite em que Rowan morreu, mas não há como ele estar vivo. Eles identificaram seu corpo através do DNA. Isso não é algo que pode ser falsificado. Não sei quem é esse homem, ou por que ele afirma ser Rowan, mas você precisa parar e pensar sobre o que está fazendo.

Graham, ou o falso Rowan, ou quem diabos ele era no momento, deu um tapinha no ombro de Rainey e ofereceu sua mão para ajudá-la a se levantar.

— Querida, por que você não vai para o outro quarto e deixa Justin e eu conversarmos? Não tenho certeza se ele vai acreditar na verdade de tudo isso, a menos que eu seja o único a dar a ele.

Lentamente, Rainey saiu da sala com os pés descalços, lançando-me um último olhar antes que saísse de vista. Graham se sentou de frente para mim, sua boca repuxada em um sorriso enquanto seus olhos azuis se fixaram nos meus.

— DNA, hein? Sim, é difícil de contornar, mas se você for criativo o suficiente, encontrará maneiras.

— Por que você está fazendo isso com ela? — A adrenalina corria através de mim novamente, raiva pelo que ele estava fazendo com uma mulher que não estava em um estado de espírito para saber mais. Sem ter como me mover, meus braços tremeram com a tentativa, a cadeira embaixo de mim tremendo.

Ele sorriu com o barulho, seus olhos descendo para ver as pernas raspando no chão.

— Doc, escute. Eu odeio ser a pessoa a te desiludir, mas você é quem não sabe disso. Eu atendo pelo nome de Graham agora, mas essa é a parte da história que Rainey não estava lá para testemunhar.

Seus olhos voltaram para o meu rosto, tão certos de que o que ele tinha feito era certo que nem sequer piscou em resposta ao meu pânico.

— Você já amou uma mulher, doutor?

Ele coçou o queixo antes de erguer os braços novamente para descansá-los no topo da cabeça. Quase com o dobro do meu tamanho, não seria problema para ele me arrastar para baixo se eu conseguisse escapar.

— Quero dizer, realmente amou? Não a porcaria de corações e flores que a maioria dos homens faz, o método sem sentido e, francamente, preguiçoso de mostrar a ela o que ela significa para você. Rainey vale mais do que isso. Sempre valeu.

Sorrindo, ele se espreguiçou, voltou as mãos ao colo e balançou a cabeça.

— Desde o primeiro dia em que a conheci, eu soube. Essa garota é especial, pensei. Como um raio de sol. Ela não pertencia a Clayton Heights, isso era malditamente certo. No entanto, lá estava ela, sentada em sua varanda acenando de volta para mim, embora ela não soubesse meu nome, minha idade, o inferno em que eu morava. Nada. Ela não sabia de nada. Eu pensei que tinha me apaixonado quando vi seu rosto pela primeira vez, mas quando ela sorriu, eu realmente entendi o que a palavra significava.

Este homem certamente conhecia a história, mas era perfeitamente possível que Rainey tivesse contado a ele a mesma história sinuosa e distorcida que ela me contou. Não havia como saber. Não com o que ele disse até agora. Puxando as cordas do meu pulso, percebi que não estavam cedendo, mas isso não significava que eu não tentaria.

— De qualquer forma — ele continuou, despreocupado que eu pudesse me libertar —, eu me apaixonei, como disse. Não apenas amor, inferno... Eu olhei para aquela mulher e passei todos os dias da minha vida aprendendo exatamente o que ela precisava na vida. As drogas eram apenas uma fuga, os homens com quem ela dormia eram um meio para um fim, e enquanto ela maltratava seu corpo, cedendo, eu observava e esperava.

CINCO

Eu sou quem sou por causa dela, e cada promessa que fiz, foi mais do que verdadeira. As pessoas são tão rápidas em fazer promessas. Nada além de palavras vazias, realmente. As minhas não eram. Elas são eternas, inquebráveis.

Cinco promessas, para ser exato. A marca em seu braço fazia sentido.

— Você quis dizer tanto que fez questão de esculpi-las em seu corpo. Como diabos você pode chamar isso de amor?

O canto de seus lábios se curvou.

— Ela me deixou esculpir a última na manhã seguinte à morte de Frankie. Cinco mortes. Cinco promessas. Eu cumpri cada uma. Amá-la é um fato, mas para protegê-la, eu precisava fazer a única coisa que ela não poderia fazer sozinha. Eu a libertei de um hábito desagradável que estava destruindo lentamente a mulher que eu amava.

Inclinando a cabeça, ele sorriu.

— Vamos lá, até você tem que admitir que aqueles idiotas mereciam. O que eles fizeram com ela? A vantagem que tiraram? Mais e mais e mais até que ela se acostumou a isso e passou a não considerar como algo errado. E o padrasto dela — outra sacudida de cabeça —, ele merecia algo pior do que recebeu.

Okay, bem, sim. Eu poderia concordar com ele nisso.

— Eu não mereço isso.

Levantando um dedo, ele disse:

— Dê-me um segundo. Estou trabalhando para descobrir o que nos trouxe a este momento específico.

Com suas longas pernas esticadas à frente, ele perguntou:

— Agora, onde eu estava? Oh. Certo. Minha família merecia morrer. A verdade é que eles continuariam usando mulheres, vendendo drogas ou, no caso de Frankie, espancando as pessoas para se divertir. Você sabia que Joel embebedava as garotas do ensino médio só para transar com elas? Isso é estupro, doutor. Garotas que são ingênuas demais para entender o que está acontecendo com elas, e ele sempre se safava. Nosso sistema legal está seriamente ferrado. Mas isso não é aqui nem ali. O que quero dizer é que não senti pena de acabar com eles.

Atrás dele, a noite inteira havia se estabelecido no horizonte. Uma única lâmpada acima de nossas cabeças era a única luz no espaço. Isso lançava sombras sob suas maçãs do rosto, emprestando uma máscara misteriosa ao rosto do homem que tinha toda a intenção de acabar com minha vida.

O suor escorria pelas minhas têmporas, minha visão ainda turva por causa do ferimento na cabeça.

— Sabe, é engraçado. Minha escola tinha programas eletivos para crianças com notas decentes. Se eu tivesse ficado tempo suficiente para me formar, teria sido o primeiro da classe. Uma dessas disciplinas eletivas era Introdução à Ciência Forense. Pretendia ser uma iniciação, uma visão geral de uma possível carreira que poderíamos seguir.

Ele riu.

— Quer dizer, haja burrice, a aula me deu conhecimento suficiente para me tornar alguém perigoso. Sério mesmo. Eles simplesmente entregam essa informação aos adolescentes.

Um aceno de cabeça.

— Demorou um pouco para acertar tudo, mas na noite em que morri convidei um pobre idiota para ir lá em casa. O cara não tinha família e era novo na área. Ele pediu uma escova de dentes emprestada, que por acaso tínhamos extras. Então, eu vi isso como uma oportunidade. Eu tinha dinheiro guardado, o suficiente para comprar algumas roupas novas e me manter por alguns meses, então, depois que ele terminou de escovar os dentes, coloquei minha escova de dente no bolso e a substituí pela dele. Você não está errado ao dizer que o DNA era compatível com o corpo no carro porque a escova de dentes que minha família entregou não era minha.

— Depois que ele morreu, assumi sua identidade, nunca voltei ao trabalho de merda que ele tinha, peguei seus documentos pessoais que encontrei em seu apartamento para fazer uma nova carteira de motorista e tã-dã... O mundo agora me conhece como Graham Pike. Fácil assim.

Jesus Cristo...

— Por quê?

Claro, sua história era possível, mas eu não conseguia entender seu raciocínio.

— Por que não convencer Rainey a ir embora?

Rowan encolheu os ombros.

— Ela não iria. E eu tinha algumas promessas a cumprir. Eu queria que cada um daqueles bastardos pagasse pelo que fizeram a ela, mas eu não poderia fazer isso como Rowan. Se eu fosse pego e fosse para a prisão, Rainey nunca se perdoaria. Ela carregaria essa culpa pelo resto da vida, assim como carregou a culpa pela minha morte. Se eu morresse tentando vingá-la, isso a teria destruído mais do que um acidente de carro. Não. Eu queria ter certeza de que cada um deles estava abatido antes de voltar para

CINCO 257

ela. Então, invadi a casa, nocauteei Frankie e coloquei fogo no lugar.

Seu raciocínio ainda não estava batendo.

— Depois de tudo que ela fez para te afastar, você foi capaz de matar por ela? Sem nem mesmo saber se ela retribuía seu amor ou não?

Sorrindo, Rowan coçou o queixo.

— Eu sabia que ela me amava. Rainey estava simplesmente presa a muitas coisas. Mas não é sobre o quanto ela me amava que importava. É sobre o quanto eu a amava. Quanto ela não amava a si mesma. Eu a amei o suficiente por nós dois. E esse amor foi o suficiente para mover céus e terras para salvar Rainey dela mesma. Se você já tivesse se sentido assim em relação a outra pessoa, você entenderia.

Não duvidei da verdade do que ele estava dizendo. Tudo o que ele sentia por Rainey estava em seus olhos, claro e óbvio para todos verem.

— Foi você quem a carregou para fora de casa na noite em que Paul e Jacob morreram.

— Alguém dê uma medalha a este homem — brincou. — Ela disse a você o que os deixou fazerem com ela? Não é que eu não a culpe, parcialmente, mas que homem, que pessoa decente, faria isso com uma mulher?

— Você não se arrepende de nada — observei.

— Não. De absolutamente nada. Não quando matei a minha família, pelo menos. Eu seria um mentiroso se alegasse que a expressão em seus rostos quando me viram não tenha sido impagável. Foi como se eu tivesse ressuscitado dos mortos. Pena que eles não tiveram tempo suficiente para me receber em casa.

Eu não aprovava nada do que ele estava me dizendo, mas isso não significava que não pudesse entender. Enquanto Rainey me contava a história, fiquei muito feliz em saber que aqueles homens estavam mortos.

— Por que os outros quatro? Sua família estava morta. Você estava com ela. Você poderia simplesmente ter saído e ninguém saberia.

Olhando para a porta da sala onde Rainey havia se afastado, Rowan respondeu:

— Isso, bem, isso não foi planejado na verdade. Como de costume, Rainey havia fugido para fazer algo estúpido. Ela me deixou sem escolha a não ser levar Michael e Preston para sair. Angel e Megan não foram intencionais, elas apenas atrapalharam. Eu não queria que eles morressem.

Minhas sobrancelhas franziram em confusão.

— Você está dizendo que Rainey matou todas aquelas quatro pessoas?

— Não. Ela não tem força. — Outro encolher de ombros. — Mas é como eu disse. Um homem fará qualquer coisa pela mulher que ama. Ela diz para pular e é melhor você acreditar que vou perguntar quão alto só para ver seu sorriso.

Rainey entrou na sala, seus olhos procurando os meus com um pedido de desculpas escrito na profundidade azul. Sua aproximação foi um lento caminhar, cabelo longo parcialmente mascarando seu rosto. Chegando perto de mim, ela colocou o copo d'água nos meus lábios, permitindo-me beber profundamente antes de afastá-lo.

— Gostaria de um pouco mais? Sua garganta deve estar doendo. Dói-me ouvir você falar.

Acenando com a cabeça, eu esperava como o inferno que isso significasse que ela estava reconsiderando me matar. Rainey me permitiu beber o resto, o líquido frio apagando o fogo na minha garganta.

Sua expressão taciturna não durou muito. No instante em que olhou para Rowan, seus lábios se contraíram em um sorriso tímido, seus olhos se arregalando em resposta à maneira como ele se virou, como se ela fosse a única pessoa na sala.

O momento não era um bom presságio para mim, o pânico assumindo o controle enquanto minha cadeira traidora arrastava o chão com o meu movimento. *Raspar, raspar, raspar...* As pernas se recusando a se mover enquanto eu observava um casal delirante se olhando com mais amor do que eu tinha visto em casais normais.

Finalmente cruzando a sala, ela se sentou no colo de Rowan, tirou o boné de sua cabeça e beijou sua testa com tanta ternura que teria sido doce se eles não fossem psicopatas homicidas.

Sua mão deslizou por sua coxa, um leve toque antes de voltar sua atenção para mim, uma sensação de resolução pairando entre nós.

A história foi contada, tudo, exceto o que aconteceu na noite em que quatro pessoas morreram, todas espancadas até a morte dentro das paredes de uma única casa de dois andares.

— O curativo em seu braço — eu disse, interrompendo o momento afetuoso deles —, são essas as suas promessas também? Você os esculpiu nela, então só fez sentido refletir a desfiguração?

Enquanto Rainey se inclinava para descansar sua testa contra a lateral de sua cabeça, Rowan respondeu:

— Não. Isso representa as promessas dela para mim.

Eu não tinha certeza se queria saber quais eram. Mas se você tem que morrer, é melhor fazê-lo bem-informado.

CINCO

— E essas são?

— Prometo respeitar meu corpo. — A voz rouca de Rainey era apenas um sussurro, seus olhos focados apenas naquele homem. — Eu prometo amá-lo até o dia que eu morrer. Prometo acreditar que valho mais do que o que permiti que as pessoas fizessem comigo. Prometo nunca deixar outro homem me tocar. E, claro, Rowan e Rainey para sempre.

— Você meio que quebrou uma — ele comentou, inclinando a cabeça para ela.

Ela revirou os olhos.

— Eu tive que fazer para o relatório.

— Sim, mas então encontrei você pelada contra uma parede com outro homem entre as pernas.

Um suspiro soprou em seus lábios.

— Ele não me deu muita escolha.

O olhar de Rowan se voltou para mim.

— Devíamos falar sobre isso, na verdade. Ela disse para você ir embora. Eu a ouvi dizer para você parar. Mas, cacete, se você não estava pensando com seu pau.

Não que eu estivesse calmo ao enfrentar a triste verdade de que minha vida estava acabando, era que o medo havia se entranhado tão fundo que meu corpo atingiu uma espécie de inércia, um momento em que todos os músculos e ossos ficaram dormentes. Minha vida não estava passando diante dos meus olhos, e eu não estava chorando ou implorando para viver. Foi com serena certeza que aceitei meu destino, mas isso não significava que concordei com o raciocínio deles para o que sabia que fariam.

— Um momento de fraqueza — admiti, incapaz de negar que o que ele estava dizendo era incorreto.

— Compreensível. Infelizmente, também tive um momento de fraqueza. Depois de bater em você, eu não poderia exatamente deixá-lo lá para Rainey limpar a bagunça. E aqui estamos. Se te deixo ir embora agora, você vai correndo dizer à polícia que estou vivo e matei muitas pessoas. Isso vincula Rainey a mim, e vou matar novamente se isso significar que ela continue livre. Eu fiz uma promessa. Eu vou protegê-la. Tenho certeza de que você pode respeitar isso.

Na Psicologia, claro, fazia sentido. Mas para qualquer pessoa racional, esses dois eram tão doentes e dementes quanto aparentavam ser.

— O que aconteceu na noite em que aquelas quatro pessoas morreram?

— Não tenho certeza se você quer saber disso, doutor.

— Por que não?

Rowan sorriu.

— Porque então a história termina com um 'felizes para sempre', o que significa que Rainey e eu precisamos cavalgar para o pôr do sol. Eu só tenho dois assentos na moto e abandonamos seu carro há um tempo. Infelizmente, não seremos capazes de trazê-lo para o passeio.

Uma gota de suor traçou uma trilha lenta pelo meu rosto, ao longo do meu maxilar, pendendo no meu queixo antes de cair no meu colo. O latejar na minha cabeça piorou. Era possível que eu tivesse um sangramento cerebral, o sangue escorrendo lentamente se acumulando e pressionando meu cérebro. Isso explicaria a tontura, as ondas de náusea, a névoa da minha visão que só piorava. Sacudi a cabeça e não adiantou. Isso só piorou a dor. Piscar também não ajudou.

— O que você planeja fazer comigo?

— Não se preocupe, Justin — Rainey disse. — Não vai doer. Eu não faria isso com você, não depois da maneira como me ajudou.

Perguntei de novo:

— O que você planeja fazer?

Rowan respondeu:

— Como você está se sentindo, doutor? A sala ainda está girando à sua volta? As luzes diminuem apenas um pouco enquanto tudo fica embaralhado dentro da sua cabeça?

Todos os músculos do meu corpo ficaram rígidos, mas não por muito tempo. De um segundo para o outro, eu estava me afogando em uma dor latejante e depois tão relaxante que nada parecia importar.

— Você já fez algo — especulei, a sala mergulhando bem no instante em me dei conta do que ele quis dizer. — A água...

— Receio que sim. Mas ela está certa. Não vai doer. Ela me pediu para ter certeza disso. Em breve, será uma bela noite e você vagará para a vida após a morte enquanto Rainey e eu ficamos por aqui para nos amarmos um pouco mais.

— Você realmente quer saber? — Rainey perguntou. — Antes que não possa mais ouvir? Você quer saber o que aconteceu na casa naquela noite?

Eu não tinha certeza se me importava, não com a forma como as drogas estavam se instalando, não com a forma como as paredes da sala dançavam ao redor da minha visão.

Talvez eu tenha acenado com a cabeça, não tinha certeza. De qualquer maneira, Rowan abriu a boca para me dizer.

CINCO

Rowan

Passado

Amor é sofrimento.

Não importa quem você é, de onde vem, como vive ou para o que vive; amar outra pessoa é tornar-se *ela*. E não quero dizer isso em sentido figurado; é literal.

Amar outra pessoa é deslizar sob sua pele. Se eles sofrem, você também. Se alguém os ataca, você também foi atacado. Se eles estão se afogando, sua cabeça está sendo arrastada para baixo da água bem ao lado deles. E se eles morrerem, você também pode começar a cavar sua própria cova, porque uma parte de você pertence ao solo.

Isso, sim, que é amor.

É assim que eu amava Rainey.

Por anos, eu a vi destruir a si mesma. Claro, ela vai fazer você acreditar que ela sabe o que está fazendo e, de certa forma, ela sabe. Mas ela está alheia em outro sentido, não entendendo muito bem que dá um pedaço de si mesma toda vez que permite que uma pessoa a use, a machuque, a trate como se ela não valesse seu peso em ouro.

Porque eu a amava, porque rastejei por baixo daquela linda pele para fixar residência e experimentar cada desilusão, cada medo, cada ferida infligida em sua adorável alma, eu não poderia me sentar e vê-la nos afastar para que ficássemos com outras pessoas que não nos mereciam. Não podia me sentar e assistir aqueles pequenos pedaços dela serem jogados no chão e esmagados sob a sola de um homem doente, não quando eles eram pedaços de mim também.

Dois anos é muito tempo para se manter à distância. Embora eu não estivesse ao lado dela nos dias e meses após supostamente morrer, eu ainda estava muito *lá*, ainda podia senti-la vivendo e respirando ao meu redor, pulsando e se expandindo, ainda podia sentir todo o sofrimento, todos os castigos, todos os momentos em que ela se deitou para ser abusada.

Por falar em tortura, amar aquela mulher de perto já é difícil, mas ficar longe dela é a verdadeira prova de fogo do quanto você pode aguentar. Perder um sorriso, não ouvir sua risada, estar ausente quando tudo que eu queria era estar perto? Foi um inferno. Foi uma façanha de absoluta força de vontade para me manter tão distante. Mas eu fiz isso... por ela.

Eu me pergunto quantas pessoas podem dizer honestamente que sabem como é ser amado por outra pessoa. A julgar pelas taxas de divórcio cada vez mais altas, as inúmeras histórias de infidelidade, a negligência que deteriora os laços de tantos casais, eu arriscaria dizer que não muitos.

Rainey poderia dizer que era amada. Ela só demorou um tempo para entender isso.

Eu fiz promessas àquela mulher e ela as usou em sua pele, mas ainda assim, eu cedi muito cedo, fui até ela na noite em que Frankie morreu e a amei de uma maneira que nunca amei nenhuma outra.

Ela deve ter ficado arrasada quando acordou e descobriu que eu havia partido novamente. Enquanto ela dormia como um anjo maldito, eu escapei de volta para as sombras, um demônio à espera nos bastidores, ganhando meu tempo, dando ao mundo um momento para se recobrar do que fiz e seguir em frente.

Ainda assim, eu a observei.

A polícia invadiu a vizinhança na manhã seguinte, o corpo de Frankie arrastado para fora daquela casa, tão torrado e carbonizado quanto o homem que matei para começar uma nova vida. E então a vi em sua varanda respondendo a perguntas. Saber que isso aconteceria foi o motivo que me levou a ir embora, por que... como explicar que o homem que fazia parte dela havia voltado à vida?

Ela deve ter acreditado que fui apenas um sonho e, por algumas semanas, tive que aceitar isso. Mas não por muito tempo.

Não para sempre.

Eu deveria ter adivinhado, deveria ter entendido que não demoraria muito para os homens virem farejar, deveria ter percebido que quebrar seu coração equivalia ao mesmo que mandá-la escorregar por uma ravina profunda da qual ela procuraria uma fuga.

Rainey tinha muitos problemas, mas o monstro que ela criou não era

CINCO

um deles. Eu a amaria eternamente. Eu cuidaria dela. Eu a protegeria e sempre a encontraria.

Para sempre não significa até o fim de nossas vidas, significa até o fim da eternidade.

Lá se foi ela, logo com Megan, a uma festa realizada em outro bairro e em uma casa que não fazia ideia de quem era. Ficar de olho não foi difícil. Eles não se preocuparam com o fato de que a noite estava escura, as luzes da casa estavam acesas e as cortinas abertas. Pude contar cada cabeça dentro daquele pequeno grupo.

Angel. Michael. Preston. Megan.

Nenhum deles era bom o suficiente para Rainey.

Não para minha garota.

Não para mim.

Eu os teria deixado em paz se Preston não tivesse saído correndo de lá para comprar algumas drogas. O filho da puta fala um monte de merda, sua boca grande demais para o pau minúsculo que todos sabiam que ele tinha.

... É só drogar a vadia e ela abre as pernas para qualquer um... três, sabe? Não que Rainey precise de incentivo...

Sorrindo com o comentário, esperei que ele se separasse de seus amigos e me afastei até estar vários metros à frente. Saindo das sombras, eu o deixei se aproximar.

— Ei, Preston.

Ele se virou, suas bochechas avermelhadas e estufadas sob os olhos injetados de sangue e que se estreitaram em uma tentativa de me reconhecer na luz fraca.

— Quem diabos...

Um soco foi o suficiente para achatar sua bunda sobre o concreto. Peguei o GHB[4] que ele comprou para que Michael e ele conduzissem o trem nas garotas e fui embora, as mãos enfiadas no bolso sem me importar com o mundo.

O balofo lutava tão bem quanto fodia. Pelo menos, se todos os rumores fossem verdadeiros...

Ele acordou um tempo depois, voltou para casa tão chateado quanto havia saído de lá. Do local onde eu estava empoleirado, do lado de fora, observei Angel levá-lo para cima. Perder Joel deve tê-la fodido até afundar o suficiente para abrir as pernas para Preston.

---

4   GHB – Gama-hidroxibutirato, também conhecida como 'droga do estupro'.

Joel... Foi uma pena que ele estava confuso demais quando o matei. Teria sido bom para ele saber que a morte estava chegando.

Encostado na parede, apenas observei. Megan gostava de Michael, a garota que havia deixado de ser tímida com o passar do tempo.

Uma hora se passou. Duas. Michael não pareceu muito satisfeito quando sua garota desmaiou, mas então resolveu se virar para a minha.

Droga, Rainey...

Ela nunca aprenderia, a menos que eu mostrasse a ela o que significava amar.

Afastei-me da parede, um boné protegendo meus olhos, o capuz do meu agasalho cobrindo a cabeça. Os idiotas deixaram a porta aberta. Qualquer um poderia simplesmente entrar, e eu estava feliz em aceitar a oferta tão gentil.

Passei um olhar rápido pela sala e encontrei Megan dormindo no sofá, seu telefone na mesa ao lado. Apagada como uma lâmpada, ela não era um problema, enquanto acima da minha cabeça a música explodia de onde deduzi que Angel e Preston tinham ido. Eles não eram um grande problema naquele momento, então cruzei um corredor escuro e ouvi Rainey e Michael conversando.

— Eu não sei sobre isso...

— Cale a boca e vá em frente...

Não. Não minha garota. Ela não concordaria com merda nenhuma.

Afastando-me, vaguei pela casa em busca de uma ajudinha. Por fim, descobri um armário perto da porta da frente repleto de equipamentos esportivos, e encontrei um taco de beisebol de metal, testando seu peso e sorrindo enquanto voltava pelo corredor.

Com a ponta do dedão do pé empurrei a porta, as dobradiças rangendo alto o suficiente para chamar a atenção de Michael. Ele não me viu, não nas sombras.

— Merda... Megan está acordada.

— Desamarre-me, Michael.

— Não. Fique aí, vou ver se ela quer participar...

— Michael!

O som de seu punho contra seu rosto trouxe o demônio de Rainey à vida.

Com passos silenciosos voltei para a sala de estar. Michael saiu pelo corredor, sem camisa, os olhos entrecerrados na direção de Megan, que ainda dormia no sofá.

Isso acaba esta noite. Os jogos. As drogas. A espera.

CINCO

— Ei, Mike.

Ele se virou ao som da minha voz, os olhos arregalados, recusando-se a acreditar no que estava vendo.

— Rowan?

Curvei os lábios em um sorriso e respondi:

— É bom ver você novamente. Mas que pena que você está fodendo com a garota errada.

Não houve tempo para ele gritar antes que o taco o acertasse na cabeça. O sangue respingou nas paredes, seu corpo caindo antes que eu desse a ele mais algumas pancadas para se lembrar de mim.

Não que ele fosse de lembrar de muita coisa. Com a cabeça aberta, massa cinzenta se espalhou pelo chão.

Acho que poderia ter deixado por isso mesmo, poderia ter ido embora, mas então ouvi uma voz familiar na escada às minhas costas, e me virei para ver Angel subindo às pressas.

— Porra...

Não era minha intenção acabar com eles também, mas um homem apaixonado é uma criatura selvagem, impulsionado por um sorriso sensual, endurecido por um corpo tentador, enlouquecido por saber que ainda havia pessoas respirando que poderiam ameaçar a mulher que pertencia a ele.

Sem nem ao menos me preocupar em disfarçar meus passos enquanto subia as escadas, escutei os gritos histéricos; Angel tentando explicar a Preston que seu amigo estava lá embaixo sem uma cabeça.

— *Rowan acabou de matar Michael!*

O idiota gorducho não iria acreditar nela. Embora, não pudesse culpá-lo. Para todos nesta casa, eu estava morto. Eles simplesmente não sabiam que eu havia renascido das cinzas. Um monstro. Uma sombra. Um vingador.

Homens.

Quantas vezes tive que dizer a eles para ouvirem com seus ouvidos em vez de pensarem com seus paus?

Virando o canto, inclinei-me contra o batente da porta, o taco em minha mão pingando sangue e pedaços de massa encefálica, os olhos de Preston arregalando, em choque, em seu rosto rechonchudo e vermelho.

Bastou apenas um olhar para a sua virilha para concluir que os boatos eram verdadeiros. Eu não tinha certeza se alguém poderia se referir àquele graveto como um pênis.

À minha direita, Angel estava gritando, com as costas contra a parede, os dedos agarrando a toalha que ela usara para cobrir seu corpo nu. Normalmente, era uma regra minha respeitar sempre uma mulher. Mas... ela me viu.

Percorrendo a distância em duas passadas longas, lhe dei uma morte rápida, um golpe como um profissional rebatendo a bola para fora do parque. *Pop...* Seu crânio era fino como uma casca de ovo.

Com base na intensidade aguda dos gritos atrás de mim, poderiam até pensar que outra mulher estava no quarto. Eu me virei e deparei com o idiota ainda congelado na cama, uma gargalhada saindo da minha garganta porque ele nem se deu ao trabalho de correr.

— Por favor, não me mate! Por favor, cara. Não!

Ele ergueu os braços para proteger a cabeça, então acertei o taco entre suas pernas. Como um porco preso, Preston gritou.

— Acredite em mim, amigão, com um pau desse, estou te fazendo um favor. Pra você e para todas as mulheres do mundo. Apenas delinquentes desprovidos de paus gostam de drogar mulheres para que possam transar com elas, Preston. Já é hora de alguém te ensinar porque é errado tirar vantagem de outras pessoas.

Ele tentou se afastar, mal conseguindo mover os quadris, e na minha cabeça ouvi uma velha canção de ninar. É estranho o que acontece quando você está no meio de uma confusão séria do caralho no dia de alguém.

— *Pelo par...* — Droga. Sempre me esquecia dessa primeira parte.

Contornei a cama e levantei o bastão acima da cabeça.

— *O macaquinho seguia a doninha...*

Preston não estava levando a coisa na esportiva, então não cantou junto. Ao invés disso, ele apenas continuou gritando e chorando, como se isso fosse adiantar.

— *O macaquinho ria e ria...*

Inclinando a cabeça, eu sorri.

— Vamos Preston, você sabe a última parte.

O taco desceu contra sua cabeça.

Pop![5]

Pobre Preston. Ele era realmente uma doninha de merda.

Ah, bem. Meu trabalho aqui estava terminado. Cada idiota que pensava que poderia colocar a mão na minha garota agora estava perdendo algumas partes. Era hora de deixar Rainey conhecer seu demônio.

---

5   Pop! Goes the weasel é uma canção infantil famosa que tem a versão em português com o título 'Pop vai à doninha".

CINCO

Lentamente, desci as escadas com passos firmes, atravessei a sala de estar; passei por cima do corpo de Michael e virei a cabeça ao deparar com um par de olhos turvos me encarando.

— Rowan?

Piscando algumas vezes, Megan esfregou os olhos para afastar a sonolência, completamente descrente. Suspirei.

— Eu realmente queria que você tivesse continuado dormindo.

Assim como fiz com Angel, dei a Megan o mesmo tratamento. Viva em um instante, morta no próximo.

O telefone dela caiu da mesa ao lado da minha perna e eu o peguei, toquei na tela e cliquei na página de mídia social que estava aberta.

Porra, porra, porra, porra, porra!

Ela postou várias fotos da festa. Em três delas dava para ver Rainey ao fundo. Parecia que eu não poderia tirá-la deste lugar. Se a polícia aparecesse e ela não estivesse aqui, ela se tornaria suspeita dos assassinatos. Eu poderia deletar as porras das fotos, mas algumas pessoas já haviam curtido e comentado. Elas poderiam alegar que Rainey estava aqui.

Coloquei o telefone no bolso e caminhei pelo corredor.

Restavam apenas dois pares de pulmões respirando na casa, mas se você se lembrar do que eu disse sobre o amor, perceberia que, na verdade, havia um.

Cada respiração que ela dava era minha.

Cada batida de seu coração equivalia à pulsação em meu peito.

Cada pensamento naquela linda cabeça, um sussurro em meus ouvidos.

Largando o taco, não me preocupei em limpar o sangue da minha pele antes de virar o canto que levava ao quarto onde ela estava sentada e amarrada à cama. Um hematoma já estava surgindo em sua bochecha e mandíbula, no local onde Michael a havia atingido. Senti a dor daquele ferimento na minha própria pele.

Dei dois passos para dentro do quarto e ela olhou para cima.

— Ei, linda.

Os olhos azuis de Rainey me encararam como um fantasma flutuando em uma bruma. Seus lábios se entreabriam, a cabeça balançou, uma lágrima deslizou de uma daquelas esferas de safira. Eu queria beijar sua pele, mas como estava coberto de sangue, não poderia tocá-la.

Era como lutar contra um buraco negro. Tudo sobre ela me atraía, mas tocá-la significaria que eu não poderia deixá-la ir.

— Rowan.

Uma palavra. Um nome. Uma prece, uma canção, um sussurro.

— Senti sua falta — eu disse, meus dedos se entrelaçando juntos porque eu não podia tocá-la.

Ela riu, um som débil, tão cheio de tristeza que doeu meu coração só de ouvir.

— Eu estou louca, não estou? Completamente louca.

— Não, Rainey. Eu sou aquele que está louco. Só não percebi o quanto até o dia em que te deixei.

Ela estendeu a mão para mim com a única mão que conseguiu livrar da corda, seus longos dedos se esticando para frente. Foi pura tortura não retribuir o gesto.

— Eu tenho que ir.

— Não, Rowan, por favor, não...

— Não se preocupe, Rainey. Eu vou te encontrar de novo. Apenas vá dormir. Não vou deixar você ficar aqui por muito tempo.

Ela soluçou quando eu saí do quarto, sem entender que essa separação não era para sempre.

Para sempre só se aplicava às promessas que fiz.

Para sempre era a eternidade que planejei dar a ela.

CINCO

TRINTA

Rainey

Presente

Nem todas as histórias de amor começam com corações e flores. A minha, pelo menos, não. Em vez disso, a minha começou em um dia em que fui levada para o coração de outra cidade decadente, *um novo começo, um novo dia* que terminaria com vidas arruinadas.

Minha história de amor começou com um garoto de quinze anos que olhou através de uma cerca de arame para ver uma garota sentada em sua varanda. O menino acenou, sorriu antes de esticar suas longas pernas para caminhar e se apresentar como o homem que se tornou aquele que eu nunca poderia viver sem.

A culpa foi minha em não ter acreditado nele.

Eu me pergunto quantas vidas poderiam ter sido salvas se eu apenas tivesse encarado aqueles grandes olhos azuis e confiado que eles pertenciam ao meu salvador.

— Você está pronta para ir embora?

Jogando mais alguns galhos e folhas grandes sobre o corpo de Justin, Rowan esfregou as mãos em sua calça jeans e se virou para olhar para mim. Fiquei observando o estranho abaulado no chão, me perguntando quanto tempo levaria para alguém encontrá-lo atrás da casa abandonada. Ele não merecia morrer, mas não havia muito que eu pudesse fazer sobre isso. Nem agora e nem nunca.

Pelo menos não foi doloroso.

— Sim, estou pronta.

Rowan se aproximou de mim, segurou minha mão e me puxou contra ele. Com os olhos vasculhando meu rosto, ele agarrou meu queixo e inclinou minha cabeça para que pudesse inspecionar o que sobrou do hematoma perto do meu olho. Com ternura, roçou os dedos sobre a pele, movendo meu cabelo para o lado para se inclinar e dar um beijo suave.

— Eu deveria ressuscitar Michael dos mortos apenas para matá-lo novamente. Ninguém toca na minha garota e sai impune.

Lembrando-me do que vi quando a polícia me tirou de casa com um cobertor enrolado no corpo, pensei que Rowan tinha feito o suficiente.

— Acho que terminamos agora, não é? Podemos finalmente ir embora?

— Em algumas semanas. — Inclinando a cabeça em direção ao corpo, ele disse: — Sua ausência será notada. Eles vão querer falar com você e descobrir o que sabe. Basta bancar a idiota, Rainey, e eles irão embora eventualmente.

Odiando que ele havia acabado de voltar para mim, mas que eu ainda estava presa a uma vida que quase nos destruiu, coloquei as mãos em seu rosto e puxei sua boca contra a minha.

A maneira como nos beijamos era poesia, um amor forjado no fogo, duas batidas de coração pulsando como uma, desafiando as probabilidades que superaríamos para acabar aqui. Foi uma bagunça, nosso amor, mas qualquer coisa que valha a pena nunca é desenhada dentro de limites estabelecidos e linhas normais bem-definidas.

Não na vida que vivemos. Não com a base da qual surgimos.

Rowan e eu não escalamos montanhas, paredes ou saltamos obstáculos. Não. Nós nos arrastamos pelo chão através de enxofre e fogo do inferno e, de alguma forma, sobrevivemos ao trauma. Nossa história de amor era uma besta diferente, cheia de insanidade, sofrimento e infortúnio.

Ainda assim, nós sobrevivemos, e isso só mostra que nunca se deve desprezar uma pessoa, mesmo que o mundo inteiro diga que ela não tem valor algum. Ninguém sabe o que essa pessoa está disposta a fazer para sobreviver.

Interrompendo o beijo, e o abracei e pressionei a bochecha contra o seu peito forte.

— Então, você é Graham Pike agora. Qual será o meu nome?

Com sua mão acariciando meu cabelo, ele riu.

— Qualquer um que você quiser. Vai ser muito melhor do que Rainey Summer Day.

Eu sorri, as emoções me atingindo todas de uma vez, uma força tão intensa que não consegui piscar rápido o bastante para evitar que as lágrimas caíssem.

CINCO

— Eu te amo, Rowan.

— Ei... — Ele segurou meu rosto de novo, inclinando-o mais para cima para que pudesse nivelar nossos olhares. — Estou cansado de tantas lágrimas. — Com a ponta do polegar, ele enxugou uma delas. — Você é melhor que isso.

A risada sacudiu meus ombros e pressionei meu peito contra o dele.

— Isso é o que você sempre diz.

Deus, aquele sorriso. Isso sempre me cegou.

— Você deveria ter me ouvido da primeira vez.

— Vivendo e aprendendo, certo?

Balançando a cabeça, Rowan me levou pela mão ao redor da casa. Escondida dentro da pequena garagem, sua moto estava apoiada no estribo lateral, uma grande máquina cromada, espelhada e com detalhes em couro que me lembrava aquela que Paul costumava dirigir.

Rowan levantou a porta da garagem, subiu na moto e saiu de ré, impulsionando a máquina com os pés. Seus olhos encontraram os meus quando ele estendeu a mão para me ajudar a sentar na garupa.

Tão quente, tão forte, sentir seu corpo contra o meu novamente foi um milagre que nunca imaginei que poderia acontecer. Este homem foi o começo e o fim da minha vida. Ele era meu abrigo. Minha rocha. A estrela que me engoliu inteira apenas para me absorver em sua luz.

Entregando-me um capacete, Rowan esperou que eu o colocasse antes de dar partida. O motor roncou com um estrondo pesado embaixo de mim, meus braços envolvendo seu abdômen enquanto ele virava e dirigia para a rua. Parando de repente, ele olhou por cima do ombro, bateu no meu capacete e apontou para um céu que estava pintado em tons de vermelho, laranja e amarelo.

Acho que nossa história de amor não foi tão diferente das outras, afinal.

A moto decolou estrada abaixo e, juntos, partimos rumo ao pôr do sol.

FIM

A The Gift Box é uma editora brasileira, com publicações de autores nacionais e estrangeiros, que surgiu no mercado em janeiro de 2018. Nossos livros estão sempre entre os mais vendidos da Amazon e já receberam diversos destaques em blogs literários e na própria Amazon.

Somos uma empresa jovem, cheia de energia e paixão pela literatura de romance e queremos incentivar cada vez mais a leitura e o crescimento de nossos autores e parceiros.

Acompanhe a The Gift Box nas redes sociais para ficar por dentro de todas as novidades.

 www.thegiftboxbr.com

 /thegiftboxbr.com

 @thegiftboxbr

 @thegiftboxbr